文脉中国 小说库

wenmaizhongguo xiaoshuoku

万佛岭

程国利 著

中国文联出版社

图书在版编目（CIP）数据

万佛岭 / 程国利著 . -- 北京：中国文联出版社，
2017.2（2023.3 重印）

ISBN 978 - 7 - 5190 - 2561 - 8

Ⅰ.①万… Ⅱ.①程… Ⅲ.①长篇小说—中国—当代
Ⅳ.①I247.5

中国版本图书馆 CIP 数据核字（2017）第 031773 号

著　　者　程国利
责任编辑　郭　锋
责任校对　贾文梅
装帧设计　中联华文

出版发行　中国文联出版社有限公司
地　　址　北京市朝阳区农展馆南里 10 号　　　邮编　100125
电　　话　010 - 85923025（发行部）　　　　85923091（总编室）
经　　销　全国新华书店等
印　　刷　三河市华东印刷有限公司

开　　本　710 毫米×1000 毫米　　1/16
印　　张　11.5
字　　数　188 千字
版　　次　2023 年 3 月第 1 版第 2 次印刷
定　　价　68.00 元

内容提要

人们都有美好的愿望，且都为着实现自己的愿望努力地追求。但是，纷繁的现实往往会捉弄人们，于是，也就出现了截然不同的追求方式。小说中的两对父子，都怀着美好的梦想闯世界，其中一对不但没有圆梦，反而得到恶报；另一对最终获得成功，并得以善终。万佛禅院就是这对善终父子留下的遗迹，万佛岭见证了这个故事的始终。

目 录

引子

金秋时节，长沙万佛岭老年活动中心人流如织，熙熙攘攘。

万佛禅院坐落在万佛岭老年活动中心的中心位置。大殿面南而立，有上下两层。绿色的琉璃瓦在阳光下泛着金光，飞檐翘角的屋面呈现着展翅欲飞的态势，色彩斑斓的彩绘给人以庄严肃穆的感觉。

禅院的前坪上，游客川流不息。这天上午八点多钟，一位拄着龙头拐杖的老者，在十多个人的簇拥下，缓缓地从大殿里走出来，当走下十四级麻石台阶时，一个年约五岁的小孩突然向拄着拐杖的老者发问："太爷爷，这里怎么叫万佛禅院呢？"老者手捋白须，微微笑道："说来话长呀！"一直在老者旁边的另一位头发已经灰白的老人说："我们不妨到茶室里去坐下，一边喝茶，一边听老人家把这禅院的来历讲完，好吗？"众人齐声说："好。"于是大家拥着老者，向茶室走去。

这是一个五代同堂之家，住在万佛岭南面的山冲里。老者名叫康桂和，已经 101 岁，人称康老太爷。在一旁搀扶、灰白头发的那位老人是康老太爷的小儿子，也已经 75 岁。这天是星期天，康老太爷在外工作的孙辈、曾孙辈都回了家，所以一同到万佛禅院参观，之后准备一同在景区游览一番。

万佛岭老年活动中心的负责人闻讯，在茶室盛情接待了康老太爷一家，并指定专人在场做好记录。康老太爷刚喝了一口芳香四溢的"云游毛尖"茶，5岁的元孙刘灿灿偎在老太爷怀中，催促说："太爷爷，你快讲呀！你讲完，我就给你背唐诗，好吗？"康老太爷连忙说："好。"只见老人又喝了口茶，清了清嗓子，接着侃侃而谈……

一、周三和闯荡南北

很早以前，这里高大的柏树成林，遮天蔽日。每逢秋天，柏树叶子飘飘洒洒地落在山地上，也落在巷子里的道路上。一天，一个和尚从益阳那边过来，行走在那参天的柏树间，踏着软绵绵的柏树叶子，不知不觉迷失了方向，只好找到山中的一户人家问路。恰好那户人家的大人不在家，只有一个三岁小孩在门口玩，这小孩圆圆的脸，一双大眼睛忽闪忽闪的，眉心一颗黑痣，很是可爱。他看见这个陌生人，有些好奇地盯着和尚那光光的头。和尚问小孩，这里叫么子地方？那小孩指着满山的柏树说，什么地方？还不是长咯号树的地方。和尚说，这里长的都是柏树，满地都是柏树叶子，那应该是叫柏叶冲吧。小孩说，你说对了，正是叫柏叶冲。

柏叶冲方圆十多里，冲里住着周、陈、刘、李四姓人。那三岁小孩姓周，小名德伢子。当时和尚问他的时候，德伢子的爷爷奶奶都病卧在床上。一家三代就住在两间一磨厦的土砖茅草屋里。德伢子的父亲周三和，是个作田的好把式。母亲陈想容，里里外外都很能干。秋雨加上湖汛，眼看到手的禾被淹，这天他们夫妇俩到湖田里车渍水去了。在那年月，年成总是不尽如人意，不是干旱就是雨水太多。所以，任周三和夫妇怎样勤快，都没有搞出个样子来。先年干旱，他们的湖田收成还好，可山上种的禾都干死了；这年雨水多，湖田里的恐怕又会"浮扁担"。在车水的时候，周三和就同陈想容打商量，干脆自己出去寻些事做，把湖田租佃出去，陈想容在家里作点土，这样可能还靠得住些。陈想容向来听从丈夫的，也就同意了。

这天是十月初八，一大早陈想容就煮好了饭，炒了几个菜。周三和带着德伢子来到灶屋里的饭桌前，两爷崽各自端起蓝花大碗，狼吞虎咽地吃了起来，陈想容却到房里为周三和收拾出行的家伙去了。

德伢子吃了半蓝花大碗饭，停了下来，突然问道："爹爹，今天的饭怎么这么早呀？"

周三和一边扒饭一边回答说："今天有事。"

德伢子继续问："么子事呀？"

正在房中收拾家伙的陈想容听到儿子的问话，生怕他乱讲话"下白水田"，连忙快步来到灶屋说："你爹要出远门赚钱，你要听话哩。"说完还不断地眨着眼睛，意思是要德伢子讲点好话。

德伢子似懂非懂，也就一边扒饭一边说："爹爹，那你要多赚些钱，回来起一个又高又大的屋！"

周三和点头笑了笑，然后说道："那你德伢子在家要用心读书，将来考上状元，好不？"

德伢子把筷子一放，拳头一举，高声答道："好！"

周三和笑了，陈想容端起饭碗也笑了。

初冬的太阳还没有照进山冲，东边天上的霞光却红得发亮，山冲里还是静悄悄的。周三和喝了一大口茶，到父母的床前说了几句话后，便把包袱背好，就向外走去。陈想容和德伢子一直送到柏叶冲口。

周三和这人虽是一介农夫，却喜欢交朋结友。他在柏叶冲里有个盟兄弟，名叫刘述高，刘述高有个姑老表，住在安乡。这次出门，周三和就是想到安乡去试运气。在他的包袱里头，有刘述高送给姑老表的一斤上等烟叶子。也就是凭着这斤烟叶子，周三和去与那安乡老表联系。

走烂了三双草鞋，周三和终于来到了安乡的松滋河边。放眼一望，松滋河两边一坦平洋，一坦平洋的田里，油菜苗绿油油的一眼望不到头。周三和心里想，真是个好地方，收了一季谷还能栽一季油菜，怪不得刘述高经常说，他老表那里既有饭吃又不缺油。周三和就这样一边羡慕着这好地方，一边问路，终于在天将黑时，找到了刘述高的老表。

老表的烟瘾特别大，听说刘老表送来了烟叶，就连忙抽出几片金黄色的烟叶，就着麻子高凳上切了起来。之后，一连吹了二十几个蒂子，这才将白铜烟袋递向周三和，口里喷着白烟问道："老表家里人都好吗？"

周三和这时才启齿说道："老表一家都好。我叫周三和，这次我过来，是想在这边寻点事做，不知老表能不能介绍一下？"

老表呵呵一笑说："这就巧了，我叫周启发，别人都叫我周二马夫，看样子，我们是本家，你是老弟了。老弟想到这边发财……"

周二马夫的话还只说到这里，那边屋里出来一个女人，对着说话的周二马夫说："人家咯远来，先吃了饭再说噻！"

灶屋里的木柱子上挂着一盏长嘴巴竹筒油灯，桌子上摆着一碗干鱼，一碗红虾，一碗白菜。周三和确实饿了，也就没讲太多的客气话，端起饭碗就吃。周二马夫正要端碗，那女人在门外端着两小碗酒喊道："二马夫，倒点谷酒把客吃噻。"

周二马夫连忙起身去倒酒。这边吃得正香的周三和似乎听到他们两人在说着什么。他停了下来，放下筷子。这时，周二马夫来了，笑眯眯地说："我自己蒸的，试试味道。"

周三和说："我已经吃了饭，酒就不能喝了。"

周二马夫说："莫讲那些规矩，俗话说：饭上盖酒，哪里有？来，喝！"

周三和无奈，只得端起酒碗。

周二马夫喝着酒，话更多了起来。他说他有个弟弟，前年得暴病死了，老弟媳妇也反穿衣裙改嫁他人，留下一个五岁的儿子要人照料，留下两石田要人耕种，正愁人手，你周老弟这一来，就好办了。照料侄儿是我里头人的事，这两石田就由你来做。我们这里田盘子大，两石田有十五六亩。至于收成了如何分成，我里头人现在就去请族上的人来，定一个"泥窝子"，反正不会让你老弟吃亏。周三和一听，心里好喜欢，一仰脑壳，那小碗的酒干了。

饭后，两个人吹了几轮烟蒂子。屋里陆续来了几个人，周二马夫一一做了介绍。周二马夫那女人说话快，她说，伢子就把我做崽，两石田除去成本后收成对半分。周三和心想，莫说对半分，就是三七分都要得。那些族人见主人已经出了盘子，也没多说话。一个老先生拿出两张纸，在灯下写了起来。写完后一张交给周二马夫，另一张交给周三和。周三和不认得字，接过那张纸，便交给周二马夫的女人说："嫂子，主意是你出的，这家伙请你拿着吧。"

原来周二马夫没有子女，这一下儿子也有了，田也有人种了。

众人说了些天南地北的话后，各自打着火把回去了。周三和也在周二马夫的安排下，到他弟弟家里睡了下来。这晚，他睡得很香，做了一个很好的梦。梦中，他站在船头上，看着那满满一船谷，还有棉花，还有豆子，他得意地笑了……

周二马夫带着周三和，在那两石田里转了几圈，又带着他去了河边的码头，还拜望了几个当地的头面人物。回来时又经过那两石田，趁着四下无人，周三和脱下裤子就屙屎。看到周三和把屎屙在别人家的田里，周二马夫不以为然地说周三和不应该把屎屙在别人家田中。周三和却说，屎可以挖过来，可尿就挖不过来了。说完一边搂裤一边连屎带泥蹾到自家田里。周二马夫心里暗暗作想：这是一个种田的好胚子。

趁着十月小阳春的好天气，周三和把田塍路做好，还做了十个大凼。之后，他每天天不亮就出去收野粪，把十个大凼沤得好肥好肥。白天，他到码头上"挑脚"。几个月下来，赚的力脚钱够买菜饼和犁耙了。

开春了，周三和种了五亩棉花，十五亩"万粒籼"，每条田塍路上都点上了青皮豆，还种了一大块地的芝麻……

夏天到了，棉花开花，"万粒籼"勾头散仔，青皮豆苗绿茵茵的，芝麻也长得特别的好。远近的人都来看，看了都称赞说，这个南边人会做事！

看着即将到手的收成，周三和心里更是像喝了蜜糖一样，甜丝丝的。心想，那天晚上的梦就要圆了，圆了梦就要好好地感谢周二马夫两口子，也真的要用船装些回去，让家里人欢喜欢喜。他是这样一路走一路想，不知不觉到了松滋河边，松滋河的水黄黄的，像倒油一样流着，中间还浮着一些杂七杂八的东西。周三和是山里长大的，第一次看见这么大的河，有些惊奇。

正当他看得有些呆的时候，一只手在他的肩上猛地一拍。回头一看，正是周二马夫。周二马夫说："赶快回去'捡大水'！"

看到周二马夫慌张的神色，周三和知道事情不妙。连忙转身跟着回家。这时，家家都在往高地上搬东西。周三和二话不说，就和周二马夫一道搬起东西来。这时，天色大变，黑云从南边压了过来，接着雷声大作，紧接着下起瓢泼大雨，再紧接着有人大喊：松滋河水漫堤了！

勾头散仔的万粒籼禾苗不见了！开花的棉花也不见了！绿油油的青皮豆苗不见了！一切都看不见了！所看见的，只有一片汪洋！

大水退后，周三和的万粒籼只得了二成收成，棉花、青皮豆、芝麻全部绝收！望着二十来担泥色的谷子，周三和想哭，但他没哭出来，他把谷全部交给了周二马夫，轻声地说："兄弟我不走运气。"

当天晚上，周三和背起自己那套行头，悄悄地向南走了。

周三和真的不走运气，他走到醴陵山区，心想这里可没大水淹了，就在这里种山货吧。可那年恰逢干旱，他在醴陵贺家桥所种的二十亩黄花菜，也干死了。

望着满山枯死的黄花苗秆，周三和长叹着。不知不觉间他回到了家中。"爸爸出去多赚些钱，回来起又高又大的屋！"德伢子的那稚嫩的声音在耳边响起。周三和惊起，睁眼一看，还是遍山的枯苗，他眼圈红了，他那倔性子也上来了，他往自己胸口上打了一拳，对天喊道："老子不搞出点名堂来，绝不回家！"

二、兰梅竹置业择邻

周三和的父亲周本善，是一个地舆。早年，他也曾闯荡江湖，走遍南北。直到五十岁才多少有些积蓄，回到老家柏叶冲，在冲南的山坡地上建起两间半土砖茅草屋定居下来。正好此时，三十八岁的刘银秀死了丈夫，无依无靠，经人撮合与周本善结为夫妇，次年生下了周三和。一晃三十年过去，年已八十多岁的周本善居然有儿媳妇和孙子，可却落得老病在床，刘银秀也因多病卧床不起。

周本善人称周大老倌，为人自负，且有些倔强，还喜欢回味自己的过去。那天周三和出远门，来到他床前辞行，他挣扎着坐了起来，准备穿起衣服为儿子送行。周三和肩着包袱，急匆匆地说："爹，妈，我出远门了，家里的事有想容管着，你们放心吧。"

说完，周三和就大步地走了。周大老倌刚穿好衣服，便用手指在袖里掐捏着。掐捏完了，连忙用嘶哑的声音喊道："今天是个'破日'，不能出门呀！"可这时，周三和已经走到了柏叶冲口。

待陈想容和德伢子送周三和打转回到家中，周大老倌已经坐在了门口。见到媳妇和孙子，周大老倌知道，儿子已经走远，说也无用，只好对着德伢子喊道："细孙呀，过来给我捶背。"

德伢子应声过来，用两只小拳头在嗲嗲的背上轻轻地捶打着。陈想容在灶屋里热了饭菜，用两只大碗装好，一碗送给床上的婆婆吃，另一碗送给坐在门口的公公吃。周大老倌几大口吃完饭，对着德伢子说："细孙呀，我就是脚不能走动，要是能走动就好呀。"

德伢子一边捶一边问："嗲嗲，你的脚是何解呢？"

周大老倌叹口气说："唉，受风寒太多呗。"

德伢子喜欢打破砂锅问到底，追问道："那你又是怎样受的风寒呢？"

这一问问到了周大老倌的"痒它子"上，他想起了他那早日的英雄，想起了他那风光的过去，他要趁此机会在孙子面前说说自己早日的本事。他笑了笑说："细孙呀，我只讲一件事，你看受不受风寒。"

德伢子搬来一条"麻蝈凳"，坐在哆哆面前，眼睛直勾勾地望着。陈想容一手提着一条高凳，一手端来一碗热茶，放在高凳上。

周大老倌喝了一口茶，眉飞色舞地讲起早年的事来。

那年，我和几个伙计去靖港口。靖港口在大河边，离这里有几十里路。靖港口好热闹，街上人来人往。我们在一个小酒铺子里坐下，一同喝酒。这时一个后生子送菜上来，一副心事重重的样子。我这人心里慈，看见不得这号愁眉苦脸的样子，于是把那后生子叫到一旁问道："小伙子，么子事不快活呀？"小伙子眼泪一澎，说道："我娘死了，支了几个工钱，买了棺木，没地方埋，现在还放在屋里哩！"说完哭了起来。我说你莫哭，我是地仙，我跟你想办法。几个伙计喝了一轮酒都走了，我留了下来。直到很晚小伙计收工回家，我一同来到他家里。只见一口薄棺材放在屋中，家里什么值钱的东西也没有。从交谈中我得知，小伙计也姓周，一直与母亲相依为命。我更加过意不去，也就更加下决心帮他一把。当晚，我又来到小酒铺。小酒铺的老板姓李，为人视钱如命。我知道向他借钱不到，只好同他天南地北地扯，扯了一阵，得知李老板正在与侯姓打官司，为的是在靖港街后的螃蟹岭的一块荒地。我想这一下可有办法了。当晚，我从李老板家出来，便去了螃蟹岭。借着星月之光，我一看，这里地脉不错，周家小伙计的母亲如果葬在这里，应该是有些发达的。于是我一整晚在螃蟹岭上观看，这一看非同小可，只见东边坡地上红光闪烁。我知道这是地气的征兆。第二天我又来到李老板的酒铺里，试探着他对螃蟹岭的态度。李老板说，侯家仗势欺人，凭什么把螃蟹岭让给他们。我说，这螃蟹岭嘛，让出来未必不是好事。李老板问，那何解呢？我说，我是地仙，我看螃蟹岭是一块凶地，这里孤峰突起，前后水系杂乱，这种地方，阳气全无，阴气十足，因此在这种地方建房不发人不长财，在这种地方葬人家实业败，因此，我劝你做个顺水人情算了。李老板有些犹豫。我也不紧逼他，只是悄悄地走了。此后我一连七天，白天在李家说，晚上在螃蟹岭看。李家被我说服了，螃蟹岭的地我也看准了。这时我找到侯家族人侯维贵，劝说他官司不要打了，给些钱，李家就会让出螃蟹岭来。侯维贵一拍胸口说，只要是这样，重谢你先生。我说，我不要谢，只求在东边葬我周家的一个老婆婆子。侯维贵又一拍胸口答应了。就这样，李、侯两家的官司没打了，周家小伙计的娘也安葬好了。后来，周家小伙计因为他娘葬中了地，发了大财，还感谢了我。只是我在螃蟹岭上蹲了七个晚上，落下了经常膝头骨发痛的病根。

周大老倌讲得喷痰喷水，德伢子听得口水直流。趁哆哆端茶喝，德伢子突然说道："哆哆，我也把你葬到螃蟹岭去，我们家也好发财！"

周大老倌脸色一沉，说道："宝崽，天机不可泄露。"

就在周三和出门的那天未时上刻，一条大船在团头湖的仙泥墩旁边停下，一个年约五十岁、身穿藏青色长袍的绅士模样的人，从上跳下来，径直走进了胡棚桥头那间渡口亭子。

这胡棚桥的渡口亭子很有些来历。相传几百年前，这里是去益阳、宁乡的必经之路。人们肩挑山货，从团头湖边一路走来，到此一条大港拦住去路，只能乘坐渡船过去再行赶路。青山嘴那边一个名叫胡尔保的老人，天天在团头湖边放丝网捕鱼，看到这里的行人乘船过渡很不方便，心想做点好事。于是他不放丝网捕鱼了，他在渡口处搭了个草棚，每天在湖边捡些柴屑，取团头湖的清水，烧开水给行人喝。行人们喝到热茶，自然心生感激，有钱的丢一个子儿，没钱的说声"有劳了"。久而久之，胡尔保收到了一笔不小的茶钱。他与摆渡的刘老汉商量，用这点钱建一座石桥，也好让行人顺利通过。刘老汉八十多岁了，无儿无女，正愁这撑渡船的事没人接替。于是两位老人一拍即合，几年后桥建成了。地方上的人为感激两位老人，把这桥取名胡棚桥，并在桥的西头建上一座小亭子，小亭子里照样由地方上的人轮流安排茶水，供行人饮用。

这时的渡口亭子里坐着一高一矮两个人，正在一面喝茶一面说话，看见这个穿长袍的人进了亭子，说话也停了。那穿长袍的人一进来，便拱手说道："鄙人兰梅竹，请问这里到凌头冲如何走法？"

高个子站了起来，用手指着对岸的山里说："从这里过桥，山里有条毛大路，从这毛大路可到凌头冲。"

兰梅竹正想说声"多谢"时，那矮个子也站了起来，问道："先生不像本地人，到凌头冲是走亲还是访友？"

兰梅竹说："鄙人乃靖州人，非是走亲访友，是想去打听一事。"

矮个子说:"近晌有蛮多人都到凌头冲去,听说为的是买尹家的田山产业。"

兰梅竹听了,反问矮个子:"尹家的田山卖出了吗?"

矮个子摇着头说:"搞不清楚。"

原来,这位兰梅竹曾是靖州渠水街上小银铺的老板,妻子早亡,只有一个儿子名兰宜秋,时年十五岁。因儿子与人斗殴,一场官司败下来,兰梅竹愤而发誓,一是要迁到长沙这边来,二是不做银铺生意转而经营田产,因此想到长沙新康都来置业。

兰梅竹说了声"多谢",便过了桥,踏上那条毛大路,向凌头冲走去。一个时辰后,兰梅竹来到一个大庄院前。这庄院白墙黑瓦,三进四横,东、西、北三面有竹林掩映。兰梅竹一看就知道,这是一个大户人家,心想,要到这里安身立命,少不了这种大户人家的帮衬。带着这样的想法,兰梅竹进了朝门。

"汪汪"的狗叫声惊动了屋里的人,一个黑胡子老人打开大门,出来以手遮额,朝门方向望了望,然后对狗斥道:"莫叫了!"

兰梅竹以为这人就是主人,便几步上前,自报家门说:"鄙人兰梅竹,打扰老板了。"

黑胡子老人说:"我不是老板,看来你不认识我家老板刘老太爷。"

兰梅竹说:"很惭愧,鄙人不认识刘老太爷,他在家吗?"

黑胡子老人说:"请先生随我来。"

兰梅竹被黑胡子老人引进客堂,刚刚坐定,一个白须飘然的老者便走进来了。兰梅竹估计这老者就是刘老太爷,便又自报了家门。

老者果然是刘老太爷。其实刘老太爷年纪并不是很大,他承祖业"管公",为人知书识礼,乐善好施,因此在凌头冲乃至团头湖一带,德高望重。

刘老太爷叫人上了茶,向兰梅竹递过白铜烟袋,这才笑着说:"这里姓兰的很少。只有新康'裕源槽坊'的老板姓兰。"

兰梅竹说:"鄙人正是从'裕源槽坊'打听到这里有家姓尹的,要出卖田山产业,不知有这事没有?"

刘老太爷说:"有哇,尹家有三担田,三座山,因举家迁省府长沙,故出卖这里的田山和房屋,而且委托我做中介。不过尹家提出'三不卖'。"

兰梅竹问:"何为'三不卖'?"

刘老太爷说:"讨价还价的不卖,分期付银的不卖,不迁家室来的不卖。"

　　兰梅竹置业心切，从内心里说，这"三不卖"都能接受。可他心里是这样想，口里还是说："只要价钱在坎子上，这都好说。"

　　其实，前来刘老太爷这里打听尹家田产的人很多，但都是想得价便买。兰梅竹算是第一个这样答复的。刘老太爷感到，这是个真正的买主。他等客人喝了茶，又吹了几个烟蒂子，然后才起身说："是不是先看看再说？"

　　兰梅竹求之不得。便也起身，随刘老太爷去看山地和田庄。三座山里树木葱茏，三条坳里三担田连片次第分布，兰梅竹心里很中意。让兰梅竹更中意的，是刘家这个好邻居，与这样的人家相邻，儿子就能学到好样，将来才有出息。回到刘家，以三十两银子的卖价成交了。刘老太爷当即着人把尹家的当家人叫过来，写好字据，当面点交银票。

　　待尹家那位当家人走后，兰梅竹对刘老太爷说："田和山都很中意，就是那房子的风水向致不如我意，我想改建好以后，再举家搬过来。"

　　刘老太爷说："兰先生既然笃信风水，那就去请本地的老地舆周本善来相好地，然后再择日动工吧。"

　　兰梅竹说："也好，不过要在府上打扰几天。"

　　刘老太爷说："好说喽。"

　　第二天，兰梅竹按照刘老太爷说的地址，找到了周本善家。周大老倌正在阶基上晒太阳，听说是来请地舆的，周大老倌的腿脚似乎不痛了，只见他站了起来，问道："先生是相阳地还是相阴地？"

　　兰梅竹心里一顿，后悔自己没有事先说清楚。这时他只好笑着说："鄙人是想新建一宅子。"

　　周大老倌像变了个人似的，几步进屋，拿起家伙，出来就说："先生请吧。"

　　待陈想容端茶出来，兰梅竹和周大老倌已经出了山口。怀德跟在他妈妈的后面说："嗲嗲的腿脚不痛哒！"

　　到了凌头冲尹家屋前，周大老倌在前后左右看了一番，再把罗盘一校，然后说道："这地方好呀！"

　　兰梅竹说："好是好，但我不喜欢这向致，请先生再相吧。"

　　周大老倌说："这里山势环抱，近案当前，又有一条溪流从前流过，呈干水成垣之势。诗云，'水缠便是龙身泊，紫袍金带拜君王'。至于向致，你可向偏东至壬午，就是好向致了。"周大老倌说完，将罗盘摆好，扯开灰线，在地上画好一道壬申向的直线，并在两头钉好桩子。

这样的向致，把原来的己酉西南向，变成了壬午东南向，兰梅竹心里满意了。他拿出一个红包，塞进周大老倌的衣袋里。周大老倌客气一番之后，告辞回去了。

此后，兰梅竹在刘老太爷家租佃两间横屋住了下来。他请来工匠，自重阳日拆尹家老屋，立冬日起手建新房，至冬至日，新房建成。这才乘船去靖州渠水，把小银铺老房变卖，把大小家具装船，溯沅水南下至洞庭，再入资水，经毛角口入烂泥湖而入团头湖，于是年十一月初一搬进新房居住。

兰梅竹的儿子兰宜秋来到新的地方，感觉到处都很新鲜。兰梅竹交代儿子，出去走走有必要，但不能惹是生非。兰宜秋野惯了，头一天竟然跑到了柏叶冲，第二天跑到了青山嘴。在青山嘴的管家巷子里游荡时，他碰到一个手提腰篮的姑娘，几问几答，两个人便热络起来。那姑娘不断地睃着媚眼，兰宜秋也开始动手动脚。可他还是想起了父亲"不能惹是生非"的嘱咐，与那姑娘嬉戏一番，便回家了。

原来，那姑娘姓管，小名大满妹子。这大满妹子刚十五岁，眼睛水灵水灵的且身材丰硕。平时，她不在家里习女红，却到处与人疯耍。这大满妹子性格不同，她不与年龄相仿的姑娘们疯耍，却喜欢与同龄的伢儿们在一起，日子长了，伢儿们免不了动手动脚的，大满妹子也不示弱，你摸我的那里，我也摸你的那里。摸来摸去，心血来潮了，就在茅柴子长得高的地方，滚在了一起，接着就不管一切了。

兰宜秋回到新家后，心里总是想着在管家巷子碰上的那姑娘。第二天吃了早饭，便又来到管家巷子，口哨一吹，管大满妹子就出来了。这一回兰宜秋不讲客气，见面就一手摸胸口，一手摸下身。大满妹子一反常态，把兰宜秋的手甩开就跑。兰宜秋就追，追到一块茅柴神秘的地方，大满妹子不动了，还打着媚笑解开了几粒衣扣。求之不得的兰宜秋见状，一把搂住，迫不及待地干起了那个。

不久，管大满妹子的娘发现了女儿的异样。逼着女儿说出真情后，觉得这妹子留在家里，迟早会出丑相，不如早点嫁出去为好。她拜托隔壁孙二嫂子到了兰宜秋家去说媒，兰梅竹听孙二嫂子说明来意后，心里想，早点为儿子找个媳妇也好，免得他到处乱跑。就在这年十二月初八日，管大满妹子嫁到了兰家，与兰宜秋结为夫妻。因为没有正式的名字，又已为人之妻，故管大满妹子过门后，人们都称管氏。兰梅竹在这一年中，一连做了买田、建屋和收媳妇三件大事，把家里的老本钱差不多用光了，手头有些紧，也就不像在以前那样，事事放开去办，只能算着花钱。这样一来，兰宜秋不活泛了。每当向老爹要钱花时，兰梅竹总是说，伢崽呀，现在田里还没收成，山里也没出货，不能那样大手大脚地花钱了，算点细吧。兰宜秋要不到钱，管氏要买东买西就是空手打哇哇。特别到过年了，别人家的姑娘嫂子天天忙着做新衣。管氏虽然有新衣穿，但还是想再添衣服。兰宜秋没要到钱，新衣服就添不成，管氏只能背后发气。兰宜秋好说歹说，总算把妻子哄住了。

过年后，管氏又咕咕哝哝起来。这回不是要钱制新衣，而是要兰宜秋出去做生意赚钱。她多次对兰宜秋说，家里虽然有三担田和三座山，但要请长工、要买耕牛、要添置犁耙车戽，还要买种子，一年的收成只能抵得上这些本钱。兰宜秋根本没有想这些事，也懒得听这些事，妻子总是在枕边再三再四地说，他烦了，但转而一想，如果真的出去做生意，在外面玩玩也好。于是他说，你是真的操心的话，就跟爹老子去说。管氏一想，也好，要我说我就说吧。第二天吃早饭时，她果然向公爹兰梅竹说了。兰梅竹没有想到，这个刚过门的媳妇，竟然这样老成，竟然把家事想得这么细致。答应吧，自己的儿子不是正经货，做生意不在行；不答应吧，媳妇儿讲的都在理上。这时兰宜秋也在一旁说："爹，我出去做生意也要得，反正家里有你老人家管事。"经兰宜秋这样一说，兰梅竹终于动心了。

正月十六日，兰宜秋一副远行的打扮，走出了凌头冲。

三、小牧童工余苦读

　　时间 晃过了三年。这三年中，周大老倌老两口都大病了一场，一度不能下地行走，连屎尿都要陈想容到床上去接。后来，在陈想容的精心照料下，周大老倌气色好了许多，能够自己坐起来了，也能够用尿壶自己接屎尿。周大媆驰也能自己起床，挪到外面晒太阳。

　　这天是正月十八，是周大老倌的八十六岁生日。陈想容天不亮就起来，杀了一只鸡，熬了一大锅鸡汤，熬了些糯米粥，然后，照例给周大老倌和周大媆驰喂粥和鸡汤，还特地倒了一小杯酒给周大老倌喝。

　　周大老倌喝完这杯酒，对陈想容说："去把德伢子叫过来。"

　　德伢子这时正在山坡上的"挂牌土"边赶鸟。先年九月底，陈想容在收完红薯后，点了十大块土的豌豆。开春后，豌豆苗疯长起来。早晨，林子里的鸟正是成群觅食的时候，它们成群结队来到豌豆地里，啄食豌豆苗的嫩尖尖，有时几只鸟同时在一根豆苗上，把豆苗给压倒了。这是陈想容一家上半年度荒的口粮呀！因此，德伢子每天早晨来赶鸟。他手拿一根长竹竿，长竹竿上吊着一把烂巴叶。德伢子用长竹竿舞动烂巴叶，再加上一声大吼，那地里的鸟就"嘭"的一声，一齐起飞跑了。可那鸟儿很聪明，你刚赶它走，它却就飞在附近的树上等待着，只要人稍不留意，它又立即飞了回来。德伢子也有办法，他在土里插了很多竹篱子，篱子上牵着很多绳子，绳子上挂着很多红红绿绿的布条条，山风一吹，这些布条条晃晃悠悠，那鸟到底有些害怕，不敢成群结伙地来。但也有胆大的鸟，不时潜入豌豆苗中来，偷偷觅食。德伢子又有办法，他把长竹竿插在豌豆苗中间，自己则去剥了几根野麻皮，搓成一根又大又长、一头大一头细的麻绳子，他手拿麻绳子那头大的，然后将麻绳舞得"呜呜"直响，再然后突然一顿，麻绳子尖上发出鞭炮一般的脆响。那偷食的鸟一听，以为是有人放铳，连忙起飞逃跑，逃跑中又碰上了那些布条条，有的甚至还被那布条条缠住了脚，被此时赶到的德伢子捉住了，德伢子也不把鸟弄死，而是把那鸟脚用线拴起来，吊在竹竿上，让其时而起飞，时而惨叫。那些林子里的鸟听到惨叫声，也都不敢往这边来了。德伢子还生怕那被拴住的鸟死去，不时在豌豆苗上寻些虫儿，喂给鸟吃。德伢子一边喂，一边说："多吃点，大声点叫，帮我做点事。"

这时，陈想容在家门口喊道："德伢子，快回来，嗲嗲叫你！"德伢子又给鸟喂了一条虫，这才对鸟说："这里就拜托你了。"

德伢子回家，直问妈妈有么子事。陈想容说："嗲嗲今天生日，快去讲几句好话。"

德伢子来到周大老倌面前，刚要说话，周大老倌笑眯眯地说话了。

"你晓得你今年几岁了？"周大老倌问。

"明天满七岁，我只比嗲嗲细一天。"德伢子在嗲嗲面前调起皮来。

周大老倌也不生气，摸着德伢子的头说："宝崽，是比嗲嗲细七十九岁零一天。"

德伢子这时认真地点着头，心里想，这是怎么样算出来的。但口里却说："嗲嗲，今天你生日，妈妈做了么子好吃的给你吃？"

周大老倌用手摸了摸胡子，笑了笑说："吃了鸡汤，还喝了酒。"

"那你何解不吃鸡肉、不吃鸡把子呢？"德伢子问。

周大老倌告诉德伢子，自己吃不动鸡肉，正好鸡肉给他明天生日吃。说完这些，周大老倌把话题一转说："快去喊你妈妈过来。"

陈想容端着两碗茶正好到了房门口，接过周大老倌的话说："不要喊，我来了，嗲嗲有么子事？"

周大老倌眼里闪着光，在媳妇面前露出了少有的笑容。他接过茶，郑重其事地说："不能让这孩子长此在家看鸟了，要让他去读书。"

陈想容何尝不想叫儿子去读书，只是家里太穷，交不起学俸，所以一直没有说出来。周大老倌看出了媳妇面有难色，便提高了嗓门说："我晓得家里交不起学俸，可你应该到娘家去想点办法。"

提起娘家，陈想容心里一沉。但此时，周大老倌眼里放着兴奋的光，德伢子牵着自己的手，眼巴巴地望着自己。她想，不能伤这位老父亲、老嗲嗲的心，更不能伤德伢子的心，还是去想办法吧。于是陈想容故作轻松地说："要得，

15

我明天回娘家一趟。"

德伢子不忘自己的事，连忙说："妈妈，如果我去读书了，土里的豌豆苗子有鸟给我看着哩！"

陈想容的娘家就在垅那边的青山嘴。自从嫁到垅这边周家来，陈想容很少回娘家。之所以很少回娘家，是因为陈想容有一段伤心事。

陈想容的父亲是个读书人，号陈白，意为要做诗仙李白一样的文人。陈白家里是书香世家，自幼家教严格，以读书为本。直到娶妻成家，陈白仍然与书为伴，终日吟诗作对。陈白的妻子刘氏，秀外慧中，过门后一直随夫伴读。陈白是兄弟中最小的一个，大哥哥与书不沾边，却对小弟读书很看重；二哥哥读了上十年书后，成了亲就读不成书了，因为他那妻子过门后就吵，逢人便说读书读不出米来吃。陈白也不管这些，照例天天摇头晃脑地哼诗文。那天，陈白邀了周开文、丁启龙、刘迪赋三个读书人，一边饮酒一边论文，而刘氏则回避到后房去了。

陈白他们论了唐宋八大家的文章，感到有些累了。周开文提议换个话题，陈白应声响应。他说只有以李白的《清平调》的前一句为起句，各作一首诗，另三人异口同声说"好"。于是，陈白抢先作诗了。

"云想衣裳花想容"……陈白刚念完起句，将要念出自己接续的一句时，陈白的大嫂子李氏冲进堂屋，高声喊道："恭喜细叔！喜得千金了。"周开文等三人一听，连忙起身回家了。陈白初为人父，心里自然喜欢，接过大嫂的话说："既是千金，那就取名'想容'好了。"大嫂称赞说："到底是读书人，这个名字真好听！"说完又到后房去了。

小想容长得人见人爱，跟着父母，也学了不少的诗文。可是好景不长，陈想容六岁那年，陈白得了重伤寒，又碰上郎中开错了药，不几天就一命呜呼。刘氏自此一病不起，隔了一年多时间，也随夫而去。陈想容陡然变得无父无母的，大伯父和大伯母喜欢这个侄女，便带在身边。可是不久大伯父大伯母也都得病死去，刚满十岁的陈想容再次变成无依无靠的人。二伯父心里慈，与妻子商量，带了这个无父无娘的侄女。然而二伯母百般的不愿意，她说养了她的父母又要养他们的下一代，真是前世欠了他们的。说是这样说，还是拗不过陈家族上的人，只好答应把小想容接回了家。

陈想容十六岁那年，二伯母就做主将她嫁给了周三和。后来二伯母看到周三和家里一直很穷，更加不喜欢这两口子。陈想容心里有数，你伯母不喜欢，我也就尽量少回去，以少遭伯母的白眼。为了德伢子读书的事，她不得不回娘家了。

二伯父已近六十岁，儿子大了分了家，他不再下田做事，在家开了一堂学馆，教几个山冲里的伢子，得以两老夫妻度日。因为儿子多少还在"打供食"，故他俩还是主动为儿子喂了一条黄牛。陈想容提着一只鸡和一篮鸡蛋，一路走一路想，二伯父只是多教一个学生伢子，我也照样交学俸，应该会答应的。

陈想容进了二伯父的家门。二伯母不在家，陈想容心想：这事看来搞得成。陈想容说了些客气话之后说明来意，二伯父很爽快地说："要他来就是的。"可就在这时，二伯母牵着一头黄牛过来了。陈想容连忙迎了上去，二伯父也起身说了德伢子过垅来读书的事。这时，二伯母脸色有些难看。陈想容连忙说："我家德伢子到外公这里来读书，学俸照样交，只是麻烦外公外婆了。"二伯母没有作声，径直进屋。二伯父晓得自己堂客的屎尿，也紧跟着进屋。陈想容不好跟进屋，只好站在外面听响动。只见二伯母扯着二伯父的袍子角往里拖，又只听见二伯母叽叽喳喳说着什么。二伯父一直没有作声，二伯母来火了，提高嗓门吼："你不讲，老子去讲！"陈想容心想，这事搞不成了。这时二伯母出来木着脸说："是这样的，我想我老了，上山看牛不行了，是不是要德伢子一边帮我家看牛，一边在这里读书。学俸可以少一点。我也是看了你们家里拿不出，才想了这个两全其美的办法。"陈想容听完，满口答应德伢子可以每天替外婆放牛，而且学俸一点不少。

正月二十一，天还没亮，德伢子就起了床，几大口喝完了红薯粥，背起一只篾织的书夹子，兴冲冲地出门了。陈想容向公公婆婆打招呼说："等一下子就回来。"说完也跟着德伢子向垅那边走去。

外公倒是很欢喜。见了德伢子就说："从今天起，我跟你取了个名字，叫周怀德。"陈想容端来一把椅子，叫二伯父坐上去，叫怀德行拜师礼。怀德放下书夹，向坐在堂屋上首的外公叩了三个头。这时，陈想容也把二伯母请到堂屋上首，怀德照例同样向外婆叩了三个头。之后，陈想容嘱咐一番，辞别伯父母就匆匆回家了。

周怀德望着母亲那匆匆的脚步，心里想起什么，突然问道："外婆，牛在哪里？"

外婆应声答道："在牛栏里。"

外公敲着桌子说："莫那样急，先听听这里的规矩，再点好书，再去放牛。"

待外公把规矩讲完，刚要点书的时候，外婆已经把牛牵到禾场上。

一连几年，怀德都是天天早早地来，匆匆地点书，又匆匆地去放牛。放到中午时，回家匆匆地吃饭，又匆匆地赶牛出去放，到太阳下山时，才把牛送进牛栏，然后到外公那里去背书。

这天下大雨，外公说："今天雨大，不去放牛，在这里多点几句书。"

外婆一听，连忙说："那就把板楼上捡拾一下。"

怀德在外公那里点好书，就匆匆上楼了。楼上尽是书。怀德三下五除二，几个来回就把楼上捡清了场。看看还早，怀德就选书看。刚坐在角落里翻开书本，下面外婆喊了起来："德伢子，何解楼上没响动了呢？"

怀德灵机一动说："我在扫蜘蛛网子。"

外婆不作声了，怀德又准备继续看书，可想，一看书就会又没有响动了，外婆又会喊，得想个办法才好。这时他正好看见一条三只脚的小凳，他的办法来了。他寻了一根绳子，拴住小凳的一只脚，然后把绳子往梁上一丢，拉下来后把绳子缠在脚上，然后静静地看书，不时用脚把绳子带一下，每带一下，三脚小凳就被提了起来，然后利索地放下，三脚小凳便掉在楼板上，发出沉闷的响声。就是这样，怀德一口气读完了《弟子规》的全文。

中午了，楼下的外公喊："今天莫回去吃饭，就在咯里吃。"

外婆也做起了顺水人情："要得，今天楼上响个不停，定是德伢子在楼上没歇一下。"

怀德心里好喜欢，连忙在脸上抹了一把灰，提着撮箕和扫帚下楼来了。

就是这一天，怀德回到家里，告诉了妈妈一个秘密：外公的楼上好多书。

陈想容说："那都是你死去的那亲外公的书。"

怀德说："那亲外公就是名叫陈白喽？每本书上都有陈白二字。"

陈想容说："正是的。"说完又拉着怀德的手说："那些书现在是这个外公的了，千万不要去拿，拿了如果被外婆看见，那就是祸，懂吗？"

怀德顿了一下说："今天我没拿书。"

"以后也不能拿，听到吗？"陈想容再三嘱咐。

"不拿就不拿呗。"怀德心里有些不情愿。

其实，怀德在楼上还是拿了一样东西：一支笔。可他拿着笔背地里准备写字的时候，才发现那笔已被虫蚀坏了，不能用。怀德平时练字舍不得用笔，只有交给外公看的字才是用笔写的。平时练字时他想了个很好的办法，就是把笋壳叶扎紧，把叶子撕碎，沾上黄泥浆，在地坪上练习写。雨天地坪上不能写，就在自家墙上写。

怀德在外公家一边读书一边放牛五年了，那牛与怀德很是合得来，也很听怀德的话。在怀德的调教下，这牛不下田吃禾，不进园吃菜，也从不到处乱跑。外公家那条狗也成了怀德的好朋友，怀德放牛时，总是寸步不离。怀德放牛时总是捧着书认真地看，牛吃饱了，就来到怀德面前，和狗一起一声不响地陪着。怀德心里只有一件事放不下，就是外公楼上的那些书。妈妈的叮嘱，外婆的小心眼，使他一直不敢下手。

快到端阳节了。初三这天上午，刚点完书，外婆穿着一身新衣，来到外公面前说："家住益阳的满妹喜得孙子，我想去住一晌。"

外公说："好呀，几时去？"

外婆说："今天就去，好不？"

外公二话不说就答应了。

外婆出去不久，外公就对四个正在对天喊书的伢子说："这三天莫来读书了，师娘做客去了，我没人煮饭吃。"

喊书的四个伢子一声欢呼，拿起书夹一哄而散。

怀德不能走，因为他要放牛。

外公对怀德说："今天你也莫去放牛，放点草给牛吃就行了。"

怀德说："可现在家里没有草呀。"

外公说："你担一担筅箕，回去割就是的。"

怀德就去寻筅箕。寻了筅箕准备走时，外公把怀德叫住了。怀德扭头一看，外公笑眯眯的，心想这时候外公么子事咯样喜欢呢？怀德正想猜一猜的时候，外公招手叫自己进去。

怀德听话地走了进去。外公小声说："我在楼上清点好了两坨书，都捆好了，你去拿下来，放在筅箕里担回去，日后必定有大用！"

怀德一听大喜，连忙上楼，抱了一捆下来。外公接过，郑重其事地放到了筅箕里。待怀德把第二捆抱下来，外公已用荷叶把书盖好。两捆书都盖好后，怀德用钩子钩上箢箕系，准备担起就走。外公一把按住，他把钩子索解开，再用索子与箢箕系打个扣，然后在扁担上扣好，这才叫怀德担着走。怀德刚走出禾场，外公又追上来说："别个问你担的么家伙，你就一定要说，是担的丝草。"

怀德抄小路把书担回家中，就迫不及待地解开看。

在第一捆中，怀德惊奇地看到有《四书章句集注》，还有《论语》《大学》《中庸》《孟子》也有《易》《尚书》《诗》《礼》和《春秋》；在第二捆中有《全唐诗》《古文观止》《韩非子》和《昌黎先生集》，还有《易传》《春秋传》以及《二程遗书》，等等。

看到这么多书，怀德又犯愁了。这么多书，从哪一本读起呢？好多字不认识，好多认识的字自己又搞不懂。想来想去，怀德有主意了，先只留两本，其他的书用荷叶包得严严实实，重新用葛藤捆好，吊在床后的屋檩子上。周大娭毑睡着了，周大老倌早已看出孙儿的心事，先装着打鼾，直到怀德把书吊好了，这才问道："细孙呀，你那是吊的么子家伙？"

怀德把头伸进帐子里，对着哆哆笑了笑说："天机不可泄露。"

一切搞完后，怀德就出去割青草。割了满满的一担，担起就往外公家去。走到管家桥，怀德身上出汗了，便把担子放下来，在桥上休息。这管家桥建在流入团头湖的大港上，有四个石砌的桥墩，桥墩连着麻石铺就的底部，水流从麻石底上流过，发出"潺潺"声响。桥面都是用四块大而长的麻石拼合，桥面两边有石雕栏栅。桥的东边有一个高大的石砌宝塔。怀德刚在那石栏栅边靠着，无意中看到桥西那块石碑。怀德平时经过管家桥，都是匆匆来去，无心去看这石碑，趁这个时候，他来到石碑前，仔细地看起那碑文来。碑文因年月久远有些看不清楚，怀德捧了几捧水泼在碑文上，那字迹便清晰了好多。怀德从碑文中知道，原来这管家桥并不是姓管的人修的，而是一个叫周华荣的人，因管理周家公产经营有方，使得周家公产成倍增加。然而周家一族人丁也不断增长，隔着一条大港，往来很不方便，周华荣与族众商量，用周家公产的一部分新建了这座桥。在为这桥取名时，众族人认为，这是周华荣管公管得好，才有此桥，因此一致提议将这桥取名为"管家桥"。看完碑文，怀德身上的汗也干了，便担起草向外公家走去。刚把草放进牛栏，外公已站在了怀德的背后。外公告诉怀德，这三天你每天早晨带一担草来，之后就在这里，我来告诉你如何读那些书。

四、大和尚劫后余生

怀德现在的外婆名叫孙莱芝，只生一个儿子，儿子十七岁时便成了亲。而今这儿子三十来岁了，媳妇还没有生儿育女，孙莱芝很是着急。听说比她小十岁的妹妹喜得孙子，她又高兴又羡慕。来到妹妹的家后不久，妹妹就告诉她，自己这个孙子是佛祖送来的。孙莱芝一听，连忙问妹妹是如何求得佛祖送来孙子的。妹妹说，这还不容易，到白鹿寺去拜佛祖就是了。于是，孙莱芝到益阳的第二天，就在妹妹的带领下来到白鹿寺。

益阳白鹿寺是一座建于唐代的千年古刹。山门高大，大殿巍峨，柏树参天，青烟盘绕。孙莱芝两姐妹从前殿一直拜到最后一进的观音殿，在每一尊佛像前虔诚献香，深深地叩头，轻轻地述说。在最后的观音殿里，孙莱芝在观音菩萨案前求得了两包茶叶，执事僧人告诉她，一包要在五月初十的午时三刻不动声色地置于她儿子媳妇的枕头之下，另一包则泡水给儿子媳妇喝。孙莱芝还想问些什么，那执事僧人双手合十，告诉孙莱芝，要每天早起在佛前上香，上午在佛前祈祷。然后说声"阿弥陀佛"，低头而退。

孙莱芝两姐妹从回廊里绕出来，只见白鹿寺前坪上僧人列成两队，几个僧人拿着法鼓和法器，众僧人则齐声吟唱。一个身披红色袈裟的老和尚，手执一根比他高出许多的金黄色手杖，立于中间。不久从山门外走进一个身着褐黄色僧袍的大个子和尚。此时，法鼓和法器齐声奏起，众僧人双手合十，老和尚迈步上前，点头说着什么。前来上香的人都纷纷挤在一起，争相观看。孙莱芝从来没见过这样的阵势，看得有些呆了，手里挽着的"腰篮子"被人挤得翻了过来，两包茶叶也不知落到何处。两姐妹回到家里，一看"腰篮子"才发现，茶叶不见了。孙莱芝急得两餐不吃饭，最后还是妹妹想了个办法，在自家的佛像前再求了两包茶叶，孙莱芝的心境才稍微好一点。

三天后孙莱芝回到自己的家。先到牛栏一看，牛在栏里安静地吃草，一身毛光溜溜的，心里想，这德伢子还算勤快。转身一想，再勤快也不能留他在这里了，就是另外那四个伢子，也不能在这里读书了。因为她要礼佛，礼佛是不能吵扰的。孙莱芝来到堂屋，只见老头子在给德伢子讲着什么。孙莱芝进屋，怀德和外公齐声向她打招呼。孙莱芝嘴上挂着笑，一副大方的样子说："今天德伢子莫回去吃中饭，就在咯里吃益阳皮蛋。"

怀德从来没吃过皮蛋，心里好喜欢。但一想到外婆平时什么东西都很要紧，便知趣地说："外婆，皮蛋还留着你老人家自己吃吧，我回去吃豌豆拌饭。"

外公接过话说："怀德还送了几升豌豆给我们哩。"

孙莱芝说："这餐饭你德伢子无论如何要在这里吃。"

听到外婆那坚定的语气，怀德不说话了。外公见老伴如此开通，更是心里喜欢，拿起书本，继续给怀德点书。

吃中饭了，外婆夹了半个皮蛋放到怀德的饭碗中。怀德把半个皮蛋弄碎，夹了一小块刚送入嘴里，外婆说话了。

"德伢子，我舍不得你，但是没办法。"孙莱芝说话没头没脑的。

怀德有些云里雾里，外婆这是什么意思。外公晓得，这婆娘又是有么子花花肠子，但又不好明着问，只好不动声色地就着皮蛋吃饭。

孙莱芝见一老一小都没什么反应，便把碗筷一放，眼泪一抹，一五一十说起自己的苦楚和心事来。说到最后，她狠狠地说："把学生退了，把学俸退了。还是传宗接代要紧！"

在外公家放了五年多牛，读了五年多书，怀德就是这样，从此和那四个山里伢子一道，离开了外公的学馆。

怀德回到家中，二话不说就拿起耙头去帮娘做事。陈想容看到儿子那架势，心里想，吃着红薯粥和豌豆拌饭，儿子居然长大长高了。怀德确实长得快，十三岁不到的他，已经与娘陈想容差不多高了。陈想容看着怀德，真还有几分周三和那样子。心里不免想起了周三和，他在哪里？他还好吗？他几时能回？他瘦了吗？……

突然，怀德停下耙头告诉妈妈说："妈妈，外公不要我去读书了。"

陈想容猛地一顿，回过神来问道："那是何解？"

"外婆从益阳回来，说要礼佛，礼佛是不能有人吵闹的，更不能有外人在场。"怀德照着外婆的话说。

陈想容一听是外婆说的，心里立即明白了。她没有说话，拿起耙头继续挖土。

怀德看妈妈挖土那狠劲的样子，知道妈妈心里不好过。隔了一会儿，怀德抬起头，对妈妈说："妈妈，我去做长工去。"

陈想容抹了一下汗，也没有抬头，嘟囔了一句："你这样小，谁要你做长工！"

怀德放下耙头就走，走到长巷子边上，对着陈想容说："妈妈，我去刘家大屋里问问看。"

陈想容也放下耙头说："要问也只能我去问。"

怀德说："我去问个谱儿，你再去说妥，好吗？"

陈想容不作声了。

怀德一路小跑，来到刘家大屋。

刘家大屋真的好大，朝门两边的围墙上爬满了"螃螃藤"，清一色的白粉墙，大门上一个斗大的"乾"字，四角还有四个小字，怀德看得清楚，是《易经》上的爻辞：元、亨、利、贞。怀德想，难怪外公说，只要自己留心，到处都有书上的东西。正当他想着的时候，一条大黑狗窜了出来，对着怀德大声吼叫。怀德在外公家与狗打交道多了，看见狗了也不慌，他从容走着，嘴里不住地吹着口哨。那狗也不知为何，凶相收了许多。这时屋里的人听到狗叫，大门打开了。出来的人是一个黑胡子老人。黑胡子老人大概是眼睛不好，见了怀德，连忙恭恭敬敬地问："少爷，你怎么才回来呀？"

怀德知道老人搞错了，连忙说："嗲嗲，你老人家搞错了，我不是少爷，我是来寻事做的。"

老人扯起腰围巾，用腰围巾角揉了揉眼睛，这才自言自语地说："还是一个细伢子哟。"

怀德说："我也不小了，家里穷，想出来做点事。这里有事做吗？"

大门内响起了拐杖戳地的响声。老人连忙转身，躬着腰说："老太爷，不是少爷回来了，是一个与少爷一样高的细伢子来了。"

"细伢子来做么子呀？"刘老太爷问。

"他说他想来找事做。"黑胡子老人答道。

老太爷提起藏青色的袍子，迈过那道高高的门槛。怀德一看，老太爷白须飘然，一副福相。老太爷两手附在手杖头上，身体向前斜着，眼睛从怀德的头一直望到脚。这一下怀德有些不自在了，一只手伸向后脑壳装作挠痒，一只手拍打着身上的泥灰。老太爷看完了，拈着白须自语："人倒生得周正。"转身向屋里走去，黑须老人也跟了进去。

怀德站着没动。心里想，走吧，还没有听出一个结果；不走吧，人家进去了，不理了，还在这里做么子。黑狗虽不大喊大叫，但它看见生人，轻手轻脚过来了。怀德看见狗，心里反而踏实了一些。心想，你人进去了，我不免与狗玩玩。于是他以对待外公家那大黄狗的办法，在狗背上轻轻抚摸。说来也怪，经这一抚摸，那大黑狗趴下了，还侧身把后脚抬起，前脚曲着，一副享受的样子。怀德没有穿鞋，就用脚在狗背上，顺着狗毛来回摸着。大黑狗眼里露出了友善的光，怀德的胆子更大了，便用手去摸狗的头。也不知与狗玩了多久，怀德把自己的正事忘了。

这时黑胡子老人出来了，站在高高的阶基上看了看，没有看见人，便喃喃地说："你看看，这伢子何解就走开了呢？"

怀德听得真切，连忙直起身子说："嗲嗲，我在这里哩。"

黑胡子老人说："老太爷说，事是有做，但要你家大人来一下。"

怀德向黑须老人鞠躬说道："多谢嗲嗲。"

黑须老人也不答话，转身进屋。黑狗却把怀德送到了朝门口。

第二天早饭后，陈想容照样左手提着一只鸡，右手提一篮蛋，带着怀德来到刘家大屋。老太爷听说怀德是周大老倌的孙子，也就放心答应了。所做的事就是怀德为刘家看东西两山，外每天打两担柴。工钱是一个月一斗米。陈想容都一一点头同意。末了，老太爷还说，待儿子回来，要为怀德写一张字据。怀德牵了一下妈妈的衣角，小声说："这字据我能写。"

陈想容轻轻打了一下怀德的手，意思是不要说话。细心的老太爷看见了，也听见了。他说："你能写？写写看。得，那边桌上有纸笔。"

怀德转身去了。陈想容便在老太爷面前说些客气话，老太爷一边端着白铜烟袋吹蒂子，一边听着。不一会儿，怀德将字据送到老太爷面前。老太爷一看，上面写着：

立字人周怀德。承刘老太爷抬爱，立字人到刘家看东西山林、每日打柴两担。每月工价一斗米。面议无凭，立字为据。

刘老太爷拈着白须，笑了笑说："拿笔来，我还要写几个字。"

怀德背在背后的手上还拿着笔，连忙送上去。刘老太爷接过笔写上：批，年纪大后酌加工价。然后对黑胡子老人说："把这个收起。"

第二天清早，怀德就来到刘家大屋。在黑胡子老人的带领下，怀德从东山看到西山。

黑胡子老人回去了，黑狗一直伴在怀德身边。

这天，胡棚桥的渡口亭子里来了一个大个子和尚。大个子和尚称，自己是从益阳白鹿寺过来的，法名静悟。

静悟就是那天白鹿寺迎来的大个子僧人，他一连一个多月在白鹿寺做了几十堂大法会。静悟来自宁乡沩山密印寺。密印寺有一大德高僧，名灵佑禅师。灵佑禅师俗姓赵，十五岁即随福州法恒和尚出家，二十三岁到达江西百丈山，被百丈山怀海禅师收为入室弟子。三十二岁时遵怀海之嘱，到潭州沩山开法独栖七年，之后隐于民间。三十九岁时被大唐湖南观察使裴休迎请归寺。在此后的几十年间，灵佑禅师创立了沩山教义。静悟就是灵佑禅师的十传弟子，在白鹿寺传法后，辞别众僧外出云游。他翻过笔架山，涉过泉交河，来到团头湖边的胡棚桥渡口亭子，在亭子里化了一碗茶，喝茶后，过胡棚桥，向东南走去。走进一片遮天盖地的林子里，静悟头上冒起汗来，肚子也咕咕作响，他知道是饿了，便停下步子，靠在一棵大枫树坐下来休息。谁知这一休息，一个多月来讲经的劳累，走了上百里路的疲劳，一起向他袭来，他打了几个呵欠，便飘飘然进入了梦乡。

一条百节蛇从大枫树丫口的洞里伸出头来，然后顺着它那习惯的路线，弯曲着往下爬。当百节蛇爬到静悟的肩上时，静悟似有所察觉，但他并没睁开眼睛，只是用左手习惯地去拂一下。可是这一拂坏事了，百节蛇本是沿着静悟的肩再向下爬的，这一拂激怒了它，只见它掉转头，反口一下就咬住了静悟左手的虎口。静悟大叫一声弹了起来，本能地使劲将左手一甩，百节蛇被甩出一丈多远，掉在一只夹野兔的竹夹子上被夹住。静悟一看，自己的虎口血流不止，而且左手在不断肿大。顿时知道自己被蛇咬了。此时的他，人还清白，试图去寻草药敷蛇咬之处，可当他迈出一步，就眼前发黑，一个踉跄，重重地倒在地上。

"汪、汪、汪……"大黑狗听到有人倒地的声音，大声吼叫起来。正在捆柴的怀德一抬头，只见黑狗向着大枫树方向猛跑。怀德以为是有人偷树，于是不敢怠慢紧追过去。待怀德来大枫树下，看到一个大个子和尚倒在地上，左手的手腕已经发黑。大黑狗又在不远处吼，怀德循声一看，那铁夹子上夹着一条两尺多长的百节蛇。怀德明白，这和尚是被百节蛇咬着了。这种事怀德见过，也听自己的嗲嗲讲过，一旦有人被蛇咬，就要用绳子紧紧地扎住蛇咬的上首，以不让蛇毒"攻心"。怀德一时找不到绳子，连忙解下裤带，紧紧地扎住那和尚粗大的胳膊，并把和尚扶到大枫树下靠躺着。

这时怀德想起，几年前在外公家割牛草，那大黄狗被蛇咬着了脚，痛得"汪汪"直叫，叫着叫着，大黄狗拖着痛脚突然向山中跑，怀德跟着跑，跑到山上刺蓬中，那狗钻了进去，大口地吃一种三叶子草，吃完后，用自己的舌头不断地舔那蛇咬伤的地方。然后盘着睡了一会儿，起来后又是活蹦乱跳的。想到这里，怀德用手在大黑狗的身上拍了几下，那黑狗通人性，领着怀德就向山下一处刺蓬里跑。这里果然有那种三叶子草，怀德扯了一把，放到口里，一边咀嚼一边跑到大枫树下。那狗也含着三叶子草赶到了，并在那和尚被蛇咬的地方舔了起来，待狗舔完，怀德把嚼碎的三叶草连渣带汁敷上。

早已过了吃中饭的时候，天气又热。怀德看着那大个子和尚，心想，背是背他不动的；但是离他而去却又不妥，因为如果又来一条蛇咬着了他，那他才真的会没命的。大黑狗伸着舌头喘着气，在怀德身边转来转去。怀德又想，这时候还不回去吃中饭，老太爷会责怪的，黑胡子管家也会巴望的。事没做好，连人也不见，这是做长工犯的大忌！临出门时嗲嗲的告诫在耳边响起。怎么办呢？怀德无意中摸到了大黑狗的背。大黑狗眼睛直直的，似乎在等待怀德的吩咐。怀德心想，也只能让狗回去报信了。于是怀德在大黑狗的背上连拍三下，然后指着回家的方向，长长地吹了一声口哨。那大黑狗会意，扬起四脚，向刘家大屋方向跑去。

黑胡子老管家站在门口，看见大黑狗回来了，以为怀德马上也会担柴回来，便仍然立在门口等待。那大黑狗围着黑胡子老管家，不断地咬他的裤脚边。黑胡子老管家知道，怀德没有回来，一定是有什么事不能回。便到里屋告知刘老太爷。刘老太爷要黑胡子管家带饭到山里去看看。

大黑狗把黑胡子老管家带到大枫树前时，大个子和尚已经醒了过来。怀德把救大个子和尚的经过一五一十告诉黑胡子老管家，老管家要怀德先吃饭。怀德确实饿了，端起饭碗就扒。可就在这一瞬间，他发觉大个子和尚的眼睛好像在看着自己。怀德想，一定是这大个子和尚也饿了，还是先让他吃吧。于是，怀德把饭碗伸了过去。那和尚还在讲礼数，只见他用右手侧着伸出，做出一个"阿弥陀佛"的样子。怀德凑上前，连喂几大口，和尚接受了，和尚嚼着吞下去了。

黑胡子老管家回去把这事禀报了刘老太爷，刘老太爷要老管家叫几个人把大个和尚抬进了刘家大屋。怀德来到刘老太爷面前，低着头小声地说："我的柴还没担回来。"

"今天你做了大好事，胜过担了一百担柴回来。"刘老太爷说。

……

五、枫树山主仆结义

刘老太爷三代都虔心向佛。在刘家大屋东边的横堂屋里，供奉着佛祖和观音菩萨，从刘老太爷的爷爷辈起，一家人就每日清晨在这里上香，刘老太爷更是一日三次上香礼拜。静悟的到来，刘老太爷视为活佛，他不但天天在佛堂为静悟祈祷，而且要老管家专程护理。

老管家姓陈，名叫陈寅初，六十八岁了，一直没有娶妻生子，在刘家当管家已经是四十年了，为人忠直的他，将每年的工钱都存在侄儿陈谷秋手里，巴望着这侄儿在自己百年之后，安排后事。陈寅初在刘家事事都做得周到，但也有一桩不顺心的事，就是为刘老太爷的儿子劳神怄气。刘老太爷一生有过四任妻子，前三个都无所出，且都早逝，到五十多岁时娶了一房妻子，生下了这个儿子，取名刘继祖。刘继祖十六岁了，一不想读书，二不愿做事，经常跑出去几个月不回来。每当刘继祖外出不归，老太爷就要陈寅初到处寻找，有得几天找不到，老太爷虽然并不责怪，但陈寅初心里并不好过。陈寅初对怀德很关心。怀德来刘家一个多月了，陈寅初不但每天关照他的三餐饭，而且怀德每天晚饭后回家时都要嘱咐一番。怀德在大枫树下救了静悟，他总是在老太爷面前夸奖。

静悟在刘家大屋住了三天，蛇伤就已经愈好。这天，静悟来到刘老太爷面前辞行，刘老太爷哪里肯让他走，连连说："莫急莫急，我还有一事相求。"

静悟双手合十，欠身说："阿弥陀佛，老太爷何事用得着贫僧？"

刘老太爷便把儿子不事耕读、已外出两月有余的烦心事向静悟说了出来，末了问静悟："有什么办法能开导开导一下我那不听话的儿子？"

静悟说："贫僧既已出家，何以过问俗事。《维摩诘经》上说，佛以一音演说法，众生随类，各得解脱。依贫僧看来，贵公子是要有个念书的同伴。"

站立一旁的陈寅初轻声对老太爷说："念书的同伴一时难找，不过那看山的周怀德天天都带着书在身旁，有空就埋头看书。老太爷你看……"

这话静悟听得真切，心想，真正要感恩的是这个周怀德，要不是他及时敷药喂饭，恐怕自己难逃一死。

这时刘老太爷说："感谢圣僧提醒，待我儿回来再说吧。"

静悟再次起身，双手合十与老太爷告辞，老太爷心情似乎好了起来，吩咐陈寅初说："取五两银子，给圣僧路上用吧。"

静悟再三推辞，老太爷执意要给，陈寅初在一旁站立久了，也不好插话。老太爷白了陈寅初一眼，提高嗓门说："站着看有什么用，把银子放进圣僧的袖内！"

陈寅初这才趁机抓住静悟的手，把银子装入袖中。静悟不敢领受老太爷这样大的施舍，只见他从袖内取出四两银子，交还陈寅初。连声说："出家人四海为家，不敢太多领受。"

老太爷没有作声，静悟双手合十，说了声"阿弥陀佛"，便转身撩开大步，向东南方向走去。

老太爷把陈寅初叫到面前，如此这般吩咐一番。

说来也怪，静悟刚走一个时辰，刘继祖就回来了。这刘继祖五官端正，面色白净，右耳角下有一黑色胎记。单单瘦瘦的身架，走起路来有些摇摇晃晃。

陈寅初把继祖领到老太爷面前。老太爷也不责骂，只是问道："这一回外出一两个月时间，在外面做些么子？"

"和朋友一起游学。"继祖一面回答父亲的提问，一面用右手在后面示意陈寅初站到自己身旁来，以防父亲揪耳朵。

陈寅初会意，连忙上前一步说道："老太爷，继祖回来了就是好事，我这就带着继祖，一同去把你吩咐的事办好。"

刘老太爷也不想太多责怪自己唯一的儿子，陈寅初这么一说，也就长长地叹了口气，然后说："好吧。顺便叫周怀德到我这里来一下。"

怀德担着一担枯丫子柴走进朝门，正好继祖在前陈寅初在后向外走来。当怀德和继祖的两双眼一碰，两人就觉得有些亲热的感觉，可怀德知道，自己是做长工的，不敢与这不认得人的人说话。这时，陈寅初说话了："老太爷要你去客堂，有事找你。"说完就催着刘继祖离开了。

老太爷正坐在太师椅上吹烟蒂子。怀德来到客堂，小声问道："老太爷，你老人家找我？"

老太爷吹出一个烟蒂，把麻秆火弄灭，把麻秆插进烟袋的耳筒里，再把烟袋放在桌子上，弹了弹身上的烟灰，慢条斯理地说："来了两个月了吧？"

怀德小声回答："两个月零一天。"

老太爷眼睛闭着问："工钱都兑了吧？"

怀德心里一急，老太爷问这个，莫非自己做错了事？想来想去，这两个月天天巡山，天天是两担柴，只有那天……莫非是说错了话？也没有呀，每天吃饭时，自己从来不作声，吃完饭就上山去了呀！莫非老太爷要辞退我？……

老太爷以为怀德不作声是还没有兑到工钱，便埋怨起陈寅初来："这个寅初，人家出来做工，怎么不把工钱兑现呢？"

怀德一听，急忙回过神来说："兑了兑了，我背了两斗米回去了。"

老太爷这才笑了笑说："这就好。不过从明天起，你就可以不去巡山和打柴了。"

怀德一听心想，咯是何解呢？还是要辞退我呀！这怎么向我妈妈说呢？但是在老太爷面前，不能直接地问，也不能有多话说。想到这里，怀德小声答道："好。"

这时，老太爷站起了身子，上前摸着怀德的头说："我那伢崽有些不想读书，我请个先生专门教他，你是个好伢崽，就陪着他读书吧。"

怀德不敢相信自己的耳朵，呆呆地站在老太爷面前，久久地没有说话。可心里却想着，如果这是真的，那就太好了，自己也就能读更多的书，也能得到那先生更多的指点；自己也就不再天天去巡山打柴，这不是"瞎子鸡崽跳进米箩里"了吗？

老太爷看怀德又在发呆，便用拐杖指着东边的屋子说："还呆着做么子，这是真的，去把东边横屋最北一间扫干净吧。"

怀德这才相信事情是真的了，连忙点头说："好，我这就去。"

三天后，先生请来了。一个六十多岁的老人，姓张名也朋，留着山羊胡子，衣着得体，只是眼睛不好，看什么都要拿得很近。老太爷设宴招待先生，张先生稍讲客气，便坐在了上首。老太爷说明自己的意思，张先生将着山羊胡子说："这样大的伢子，又是老太爷的宝贝，实在有些教不住了。"

刘老太爷说："有么子教不住的，你先生想要打就打，想要骂就骂。"张先生接过话说："话是这样讲，可真是那样，你我都不欢喜呀！"刘老太爷说："欢喜欢喜。寅初，叫继祖出来向先生敬酒。"

继祖先前已经行过了拜师礼，怀德也一同拜了先生。这时两人同时出来，向先生敬酒。张先生眯起眼睛看着两个孩儿，一个细皮嫩肉的，一个黑不溜秋的，接过酒后自然把细皮嫩肉的继祖夸赞一番。刘老太爷接过话头，当着先生的面，把规矩讲了一遍，继祖和怀德点头而退。

遵照管家陈寅初的吩咐，怀德每天把地扫干净，把桌椅抹干净，把继祖要读的书摆好，把笔墨准备好，把先生的茶和烟袋安排好，再等待先生的到来。这天上午刚开课，张先生问继祖："读过《幼学琼林》吗？"

继祖不假思索地答道："读过。"

张先生闭上那本来不大的眼睛，说道："背'科第'一章。"

继祖摆开架式，背道："士人入学曰游泮，又曰采芹；士人登科曰释褐，又曰得隽……"

下面的句子不记得了，继祖示意怀德端茶来喝。怀德立即送来了茶。待继祖喝了口茶，张先生说："不背了，我问你，'释褐'是何意？"

继祖哪里知道，眼睛又瞅着怀德。怀德连忙装着解开衣带的样子，意思是告诉继祖，"褐"就是贱者的衣服，脱掉贱者的衣服就是登科当官的意思。可是继祖根本不懂，呆呆地站在那里。

张先生追问："我在问你，'释褐'是何意？"

怀德又连忙照先前那样做动作，还不断地眯眼睛示意。继祖还是不懂，看见怀德眯眼，以为是说眼睛瞎了，便大声说："'释褐'就是瞎子！"

张先生来火了，竟敢说我眼睛不好，这还了得。拿起竹戒尺，提高嗓门喝道："拿手板过来！"

继祖的手根本不动。张先生又威严地喝道："拿手板过来！"

继祖还是不动。怀德灵机一动，站到继祖面前，把手伸了过去。张先生一把抓住，用戒尺连打了十下。打完，张先生又解释一遍，问继祖："记住了吗？"

继祖在怀德后面答道："记住了。"

张先生一面放好戒尺，一面眯眼看。怀德早已退到后面，继祖已经站在前面了。

自从过了这一关，继祖对怀德十分好感。有什么好吃的，他都要从娘那里拿出来，给怀德吃。

十二月初二是冬至日。张先生照例给继祖出道题目，叫他做篇文章，题目是"冬至阳生说"。张先生还启发继祖，这题目不难，只要说明何谓冬至阳生，你对冬至阳生有何感慨，写几百字也就行了。可是继祖头脑一片空白，哪里写得出来。这时候他想到了怀德。便喊道："怀德，送杯茶来。"

怀德应声端茶进来，继祖面前，"冬至阳生说"五个大字映入眼帘。继祖用眼一瞟，怀德会意，略一点头，便出去了。

张先生闭目养神，继祖正襟危坐。大约过了一顿饭工夫，张先生小眼睛一睁，问道："文章做出来了吗？"

怀德听得真切，连忙用茶盘端着两碗茶送了进来，先一碗送在先生桌上，接着背对先生，把茶放在继祖桌上，与此同时从茶盘底下拿出写好的文章，放在继祖桌上。继祖胆子大了，连忙起身将文卷交给先生。先生一看，只见文章开头写道：《成周》曰，阳生于子，终于午。阴在上者有一分之消；阳在下者有一分之长。小雪后积三十日为冬至，则三十日分足，而一阳始生焉……看到这里，张先生拍桌称赞道："好呀！"可这时张先生又觉得有些不对劲，这字不像继祖写的呀！张先生不动声色，继续把文卷看完，看完之后，心里似乎明白了什么。

转眼到了十二月中，张先生觉得这继祖太入不进油盐了，有了告辞的想法。然而刘老太爷面子堂堂的，请个先生只有半年就不干了，外面会说刘老太爷的闲话，总要有个都过得去的理由，这事才好办。想来想去，他认为只有说自己病了，才好脱身。

十二月二十这天，张先生说家里有事，回去了一趟。第二天张先生家里传出话来，先生病了，不能来了。此后到次年正月十五，张先生家里再传话说，先生重病卧床，不能出门了。

怀德重新担起柴夹去巡山打柴。继祖没有先生教了，也重新东游西荡。这天继祖寻到枫树山，与正在打柴的怀德相遇，两人越说越投机，末了，经继祖提议，插草为香，两人对天盟誓，结拜成为兄弟。

有了结拜兄弟一起玩，怀德从此不带书出来看了。

六、谢家岭母子回心

开春了，刘老太爷的东山上，丛丛须状的松针发出新绿，高高耸立的枫树长出黄芽，见缝而生的野李开着白花，塝上路边的月季顶着红苞；野鸡在枝头上跳跃，野兔在树下穿梭，蜜蜂在花间飞舞。

这东山因为有几株大枫树，因此人们又叫枫树山。怀德挑着柴夹子来到枫树山，在山中巡视了一遍，便拿起茅镰刀，砍起枯枝来。他爬上一棵又一棵大松树，砍下枯丫子往下丢。当他估计有一担枯丫子了，便准备收拢来，放在柴夹子里。这时，继祖来了。继祖对怀德说："今天是土地老爷生日，青山嘴那边有戏看，我们去看一阵子戏，然后再回去。"

怀德有些不情愿，因为他要担柴回去。便说："你先去，我把柴送回去再来看戏，好吗？"

继祖脸色一沉说："你怕么子呢，有我哩！"

怀德还想说点什么，继祖跑上前来，已经拉住了怀德的手。怀德只好跟着走了。

继祖和怀德刚走到胡棚桥，陈想容就来到了枫树山。

这天早上，周大老倌和周大娭毑吃饭还蛮利索，可饭后突然老两口都说一身痛，周大老倌总是喊着，要孙儿回来，意思是祖孙会一会"活口"。陈想容以为老两口是肚子痛，便磨了菖蒲水，还放些糖喂给老两口吃。陈想容一边喂一边哄着老人说，老小老小，吃了就会好的。老人吃了菖蒲水，果然安静了许多，慢慢地睡着了。陈想容曾在不久前给两老人算过"八字"，"八字"先生说，难得过老人的生日，现在老人的生日过去了一个多月，应该不会有么子事的。老人要孙儿回来，倒是正合陈想容的心意。因为陈想容早就觉得怀德有些变了，一是近两三个月不看书了；二是每天去得早，却回来得很晚；三是回来时似乎能闻到淡淡的酒气。陈想容想，丈夫一去十多年不回，如果十五六岁的儿子没管好，都是自己的过。因此她越想越不放心，越觉得应该去刘家探个究竟。想到这里，陈想容换了身干净衣服便出门了。她走到离刘家大屋不远的山口时，脚步又停了下来。她想，如果现在到刘家去，问些么子呢？怎么样讲话呢？人家会不会说我这个做娘的多心呢？一连串的心结使陈想容改变了主意。她折转身，向枫树山那边走去，她知道儿子白天在山上看山打柴，一定会找到儿子的。

陈想容在枫树山转了一大圈，没有找到儿子，却看到柴夹里夹好的一担柴。她想，这柴肯定是怀德打的，顿时心里稍微安定。于是她放开喉咙，大声喊道："怀德——"可是，听到的尽是四面山上回过来自己的声音。她有些急了，加快脚步向山顶跑去。

站在枫树山山顶上，既能看见团头湖，也能看到垅那边的青山嘴；站在枫树山山顶上，既能听到山风的呼啸声，也能听到垅那边铿锵的锣鼓声。陈想容再次放开嗓子呼喊怀德，可是，听到的仍然是山风的呼啸和垅那边的锣鼓声。她更急了，儿子到哪里去了呢？难道……正在这时，一股强劲的北风吹来，把一根硕大的枯丫吹落在地，发出清脆的响声。陈想容一惊，眼睛不由自主地向枯丫落地的方向看去。再一抬头，她似乎又看到什么了。原来，她看到，在通往青山嘴垅中的小路上，两个人影正在飞快地奔跑。那奔跑在后面的，陈想容再熟悉不过了，是怀德！怀德怎么不看山，而向垅那边跑呢？这时一阵锣鼓伴唢呐声送入她的耳际，陈想容顿时明白了，一定是怀德和别人一起去看戏！你一个做长工的人，怎么能这样呢？老太爷知道了，肯定会……陈想容不敢往下想，她拢了拢被吹散的头发，一路从山顶上下来，向青山嘴那边追去。

陈想容刚过胡棚桥，青山嘴那边的庙戏却已散了。

没有寻到儿子，陈想容却看见了曾是自家的那十亩湖田。十年前的六月，团头湖水猛涨，且经历几年都没退去。周三和的十亩湖田和所有湖田一样，变为团头湖的南汊，从此成为人们打鱼砍湖草的地方。佃户上门退了佃，一家四口从此每年没有那十担谷租，陈想容只得早出晚归种些山货变卖，换些谷米以度日。后来，团头湖水消退，湖田又重新露出水面。青山嘴那边几个大户，雇来众多"土夫子"趁机重新圈地。陈想容家里老的老，小的小，既请不起"土夫子"，也没有人出来为她说话，那十亩湖田就眼睁睁地让人给圈去了。如今，那十亩湖田已被犁翻过来，黑色的湖泥是那么熟悉，笔直的田埂是那么熟悉，连在田中觅食的白鹭鸶也是那么熟悉！

陈想容看着这一切，心里油然地想起了丈夫周三和。十多年了，你在哪里呀？你知道家里是多么的艰难吗？你知道百多岁的父母是多么想念你吗？你知道你十多岁的儿子现在变成了什么样的人了吗？一想到儿子，陈想容身子一震，双腿一软，瘫坐在地上……

在朦胧中，陈想容听到了一个稚嫩的声音：爸爸出去赚好多好多的钱，回来起一栋又高又大的屋！接着她又听到了丈夫的声音：德伢子在家要用心读书，将来考上状元，好不？紧接着她又听到一个稚嫩的声音：好！……

呱，呱，呱——一群乌鸦从陈想容的头顶上掠过。陈想容惊起，睁眼一看，自己竟在团头湖边的田埂是盘坐着。她心里想着，不巴望丈夫回家起大屋，只唯愿他在外平平安安就好；自己唯一的儿子能不能考上状元也无关紧要，只要学好样就好。而如今儿子是学的好样吗？儿子没学好样，做娘的能对得起在外漂泊的丈夫吗？陈想容越想越觉得要去把怀德找回来，好好地教导一番。

呱，呱，呱——乌鸦再一次在头顶上叫着。陈想容猛然想起，百多岁的公婆在家里，半天时间无人照看，莫非……陈想容不敢往下想，抬脚径直往家里走去。

陈想容跌跌撞撞走进家门，径直去房里看望公婆。她先到自己床前看婆婆，可怜的婆婆已经没有了气息，身子都凉了！陈想容双泪直流，全身一麻，心里直后悔不该出门。转身来到公公的床前，公公听到声响，知道是儿媳回来了，便睁开了眼睛。陈想容连连呼唤，公公的眼睛突然一亮，嘴里不断地说着什么。陈想容赶忙倒碗热水，送到公公的嘴边，公公艰难地摇着头，仍然用尽力气嘟囔着。陈想容放下碗，回身抓着公公的手腕。她感到，此时公公手脉的跳动已非常弱，他已经无力说话了，只用眼睛时而直直地望着帐顶，时而望着满脸泪流的陈想容。陈想容心想，公公这肯定是有什么要说的，但他说不出来，只好用眼睛来暗示自己。待公公再次望着自己，又再次望着帐顶时，陈想容懂得公公的意思了，肯定是帐顶上有什么东西让他牵挂！她跟着公公的眼神，向帐顶上望去，这才发现，帐顶上有什么东西把帐顶压得低出很多。陈想容赶忙搬条高凳去取帐顶上的东西。当她站上高凳向帐顶上望时，她惊呆了。

原来帐顶上放着两本书，且两本书都被老鼠啃咬得烂糟糟的。她明白了，这一定是怀德放在这里的。她把书取下来仔细一看，竟然是一本《论语》、一本《春秋》。她明白了，难怪公公的眼睛总是望着帐子顶上，这是他老人家多么牵挂的事呀！陈想容拿着两本书，送到公公前说："爹，你放心，我一定叫怀德好好读书。"公公的眼睛再次一亮，用尽全身力气说："要，怀德，读书。"说完，公公的头向里一偏。享年一百零五岁的他，放心地走了。

陈想容大哭了一场。哭着哭着，陈想容突然不哭了。她想，两老同时去世，两老的儿子不在家，孙子又年幼，自己就是个事主，必须赶快想办法，请族人到场，料理后事。她先把怀德那两本书藏好，把公婆床上的帐子取下，在床前烧了些纸钱，又同时在公婆的床下点亮"脚板灯"，再叩了几个头之后，便匆匆出门。

周家的族人倒是来得很快，也同意借贷一笔来料理丧事，但条件是要怀德做长工偿还，陈想容一一答应了。晚饭后，由周氏族上的儒生行起经礼，周三和家顿时响起木鱼声。快到半夜时，半丈血盆经念完。怀德这时才回到家里，看到堂屋里摆着两副棺材，怀德知道家里出大事了，便冲进房里，向嗲嗲、娭毑叩头。陈想容也不责怪，只是叫怀德穿上白衣孝服，捧上祖父祖母的灵位，随儒师绕棺行礼……

安葬好公公婆婆的第三天，陈想容领着怀德来到刘老太爷家。她要向刘老太爷表示感谢，因为自己的公公婆婆去世后，刘老太爷要陈寅初送来了祭礼仪，为一个做长工的祖父祖母送祭仪，刘老太爷算是方圆几十里内的头一个。陈想容不能轻得了这份礼，照例提着一只阉鸡一篮鸡蛋送给老太爷，还说了很多感激的话。她要替怀德来向刘老太爷辞工，因为安葬公公婆婆借了一笔不小的债，她答应怀德到周氏族长周子和家做长工，以抵清这笔债。陈想容知道这话必须说得宛然一点，老太爷才不会生嫌。于是她说完感激的话，便将话题一转，低着头说："这两年受老太爷抬爱，怀德在这里做事，老太爷还满意吧？"

刘老太爷吹完一个烟蒂子，将烟雾慢慢地喷了出来，然后笑着说："伢崽勤快，我喜欢呀！"

陈想容听了，觉得这辞工的话更不好说了。只好又换个话题说："伢崽快十六岁了，老太爷能不能让他做点田里工夫？"

刘老太爷呵呵一笑说："我三十担田都佃出去了，没田里工夫可做呀！"

陈想容想，干脆把话说明，也好让老太爷有个体谅。于是她说："不瞒老太爷说，我家公公婆婆去世，借了一笔不小的债，这些债都是借周家族人周子和的，他说……"

刘老太爷接过话题问："他说么子呀？"

陈想容顿了很久，才轻声说："他说要怀德到他家做工抵债。"

刘老太爷听了这句话，好久不作声。刘老太爷其实很舍不得怀德走，因为自从怀德来到刘家，刘家少爷继祖再也没有外出很久不归了，这对刘老太爷来说，是很好的事。因为，即便儿子没有用心读书，但这一年来不外出游荡，不外出游荡也就不会惹是生非，这是刘老太爷喜欢怀德的主要原因。但刘老太爷又不得不同意怀德走。因为周子和是个很有名望的人，也是一个不好惹的人。与这样的人去争一个做长工的伢崽，没有必要。刘老太爷想，让怀德走，不但做了个顺水人情，也没有让陈想容母子为难。

陈想容见刘老太爷不作声，以为是老太爷生嫌了，赶忙说："其实怀德在老太爷这里挺好的，这也是……"

刘老太爷又拿起白铜烟袋，怀德连忙拿麻秆从碳盆中点燃送上。刘老太爷接过点着的麻秆，吹了一个蒂子，把烟慢慢地吐出来，然后用麻秆一指说："这也是你应尽的人子之义，你到周家去吧。"

陈想容终于松了一口气。怀德默默地点了一下头。刘老太爷叹了口气，对着隔壁喊道："寅初，拿两吊钱打发他们母子。"

陈寅初应声出来，把两吊钱塞在陈想容手上。陈想容推辞不接，刘老太爷有些生气地说："这是我家规矩，就是怀德只在我这里做一个月事，我也是这样的规矩。"

陈想容这才迟疑着接过两吊钱，末了向老太爷深深地鞠躬。怀德也一同鞠躬。

母子俩辞别刘老太爷，走到出朝门时，黑狗追上来了，怀德停步了。怀德摸着黑狗的背，眼睛向里张望着，他是多么希望继祖在这时出现在门口呀！可是此时的继祖仍在贪睡，仍在做梦。陈想容见怀德磨磨蹭蹭，便有些生气地拉着他的手，拖拉着走出了朝门。

回到家里，怀德仍有些魂不守舍。陈想容为怀德准备着衣服、被褥，因为这次去周子和家，必须在那里住宿。一切安顿好后，陈想容拿着那两本被老鼠咬坏的书，把怀德叫到跟前问："你还记得这两本书是放在哪里吗？"

怀德好久不看书了，只记得一天早上将书一丢就匆匆出门。他努力地回忆着，却久久答不出来。

陈想容又问："你知道这书是谁叫我拿出来的吗？"

怀德摇了摇头，接着低下了头，答不上来。

陈想容脸上出现了从来没有的严肃。她说："这书是你丢在嗲嗲的帐顶上的，是嗲嗲临危时叫我拿下来的。你嗲嗲快断气的最后一句话就是：要，怀德，读书。"

怀德慢慢地抬起头来，望着妈妈那铁青的脸，仍然说不出什么话。

陈想容那铁青的脸急骤地变化着，她心里有太多的痛苦，她心里有太多隐情，她心里有太多的积压，此时一齐涌出心头，一齐聚在脸上，一齐化着泪水，喷涌而出。紧接着，她撕心裂肺地哭诉着。从丈夫的不归到湖田的丢失，从公婆的去世到举债的艰难，从山中寻儿到帐顶上被老鼠咬坏的书本。她哭得是那么伤心，是那么动情，是那么真切。然而她一个字也没提自己如何辛劳耕种，一个字也没提自己如何省吃俭用，一个字也没提自己如何命运不好。

怀德在一旁听着，也跟着流泪。陈想容哭得有些接不上气了，这才停了下来，指着两个大布包，对着怀德说："这是你到周家的衣服被褥，娘从今以后不能管你了，凡事你要自己做主。"

怀德一边擦泪一边说："妈妈，我会回来看你的。"

陈想容寻了根竹扁担，叫怀德将两个布包挑上。将怀德送到山口时，她平静地说："从这里过青山嘴，翻过山就是周家，去赶中饭吧。"

怀德挑着布包走了，陈想容转身回了家。家里空荡荡的，她感到一切都没有了，一切都没有望头了，一切都放得下了。她在公公婆婆的灵位前叩了个头，起身出门，向谢家岭那边走去。

怀德一边走一边想着妈妈的话，妈妈从来不说不能管我了，怎么今天说出这样的话？莫非是说我长大了，莫非是说我没有听话不看书了，莫非……怀德越想越感到不对劲。他转过身来，急忙向家里跑去。

家里的门没有关，那两本书却摆在桌上。怀德叫了几声妈妈，没有人应。怀德急忙拿起那两本书，一边向长巷子那边跑，一边喊着妈妈，过了长巷子，怀德看见了妈妈的身影，妈妈正向谢家岭那边走着。怀德加紧脚步，一边跑一边喊着妈妈。陈想容也加紧了脚步，很快到谢家岭山顶，谢家岭山顶的南坡是笔陡的悬崖，陈想容心想，在悬崖上往下一跳，自己的一生就了却了，这样比死在家里好得多，这样能免得怀德害怕。可此时怀德赶到了，紧紧地抱住了妈妈。陈想容不作声，怀德说："妈妈，别这样，我以后一定好好看书。"

陈想容低头一看，果然怀德手里拿着书。这时，她的心软了，眼泪又喷涌而出……

七、白手起家开银铺

正当陈想容母子从谢家岭悬崖上走下来之际，远在常德津市的周三和，正坐在滔滔澧水边，呆望着滚滚的江涛，默默地沉思着往事。

这十多年间，周三和运气真是不好。他在醴陵种豆失收后，辗转来到衡山，在南岳街上一家雕匠铺里打杂。这家雕匠铺正处在南岳至衡阳的驿道旁，门面正对着南岳大庙。周三和的事就是外出买材料、运材料。材料以干樟木为主，这倒难不倒他，因为他在家时做水车上的车叶子，就要用上等樟木做。这樟木有所谓红心樟和绿心樟之分，以绿心樟为最好。几个月下来，老板还算满意。这天，他和老板在南岳乡间茶恩寺看到了好樟木，老板讲好价钱，过秤付钱后就先走了。周三和把樟木装上矮轮车，一番捆扎后，也推车就走。走了十多里便是大汗淋漓，且肚子里叽里咕噜作响，他知道是肚子饿了，只好停下车子，坐在路旁休息。这时一队朝香人在香头的引领下三步一跪、五步一拜过来了，那领头的香客唱道：

南岳司天朝圣帝，安邦护国大天尊。

圣帝住在雪峰岭，雪峰岭上祝融峰。

祝融峰上几千秋，山自高来水自流。

万里黄河飘玉带，一轮红日滚金球。

远观西北三千界，近听东南十二州。

美景一路数不清，此来朝拜要诚心。

左有象山下马桥，右有狮山守殿门。

前有五龙来捧圣，后有九龙奔离宫。

圣帝爷爷神通大，将身来在洛阳坪。

金吾二将随左右，六部尚书两边分。

圣帝爷爷当中坐，手捧朝笏镇乾坤。

为国为民为社稷，呼风唤雨显威灵。

金炉不断千年火，玉盏长明万年灯。

七十二峰随左右，五十四寺护驾行。

当今天子御香进，庶民焚香两边分。

御香正踩盘龙石，押香太保押香行。

圣爷圣母后殿坐，丝毫不动半毫分。

南岳主生福禄寿，衍生保命得遐龄……

周三和越听越觉得有味，以致忘记自己是在做什么了。此时的他，身上的汗干了，肚子也不觉得饿了，然而这香客所唱的他却一一记在心间了。当他回到雕匠铺时，已是未时上刻，老板脸色很不好看，老板娘则责怪说你周三和一个做事的人，中饭都赶不上，一定是在什么地方寻"外水"。这天吃晚饭时，老板坚持要周三和坐上首，周三和无奈，只好硬着头皮坐了上去。他心里明白，这是老板要赶他出门。周三和心里想，要赶你就赶吧，老子正想去做"香头"。晚饭后，周三和拿起老板给的一吊铜钱，卷起自己那套行头来到南岳大庙。这时的南岳大殿已经关上了大门，他只好在东边八观的石板路上慢慢地走着。不知不觉间，他来到了清和宫。这清和宫不大，平时很少有人进来，周三和见这里无人，便试探着走了进去。说来也巧，当他第一脚跨进门槛，里面就有人轻声问道："谁呀？"

周三和麻起胆子答道："是我，一个没地方落脚的人。"

那问话的人闪了出来，借着月光上下打量着周三和。周三和也鼓起眼睛望着对面这个人，总觉得似曾见过。

那人又问道："你来这里做么子？"

这一问倒使周三和明白了，他就是那位香头！

那人见来人没答话，便再问周三和："你来这里做么子？"

周三和灵机一动，从腰间扯出那一吊铜钱，塞进那人的口袋里，然后顺势就地下拜，并说："我来拜师傅。"

那人一边用右手捂住周三和的嘴，一边用左手扯起周三和，轻声说道："小声说话，让庙祝听见了会被赶的。"说完便把周三和拉进里间的小屋。

在小屋里，周三和说出了自己的身世和遭遇，那人很同情，同意带着周三和一起去做香头。第二天天不亮，那人带着周三和潜出清和宫，在南岳东街一间小店里吃粉。交谈中，那人自我介绍说自己姓何名为杰，也是在走投无路中干起这无本的经营。何为杰把那吊铜钱还给周三和之后，便带着周三和去茶恩寺"接事"。途中，何为杰说了很多规矩，还口授了几段唱词。这周三和记忆力惊人，一授就能记住，记住了就能唱诵。这天在茶恩寺接了两队香客，何为杰只带队前行，都是由周三和唱诵。这些香客也真是诚心，坚持从南岳大庙到祝圣寺拜观音菩萨，何为杰恰好还没把这拜佛的唱词传给周三和，周三和为了不使师傅为难，坚持要自己来，当何为杰领着众人来到祝圣寺，只听周三和唱道：手捧心香进寺门，朝拜本寺观世音。

一炷宝香炉中插，香烟渺渺上天庭。

大士闻听香烟到，宝殿莲花早降临。

救得黎民有报答，诚心朝拜把香焚……

何为杰一听，好家伙，这个徒弟今天就出得师了！

从此，他们两人的中餐和晚餐与香客同吃，只有早餐由周三和打理，每天竟然能实打实地净赚三四个铜钱。

日子久了，何为杰和周三和成了南岳最好的香头，很多香客指名要他们两人带队进香。周三和积攒了一笔小钱，心里不断地思念家人。这几年来，想容够苦了，她还好吗？父母还健在吗？怀德读书了吗？每当在清和宫的地铺上睡下，家里这几个人的音容就闪现在他的心头。白天，他每次带领香客唱诵时，都要留心队伍中是否有来自家乡的人，可他每次都失望了。

入冬了，南岳的香客少了许多。周三和便去上封寺重修工地做杂工，何为杰则仍做香头。这天，周三和从上封寺下工回来，过铁佛寺，在郯侯书院停下了脚步。他心里盘算着，要是这样做下去，每年能赚到二十吊钱，只要挣到一百吊钱，就要回家去。回家后就要新建一栋又高又大的房子，也好为怀德长大后成亲做准备。建好新房后，就要把怀德带到这里来，送到郯侯书院读书。想到这里，周三和心里充满了期待。眼前似乎见到了那又高又大的新房，眼前似乎看到怀德从书院里走出来的身影。可是，此时郯侯书院里灯亮了，眼前的灯光在告诉他，天黑下来了，该赶回清和宫了。

周三和轻手轻脚走在进入清和宫的石板路上，这里和往常一样，一切是那么清静。然而他似乎觉得今天有些不对劲，因为，在清静中，他听到了轻微的呻吟。他加快脚步进入清和宫，摸到何为杰的床前，果然是何为杰在呻吟着，一摸何为杰的额头，好热好热的。周三和连忙问："师傅怎么了？"

何为杰说起了胡话："我要回家。"

这句胡话又勾起了周三和的思家之情，在黑暗中，他的眼泪夺眶而出。然而也就在此时，周三和明白了，师傅平时虽然从不说自己的家和家事，原来师傅与自己一样，时时在想念自己的家。周三和摸索着握住师傅的手，问道："师傅有哪些不舒服的？"

何为杰这才有气无力地说："脑壳痛，四肢无力。"

周三和心想，这显然是受了风寒，必须吃祛风寒的药才会好。到哪里去弄这祛风寒的药呢？他想起了在雕匠铺的对面有一家"回春堂"药铺，那家药铺的先生是个心善人，有时还坐堂问诊，请这先生帮忙，应该会答应的。于是他把自己盖的被子盖在师傅身上，轻声对师傅说："师傅莫急，我去抓药来。"说完拿起几个铜钱，就起身向那药铺走去。

南岳街上已经很少有行人，街上一片漆黑。周三和敲开了"回春堂"药铺的门，向老先生述说了何为杰的病状。老先生不敢贸然下药，又从病人的职业、年龄、症状等详细问了一番，才开了一副单子。抓好药后，周三和又为难了，这些药拿回去后，既不能在清和宫里生火，且清和宫里也没有煎药和吃药的家伙。想到这里，周三和把自己的难处向老先生和盘托出。老先生一听，二话不说就要伙计生火为周三和熬药。那伙计也是在外漂泊之人，知道在外漂泊之苦，便悉心将药熬了两遍，分两个竹筒装好，交给周三和。周三和千恩万谢后，提着两个竹筒便往清和宫赶。

一连七天，何为杰吃了老先生开的药，病情明显好转。周三和则每天安排好师傅一天的吃的后，去上封寺做工，晚上回来侍奉何为杰。这天是十二月二十，时令已经进入"大雪"，但这年"大雪"并不见雪，冬日的太阳早早地升起，又早早地被白色的雾气所掩盖。周三和上工去了，何为杰强撑着身子起了床，趿着一双烂蒲鞋，从东便门进入大庙，又从大庙出来向东走。何为杰的家在江西宜春，他知道从这里一直向东走，就能回到自己的家乡。这是他心里的一个秘密，也是他的一个心结，因为他一直没有向周三和说出自己是哪里人。周三和对他无微不至的照料，使他心生无限的感激，也心生无限的思乡之情。此时他出来看看，是想能不能碰到江西那边来的人，可这时，人们都忙着准备过年了，谁还会从大老远到这里来呢？何为杰不死心，就这样一直向东走着，也一直眼向两边关注着。快到祝圣寺了，一条石砌的水沟横在前面，何为杰也没有发现，径直慢慢地向前走。走着走着，他一脚踏空，一头栽进水沟里。

周三和从上封寺下工回到清和宫，不见师傅，便出来寻找。只见祝圣寺前围了一大群人，他赶过去一看，才知道师傅已死多时。祝圣寺的和尚已为何为杰搭起一个草棚，周三和进入草棚大哭一场。管事的和尚得知周三和是死者的徒弟，便直截了当地提出，法事由寺里出面做，棺木、葬地由你这徒弟出资料理。周三和当面答应。之后，返回清和宫，拿出自己的全部积蓄为师傅料理丧事。

埋葬好师傅之后，周三和清理师傅的遗物，尚有二十一吊铜钱和一些旧衣烂被。周三和把这些都交给祝圣寺那和尚，并嘱咐说，如果何家有人来寻，一定拜托转交。

周三和又成了身无分文的人。

十二月二十四，正是家家过小年的时候。上封寺重修工地也停了工，每个做工的人发了工钱，各自回家。周三和领了四个铜钱，眼望着工友一个个欢欢喜喜地回家，心里很不是滋味。就这样回去吧，如何对得起想容？如何对得起老父母？也如何向怀德说话？就在这寺里过年，来年再上工吧，这里的重修快完了，也没有多少事做了。就在这里继续做香头吧，这里本地的香头划定了地盘，还扬言要把外地香头赶走，且自师傅死后，清和宫也住不下去了。正当他左右为难的时候，一只手拍在了他的肩头。周三和扭头一看，正是工友丁大发。丁大发五大三粗，说话声音粗大，平时与周三和做搭档，很是合得来。

丁大发问周三和："何解还不走？"

周三和吞吞吐吐地说："想，寻好明年的事，再——"

丁大发哈哈一笑说："这就好，我也是想寻好明年的事。"突然，他一拍周三和的肩膀说："要不，我们一起到津市码头上'担的'去，那里有我家一个堂伯父在开粮行。"

周三和眼睛一亮："真的吗？"

"骗你，我就是你的崽！"丁大发提高嗓门叫道。

周三和心想，看来是真的。但转念一想，或许丁大发是津市人，如果是津市人，他可以回去过年，而我……想到这里，周三和问丁大发："你老兄家在哪里？"

丁大发苦笑着说："老弟呀，我的家就在株洲渌口，离这里其实很近，可我这几年挣到的几个钱都被人偷去了，没钱回去，没脸见婆娘崽女呀！"

周三和没想到，竟然遇到了和自己处境一样的人。于是很诚恳地说："我和你一样，这样吧，我跟你一起走！"

就这样，周三和与丁大发一拍即合。两人结伴而行，于大年三十那天上午赶到了津市。

丁大发粗中有细。他知道这时候到堂伯父家去，事先没有"备底子"的，肯定不好讲话。津市街上人来人往，多是买卖年货的，也有几个手提腰篮子，腰篮子里放着香烛纸钱，看来是去哪里上香拜佛的。丁大发灵机一动，领着周三和跟着一个提腰篮子的老人后面走。走了七八里路，老人终于进入一座寺庙。这寺庙背靠青山，前坪很大，香客很多。丁大发和周三和都不识字，一打听，才知道这就是药山寺。两人进入药山寺，照例在菩萨面前叩头。两人叩完头正向后殿走去，却被一个小和尚拦住了。小和尚说，后殿是观音殿，因年久失修，屋面破烂，长老正在待请人检修。丁大发就势说，我们正是专修屋面的。那小和尚一听连忙说，你们等等。说完跑进内室，不多时，小和尚领着一个白须飘然的老和尚出来。老和尚双手合十，口念"阿弥陀佛"。丁大发抢先说："我们两个不能回家过年，想在这里落脚，做事不要工钱。"

老和尚上下打量着丁大发和周三和，又拉着丁大发的手看了看。然后对小和尚说："你去安顿二位吧，阿弥陀佛。"

小和尚安排丁大发和周三和住在一间僧房里，又随小和尚吃了斋饭。下午，两人就上后殿检修屋面。大年初三上午，后殿屋面检修好了，下午就下起大雨来，果然屋内滴水不漏。老和尚十分感谢，晚上便陪同丁大发和周三和吃斋饭。谈话间，丁大发把两人想去津市丁记粮行做事的想法说了出来，老和尚听说是要去丁记粮行做事，颔首说道："津市只有一家姓丁的粮行，这丁老板是本寺大施主。"

丁大发接过话说："烦请老师傅帮忙介绍，好吗？"说完，丁大发把板凳向老和尚这边移了过来。其实，他带着周三和去丁家粮行做事并没十成的把握，因为那堂伯父已与丁大发隔了九代，不过姓丁而已，且那位丁老板来津市已有三十多年，丁大发与其从来没见过面。

老和尚没有当面答应。沉思良久，才说："是这样，我知道丁家粮行每年正月初六开门，你们于初六早上，各拿一卦本寺定做的千子鞭去祝贺粮行开门大吉，丁老板自然明白。”

初四和初五还是下着雨，丁大发和周三和一直没有出药山寺。初五晚斋时，老和尚说："斋饭后两位都到佛前许个愿吧，佛爷一定会帮助你们的。"饭后，丁大发和周三和果真在佛前许愿。丁大发许的愿是：保佑顺畅，捐白银一两。周三和许的愿是：保佑平安，捐灯油十斤。两人拜佛起身时，老和尚念道：许愿还愿一念间，药山许愿夹山还。周三和听得真切，心想，看来以后还得到夹山寺去一趟。

正月初六早晨，雨停了。丁记粮行的伙计刚把大门打开，清脆的鞭炮声就炸响了。丁老板听到这不同凡响的鞭炮声，连忙出来迎接客人。丁大发和周三和也不知行规礼节，只知道双手抱拳，高声喊道："丁老板新年大发财喽！"

丁老板照例把他们请进客堂，一番客气之后，丁大发说明来意。丁老板当场答应："好，好，今天下午就上工。"

周三和跟着丁大发在丁记粮行一连担了三年"脚"。到第四年夏至那天，周三和在码头上跌了一跤，落得个脚跛的毛病，不能担"脚"了，丁老板便安排他在码头上守货。这守货虽然工钱少了许多，却能结识街上来来往往的人。一天，周三和看到一个卖"银菩萨"的人，两人便闲谈起来，交谈中，银菩萨从哪里进货，怎样销货，周三和把那来龙去脉都搞清楚了。自此，周三和暗下决心，要改行试着做这种生意。

这年十二月二十四，丁老板照例设宴招待"担的"师傅和上下人员。被请坐上首的正是周三和。周三和心里早有准备，领了工钱后，辞别丁老板，便去了澧阳，在澧阳银铺里进了十盒银脚圈、银菩萨，又连夜赶回津市，居然在年前把所进的银器销售一空，所赚到的钱抵得上两年担"脚"的钱。尝得了甜头的周三和想，是这些钱回去，也算过得去了，但转念一想，何不在这里再多赚些钱呢？回去了再来的话，这个地盘又不是自己的呀！

就这样，周三和又一连几年没有回家，他已由一个在津市沿街卖银菩萨的，变成了在津市皇姑山下开银铺的老板，且还请了一个小伙计当下手。平时，他让小伙计照看店面，自己则到津市街上做"提篮子"的大买卖，且每次"提篮子"的大买卖都能得手，一赚就是几十担谷。当上了老板的周三和，每天早晨都要去澧水河边散步，一边看那滚滚的江涛，一边回味着自己这些年来的一切。之后，他还要在澧水边打一套从父亲那里学到的邬家拳。

这人呵，也许是这样，身无分文的时候，时时都在思念自己的家乡，思念自己的亲人；一旦身上有钱了，又一心只想再多赚，心里老是想着赚钱了。

八、黑心设局得横财

皇姑山与津市街隔澧水相望。从皇姑山北望，首先看到的是澧水边的码头一个接着一个，这些码头大都是商号、粮行的码头，只有正对着皇姑山的码头才是客运码头。每天，这客运码头上人来人往。皇姑山这边的小菜担子，天不亮就成群结队拥向南码头；津市街上一些货号的伙计则早早地拥向北码头，他们中有的是在码头上买菜，有的则是到皇姑山这边接货。两只渡客的"板划子"一往一来，船上总是满满的人和菜担子。

在周三和的银铺旁边，有一家做发糕的小店铺，两家铺子正对着南码头。一些卖完了菜的乡里汉子，从津市街那边过来，大都在这里歇息。说是歇息，其实是在这里吃早点。这些小本经营的农家汉子，舍不得到街上吃那远近闻名的麻辣牛肉粉，这里的发糕又甜又热又饱肚子，价钱只有牛肉粉的一少半，加之还能跟那蒸发糕的老板娘说笑一番，真是又饱肚子又饱眼福。老板娘在说笑间，则有意无意地把话题引向隔壁银铺。一些家有小孩的人听了，免不了到银铺里去买些银菩萨和银脚圈之类的家伙，回家去也好讨个家人的欢喜。

蒸发糕的老板娘时年二十七岁。白净的长圆脸，水灵的大眼睛，高挑的身材，挺拔的胸脯，身着粉红短衫，腰系蓝色围兜，人们一看就知道，这是一个能干的女人。然而这看似能干而漂亮的女人，却有着一段非常不幸的遭遇。她是金鱼岭文家冲人，名叫文秀芝，二十岁时嫁与澧南街上郑长发为妻。郑家是大户人家，郑长发是家里的独子。然而文秀芝到郑家六年没有生育，眼看偌大的郑家，就要断后，郑家人心有不甘，一气之下把文秀芝休出郑门。文秀芝出了郑门，也不愿回娘家去。好在她在娘家时，跟着母亲学会了蒸发糕，于是便在皇姑山佃了两间小屋，做起了这蒸发糕的经营。白天，她迎来送往；晚上，她暗自流泪，甚至怨恨自己不争气。有天晚上，她做了一个梦，梦中，从皇姑山上走下一个白须老人，在她的店中说：若想得梅子，梅花再度开。文秀芝不解其意，欠身欲问。而正在此时，一阵打拳的"咳、咳"声和沉重的脚步蹬地声把她惊醒。原来此时天快亮，按照往常，她早该开门做生意了。文秀芝连忙起来开门生火，打完拳的周三和则自回银铺。

文秀芝每天晚上睡下去就想着白须老人的话。那天晚上，她终于明白了，要想得梅子，应该是说我命中能生孩子；梅花再度开，是告诉我再与一个男人同床，就能生育。文秀芝是个好强的人，一个好端端的女人不能生儿育女，这是女人最大的不幸。她在郑家受到的白眼太多了，听到的风凉话太多了。想到这里，文秀芝对自己说，无论如何，也要生一个给人家看看。到时，人家就会说，不是文家女子无出，而是郑家的祖宗无德。想到这里，文秀芝下定决心，要么嫁人，要么找个男人，生下小孩再说。她翻了一下身，又觉得为难了。嫁人？一个出了名的不生育的女人谁要？那就私下里找个男人吧，找谁呢……又是一阵打拳的"咳、咳"声，文秀芝惊觉，转而暗自笑了。

这天是六月初六，早上的天气就很热。小伙计很早就打开了银铺的门。这时一个浑身湿透的中年汉子闯入店门，对着小伙计说："六伢子，你娘病得很厉害，要你快回去！"

周三和听到说话的声音，连忙出来打招呼，问清事情底细后，拿出一吊铜钱，交给六伢子。又把六伢子和来人带到文秀芝的发糕店里吃发糕，吃完后，还特意用荷叶包了几大块发糕，然后嘱咐说："加紧赶路，有事就来个信。"

六月间田里的事多，乡间上街卖菜的人少了很多，发糕店和银铺里来往的人也就跟着少了很多。傍晚时分，文秀芝穿着短衣短裤，露出雪白的大腿，一边推着手磨，一边想着自己的心事。磨完米浆，抹干净当门的蒸锅和灶面，她早早地洗了澡，换上了一套粉红色镶蓝边的单衣穿上。然后她关上店门，独自一人到澧水河边散步。

周三和因为小伙计去了，自己又要做饭又要打理银铺，忙到很晚才洗澡。刚洗完澡，银铺的门就被推开了，进来的不是别人，正是文秀芝。周三和有些不知所措，可文秀芝上前早已搂住了周三和的脖子。周三和还想推开，可文秀芝眼泪双流，哭诉着自己的遭遇，末了她说，只要怀上了，她就仍回澧南街上去，要在郑家的对门把孩子生下来。这是周三和始料不及的。这十六年来，周三和从未碰过女人，眼前这女人把自己抱得紧紧的，传递着难以名状的气息。

　　但此时的周三和仍然强撑着，说自己有家室，有儿子，而且这些年实在对不起他们，不能再做对不起他们的事了。可文秀芝哪里听得进这些，搂着周三和径直往床上拽。周三和不能自主了，他首先碰着了那两团大肉坨子，接着，嘴里感到了从未有的软热，再接着他的额头青筋暴了起来，下面那家伙早进入了那难以说出味道的所在。他疯狂地抽插，恨不得把这女人掰碎。文秀芝的身子抖动得像筛子一样，两只脚死死地跤着上面的一双腿，两只手紧紧地搂着上面那宽大的躯体，还不断用力回击那疯狂的抽插。待一切都平复下来，周三和瘫软在一旁，文秀芝搂着他的脖子说："只要你想的时候，我就会过来。"

　　六伢子料理好母亲的丧事之后，仍然回到银铺做事。六伢子已经二十三岁了，母亲故去后，他孤身一人，便把周三和的银铺当成了家。时间一晃两个月过去了，眼看就到了八月中秋，银铺的生意渐渐热络起来。这天，周三和开好货单，拿出五两银子，把六伢子叫到跟前说："你去澧阳一趟，把这些货调回来。"六伢子这是第一次受老板重托，单独外出进货，心里自然高兴，拿着货单和银子便走了。

　　六伢子前脚走，文秀芝后脚就进了银铺。周三和在柜台里边望着这楚楚动人的女子，全身一热，那家伙便挺了起来。这时，文秀芝脸上红晕泛起，缓缓地摇着头。周三和心里明白，不无自责地说："是我没用了。"

　　文秀芝闪进里间，脱光衣服喊道："今天正是期口，再没有怀上就是你真的没用。"

　　周三和与文秀芝已有了多次，这一喊只觉全身融化了。进去之后，轻车熟路几个猫公罩，便是气喘吁吁。完事之后，周三和说："看来我真的不行，你真的想怀上，是不是再……"

　　文秀芝一边穿衣一边说："我再找谁呀？"

　　周三和眨了眨眼睛说："会打野猫床底下有。"

　　文秀芝想了一下，伸出大拇指和小指头说："你是说他，他比我小几岁呀！"

　　周三和一边摸揉着文秀芝，一边说："女大三，抱金砖；女大四，是天赐。"

　　文秀芝不作声了。她心里想，只要能与六伢子成就了亲事，这辈子总算又有个男人了；如果有孩子，总算出了郑家那口恶气；即使以后还是没生小孩，那才是天意了。想到这里，她站起身说："只要你舍得我，六伢子我也要。"

说完，文秀芝一路小跑出了门。

三个担荠瓜的汉子来到发糕店，文秀芝一如往常一样，热情地打招呼说笑，熟练地切着发糕。一个高个汉子一面吃着发糕，一面一本正经地说："道溪河的曾友贵堂客去了多年，你过去'填房'不？"

道溪河也在澧水的南边，离澧南街的郑家只有十几里水路，也是一个小码头。文秀芝不愿"填房"，也不愿重走那条伤心之路。只见她脸一沉，把切发糕的竹锚刀一丢说："填房免谈，往西走免谈。"说完背转身冲进房里。

高个汉子还不死心，不无挑逗地唱起了一段山歌：

十八岁姐呀，你不在行，

逗你玩耍你冲进房。

你十七、八岁不爱耍，

二十七、八过时光，

桐油炒菜没人尝。

文秀芝在里间听到，"扑哧"一笑。趁着这笑容，她麻利地抓起一把茶叶，掀开房门的布帘子，来到店堂泡好茶，又是擂姜，又是炸芝麻，然后把三碗香喷喷的热茶端到三人面前。末了，文秀芝叹口气说："不瞒大哥说，我在那边恼了气，所以讲到那边去就有气。"

高个汉子和另二人一时无话可说，喝完茶便担起家伙过河去了。

六伢子背着一个偌大的包袱回来，进银铺后便一一向周三和点货交账，交账后又把那些小把戏一一排上货架。一切搞好后，周三和对六伢子说："你到我房里来一下。"

六伢子答应了一声，便来到周三和的房中。

周三和问："你妈妈生前跟你说亲没有？"

六伢子回答说："家里一无所有，哪想过说亲呀。"

周三和说："你在我这里有好几年了，我很想跟你说门亲事。"

六伢子说："我这个样子，谁上门呀？"

周三和说："你先别急，我先给你讲一件事。"接着周三和说起了对河的丁记粮行老板的故事。丁记粮行老板丁福初，二十多岁还在外面漂泊流浪，来到津市后在何记米坊做事。何记米坊旁边住着母女俩，丁福初在做工之余，经常帮这母女家挑水、劈柴，日子长了，那女儿对丁福初越来越喜欢，但又不敢启齿向母亲说，因为自己比丁福初大四岁，怕人家看不上。女儿虽然没有说，做娘的早就留了意。于是她向何记米坊老板说出此事，巧的是何老板的妻子也比他大四岁。在何老板撮合下，丁福初终于与那女子成了亲，后来，不但生儿育女一大路，还在津市街上开了个最大的丁记粮行。

周三和把这说完，用眼睃了一下六伢子。六伢子心领神会，一边用手摸着后脑壳，一边说："老板是说……"紧接着就把眼珠子向发糕店那边一闪。

周三和说："正是的，只要你有意，我就过去说。"

六伢子憨笑着。周三和则起身向发糕店走去。

一切如周三和所预想的，八月十八那天，六伢子把铺盖搬到了文秀芝这边。

六伢子搬走后，周三和房里只有一个铺，晚上一个人睡，清静了许多。到了这清静时，周三和开始想起了家，也有了要回家的念头。

重阳节过了。"寒露霜降水推沙，鱼奔深潭客奔家。"银铺里的客人越发多了起来。这些客人都是从远方回津市的家里来的，他们来到银铺里，大方地拿出银子买银器，周三和与这些客人交谈之后，思乡的念头更加浓烈了。也就是从这天开始，他白天要六伢子照看银铺，自己则过河到津市街那边去收账，收回铜钱或银子后，便到津市银号里换金条，每换回一根金条，便在灯下用白布包好，再用针线缝好。几个月下来，他收回的账和现存的银子铜钱一共换成了二十根金条，他把这二十根金条缝在一条五尺长的布带内，再把这布带系在腰上。还有很多银锭和铜钱，则分层缝进夹衣里。

开春了，文秀芝终于如愿以偿，怀上了六伢子的孩子。这天早晨，六伢子和文秀都觉得有些不对劲，因为没有听到周三和打拳的"咳、咳"声。六伢子推开银铺的门，竟然发现老板不见了，货架上的银器也不见了，却只看见铺台上放着一个装着水的竹筒，旁边两大锭银子，每大锭银子下面压着一张纸。六伢子拿起左边一张纸一看，上面画着一男一女两个人，又看右边的纸，上面画着一个胖娃娃。再看看银铺里的一切，如往常一样。六伢子顿时明白了，一定是老板走了，这银子是送给自己和文秀芝及其将要生下的孩子的。文秀芝挺着有些腆出的肚子也过来了。看到眼前的一切，拿起那水还有些热的竹筒，她眼眶湿了。

这时的周三和已经走到了澧阳，他要去石门夹山寺上香还愿，然后再折转回家。"许愿还愿一念间，药山许愿夹山还。"这几年来，老和尚这两句话，周三和一直没有忘记。他盘算着，天黑之前赶到张公庙，那边出茶油，一定要买十斤上好的茶油去还愿。

走到张公庙，天已经黑了。周三和第一件事就是打听买茶油的地方。张公庙只有几家店铺，茶油很快买到了，油铺老板特意将两只油篓用粗布带子连在一起，周三和将油篓一前一后搭在肩上，又走进了一家客栈。客栈里生意清淡，连周三和一起，一共才入住两个人。周三和因为没吃晚饭，便要客栈老板随便炒点饭吃。吃饭时，另一位入住的客人主动挪了过来，和周三和说话。周三和一听口音，便知道这客人是长沙那边过来的。乡音是多么亲切！周三和一改讲了多年的津市话，直接用家乡的土话与客人交谈起来。交谈中，周三和有了意外的收获，这客人竟然是与自己一山之隔的同乡：团头湖边凌头冲人兰宜秋。周三和问兰宜秋，凌头冲有姓刘的和姓尹的，没听说有姓兰的呀？兰宜秋说，姓尹的已经去了长沙，兰家正是买得尹家的田产。然而周三和始终保持着谨慎，说话时只说往事，不谈眼前。兰宜秋告诉周三和，自己三十二岁，从十六岁开始一直在外做生意，这次是到夹山易渡河收账的。这时，周三和已经吃完了饭，按出门人的规矩，把一双筷子整齐地放在碗边。可起身时，衣角把一只筷子绊跌了，听见"当"的一声响，周三和连忙弯腰去捡。这一捡露马脚了，那腰上缠着的二十根金条的轮廓，明明显显地出现在兰宜秋眼前。兰宜秋看在眼里，心里一惊，却不动声色继续与周三和谈话。

第二天，周三和一早起来准备赶路，兰宜秋说要到易家渡收账，正好同行。于是两人在街上买几个包子吃了，便沿着澧水向西走去。中午翻过铜山，在铜山走错了路，转了几个来回才上正道，又是吃的路边摊子上的发糕。到天不早时，他们两人才到达夹山脚下。几年来没有走过这样的长路，周三和浑身汗湿了，但一直没有解开衣扣。这时，走在后面的兰宜秋赶到面前，接过那两篓油，又拿出一个竹筒说："周老板，喝口水吧。"用竹筒装水走长路，周三和也曾用过，不过这次出门时，忘在银铺里了。既然同行的带了水，喝一口当然好。于是周三和接过竹筒，"咕咚咕咚"喝了几大口。此时的周三和赶路心急，只想赶到夹山寺再吃饭。喝了水，人的精神也上来了，不多时他们赶到了夹山哑口。

哑口有些来历，相传很早以前，这里有十九座山峰，其中两座最高的山峰每天卯时张开，亥时合拢。一伙强盗看到这里有一女子天天在山口中扯猪草，便乘其不备上前去抢。女子闻声就往山上跑，看着将要跑上山顶时被强盗捉住了。强盗要强奸女子，女子说在这里干这种事会得罪天神，到山下茅草房里再说。强盗便跟着女子下山。刚刚走到山下，看看到了茅草房前。那女子身子一侧，钻进了一个山洞，强盗正想进洞追赶，突然"轰隆"一声巨响，两山一合，把那强盗夹成了肉饼，那女子则从山洞中逃脱。从此，那两座合拢的山得名夹山，那两山合拢的地方，就叫哑口。哑口向正南是悬崖，向东南是下山的盘山大道，可通夹山寺。

哑口很高很陡，周三和走上来后，感到出气不赢，接着就人事不知倒下了。兰宜秋假惺惺地喊了几声，不见回应。此时的他胆子大了，蹲下身子手脚麻利地"忙"了起来。

兰宜秋解开周三和的包袱，里面银器叮当有声；兰宜秋解开周三和的外衣，外衣口袋里有很多散铜钱；兰宜秋解开周三和的夹衣，只觉得夹衣里子里一层层硬硬的，知道是真货；接着他再解开周三和腰间的布带，布带好沉好沉，顿时心里暗喜。他把自己的上衣脱光，把藏金条的布带系在腰上，又把周三和的夹衣穿好，再罩上周三和的外衣，系好周三和的包袱。之后，把自己的衣替已是人事不知的周三和穿上。一切停当之后，兰宜秋还不放心，拿出那装蒙药的竹筒，又死死地向周三和嘴里灌。可怜周三和此时身子软绵的，手脚冰凉的，任兰宜秋怎样摆布，全然不知。兰宜秋也折腾得出了一身冷汗，把竹筒里的水灌干净后，便把竹筒往山下一丢，发出一连串"哐当哐当"的响声，直到那响声没了，他才拍拍身上的泥灰，准备离开。可当他走出几步，又返回了。他想，要是周三和醒来了，或是被人搭救，这谋财之举必然事发，不如一不做二不休，干脆将他"做"了。兰宜秋心里这样想，两只手早已搂起了周三和的身躯，他用尽全身力气，将周三和向那竹筒响过的地方一推，哑口悬崖上便发出一阵沉闷的滚动之声。直到听不到一点声息了，他才暗笑着，提起两篓油，消失在往回走的黑夜中。

九、讨饭人惩恶扶善

说来也巧，正当周三和被兰宜秋推下山崖之际，远在宁乡沩山的密印寺大殿里，突然刮起一阵风，把佛祖左前的一盏青油灯吹灭。

密印寺位于宁乡沩山之山腰、毗卢峰下。这里虽是山腰，可纵横数十里平畴绿野，处处流水淙淙、清风习习。密印寺的开山祖师是高僧灵佑禅师，他于大唐元和九年创建密印寺，并经宰相裴休奏请朝廷御赐"密印禅寺"匾额，此后灵佑禅师又传法江西仰山，创立了"沩仰宗"，是为中国佛教南宗五大教派之一。密印寺因此占地广阔，殿宇宏伟。从南至北分别为山门、大殿、后殿、配殿、禅堂、祖堂。是时，密印寺以"三藏"闻名天下，即藏有重达五千零四十八斤的涂金大钟一口；藏有经文五千零四十八卷；拥有田租五千零四十八担。密印寺的大殿四周有石柱二十六根，正面有珠红槅门一十八扇。大殿四周墙壁上，全部以塑有佛像的陶砖排砌，一万二千一百八十二尊铂金佛像情仪各异、形态逼真。因此这大殿又称万佛殿。释迦牟尼大佛端坐万佛殿正中金莲台上，手持宝塔，眼望众生。佛祖莲座四周，一挂挂盘香青烟缭绕，一盏盏青灯熠熠生辉。

上千盏青灯独灭一盏，正在做功课的僧众都颇感奇怪。值更僧静悟连忙上前，拨了拨灯芯，将香头在右侧的灯前点燃，然后将这青油灯重新点亮。一直在静悟身后的住持圆慧大师似乎看出了什么，待静悟一切做好后，便对静悟说："你到祖堂来一下，我有事问你。"静悟连忙欠身答道："请师父先行，我将每盏灯的灯芯拨一遍便来。"

静悟在佛祖像前躬身而退，然后出右门，来到配殿走廊，顺着走廊进入法堂，又从法堂后门拾级而上，这才进入祖堂。祖堂是历代僧众祭祀灵佑禅师之所。静悟一路走一路想，师傅要我到这里来，是为了何事呢？莫非是为了佛灯被吹灭之事，不对呀，佛灯吹灭之时，并无人经过，也无人说话；莫非是为了今夜值守有什么疏忽，也不对呀，此前巡视时，寺内一切正常，没有任何异样……静悟这样想着，静立在祖堂里。

这时，圆慧大师秉着青灯，从里间出来。他直视着静悟，良久才问道："你刚才点亮佛灯时，我看见你的左手虎口上有一道疤痕，让我看看。"

静悟右手单什，将左手伸到师傅面前。圆慧大师仔细看过之后，觉得这疤痕有些蹊跷。因为这疤痕不像刀伤，也不像撕裂之伤。于是问道："这疤痕有些奇怪，是怎么来的？"

静悟如实作答："是几年前奉师命去益阳传法，在山中被蛇咬伤的。"圆慧大师再问："是什么蛇？"

静悟心里很感惭愧，因为这事一直没有向师父说过。现在师父追问起来，他只好从头到尾，把被蛇咬和被怀德相救以及刘老太爷招待的经过一一说了出来。圆慧听完追问道："你是如何答谢的？"

静悟想了想说："出家人无以为谢，只向刘老太爷出了个主意。"

圆慧大师再追问："什么主意？"

静悟有些支吾地说："说是主意，我并没有直说出来，其实只是一个暗示。"

圆慧大师有些不耐烦了，压低声音却很威严问道："暗示什么？"

静悟似乎有些不以为然，觉得这暗示也好，主意也好，都是为着刘老太爷一家好。他心里是这样想，说话却很低调。他先说刘老太爷家唯一的儿子继祖如何不事耕读终日在外游荡，而在刘老太爷家的巡山的小长工怀德，比继祖小两岁，却喜欢看书；之后说刘老太爷问计于自己，如何使其浪子回头；再后说自己暗示刘老太爷，要为少爷找个读书的伙伴，在家开一堂私学，少爷便可走上正道。静悟把这一路说完，眼睛悄然地望着师父。圆慧大师此时眼睛直视着静悟，且平静地问道："你这是答谢谁呢？"

静悟有些语无伦次："答谢刘老太爷，当然……也就答谢了怀德。"

圆慧大师接过话说："你这是感谢刘老太爷施舍功德，但并未有感谢怀德救命之恩呀。"

静悟未悟出师傅的话，仍然解释说："怀德陪伴少爷读书，从此不去巡山，这不是对他命运的一种改变吗？"

圆慧大师正色地说："这就是你对怀德的感恩吗？须知真正救你的是怀德，

而此举你将怀德推上了歧途。"

静悟有些不解地问师傅："何以见得呢？"

圆慧大师反问道："你可知'近朱近墨'乎？"

静悟低头说："请师傅明示。"

圆慧大师说："古人云，'夫金木无常，方圆应形，亦有隐括，习与性成，故近朱者赤，近墨者黑'。怀德与比他年龄大的浪子在一起，是近朱呢？还是近墨呢？"

静悟一时回答不上。圆慧大师继续说："据我推测，怀德因此不但会走上歧途，而且近几年有不断的麻烦，而这麻烦的前因都是与你的主意有关的。"

静悟这才意识到自己的过失，连忙跪地求道："请师傅传我解脱之法。"

圆慧大师双手合十说："阿弥陀佛，解铃还须系铃人。你一直跟着我在寺里修行，没有四处云游的经历。这样吧，你出去云游几载，一来悟出些道理，二来暗中为怀德做些帮助。"说完，圆慧大师就径直向大殿走去。

第二天一早，静悟只身一人出了密印寺，开始了云游僧的生活。

陈想容和儿子怀德从谢家岭山崖上下来后，回到家里，母子抱头痛哭一场。直到陈想容喉咙哭嘶了，人也哭累了，怀德扶着母亲说："妈妈，你到床上睡着吧，我要去上工了。"陈想容这才千叮咛万嘱咐，让怀德重新挑起那两个包袱，并送到山后的冲口，才打转回到屋里躺下。

怀德在周子和家里上工了。周子和拥有湖田四十担，请了长工五人，怀德是五个长工中最小的。怀德上工的第一件事就是犁田，老长工周六领着怀德来到"担四大坵"，套好牛轭藤索，赶着牛开好了场，然后把牛鞭子交给怀德，并说了些使牛的要令。怀德只放过牛，从来没有使牛做事的经历，心里有些"通通"直跳，加上他平日放牛都是黄牛，而眼前这套着的是条大水牯，大水牯粉身白毛，一对弯角，一双血红大眼。怀德望着，心里更没底气了。这时周六鼓励怀德，尽管胆子放大点，喉咙放大点，样子放凶点。怀德左手接过鞭子，右手接过犁把手，抖起精神，高喊一声"呵哧"。那大水牯开始还顺从地走着，可怀德右手上的犁把手有些不听使唤，走了不到丈来远，那犁头便"飘"了出来，没有犁着泥土了，那大水牯感到一阵轻松，便发疯似的跑了起来。怀德开始还跟着跑，跑着跑着，渐渐感到力不能支。这时，站在田塍路上的周六高声告诉怀德，快把犁把手抬起，让犁头插进去。怀德听得真切，连忙将犁头一抬，犁头终于插进泥里了，可怀德没有及时调整，还在抬犁头，犁头越插越深，那大水牯也感到有些吃力。怀德以为这牛是偷懒，照着牛屁股就是一鞭子，那大水牯一惊，扬起前蹄使尽全力向前背去。田塍路上的周六高喊怀德按犁把手。就在这时一声响，藤索断了，犁也散了。幸亏周六跑到牛前扼住牛鼻子，那大水牯才没继续往前跑。怀德望着散了架的犁和断了的藤索，嘴唇白了，眼眶红了。

周六又回去背来一架犁，拿来两根新藤索，重新套好后，一五一十教怀德如何掌住那犁把手，如何转弯，如何开档场。怀德把裤管转到大腿上，重新接过牛鞭，重新扶起犁把手，眼露凶光瞪着大水牯，再次一声"呵唻"，大水牯顺从多了。犁了几个圈圈，怀德的扶犁把手的右手臂感到很痛，举着鞭子的左手感到很酸。周六站在田塍路上告诉怀德，搞一天就不会痛了。于是怀德忍着酸痛，继续前行。周六看到怀德已经像那样子，便不声不响地去挖田角。

中午吃饭时，怀德的右手还在痛，拿筷子时，竟然让筷子掉了一根。周六笑着说："掉一只，有餐吃，掉一双，有餐搿。"

另三个长工不解其意，忙问周六是何解。

周六说："有么子何解，等一下就会有解。"

怀德听了心里想，肯定是为扯烂一架犁的事，老板肯定会要赔的。果然这时周子和回来了，并指着禾场上那架烂犁问周六："那架犁是……？"

周六连忙站起说："是我刚下田，那大水牯就跑，所以扯烂了。"

周子和不无责怪地对周六说："你也作了大半世的田了，还搞不清这条水牯的套路。我讲过多次，这牛头次下田时，要将它赶几个空圈圈，让它用去一些劲，然后再套上，它就熨帖多了。"

另外三个长工听了，连忙问道："老板，那是何解？"

周子和说："何解？还不是它一冬只吃不做事，蓄了些劲在身上，它不跑，劲往哪里用呢？"

三个长工听了，同时"呵"了一声。

怀德听了，觉得老板讲得有道理，这正是《左传·曹刿论战》中所说的：一鼓作气，再而衰，三而竭。

周六听了，忙自责地说："犁是我扯烂的，我赔，好吧。"

周子和笑着说："你莫玩花脚乌龟哒，我晓得，犁是怀德扯烂的。不要赔，常言说'看牛伢崽没牛赔'，一回生，二回熟，以后学着点就是的。"

怀德这才松了一口气。起身低着头说："老板，莫怪六叔，是我扯烂的。你老人家不要我赔犁，我今天到半夜都要把'担四大坵'犁完。"

周子和吃惊地问："你会犁田哒？"

周六也起身说："怀德蛮像那样子哒，我也一定陪着他把田犁完。"

周子和说："那好，今天是牛'起春'之日，那时我出去哒，鞭子都没放一卦。是这样，晚上我来陪你们几个喝杯酒！"

周子和说完就出去了。周六对怀德说："你看看，我不是讲哒那筷子'掉一只，有餐吃'吧！"

五个长工都哈哈大笑起来。

怀德在周子和家做了三年长工，债还清了，怀德也成了远近闻名作田的好把式。

这年十二月二十四，周子和照例办了一桌子菜，请五个长工吃饭。席间，周子和要把怀德请到上首坐，还说了些客气话。怀德不懂套路，坚持不肯坐上首。周六把他拉到一旁告诉他，老板的意思是你在这里的工期满了。怀德这才半推半就地坐了上首。刚刚吃了一碗饭，周家便来客人了。客人进门便盯着坐在上首的怀德，怀德不认识这客人，也就跟着起身打个招呼，便又开始吃饭。

这时周子和向大家介绍说，客人是凌头冲的兰老板，转而又对怀德说："兰老板是专程来请你的。"

怀德听了心里想，既然这里的工期满了，现在又有人来请，那就不愁明年做事的地方了。想到这里，怀德连忙起身，请兰老板坐上首，自己则同坐在周六一条凳上。周子和趁此机会炫耀地对兰老板说："你看看，在我家里出来的长工多有教养！"

兰老板也一面奉承着，一面喝着酒。末了，周子和开发怀德一斗米和一吊钱回家过年。兰老板则交代怀德，过了大年初五就来上工。

傍晚，怀德辞别周子和与众长工伙计，回到家里。陈想容接过怀德肩上的米袋子和那吊钱，心里自然喜欢。还清了老账，东家还打发了米和钱，母子俩感到从此心里轻松了。第二天，陈想容领着怀德去朱良桥买了几样年货，还特别买了一张红纸，回来叫怀德写副春联，也讨个好兆头。怀德寻出几年不曾用过的笔墨，裁好纸，便在堂屋桌上写了起来。陈想容在一旁看着。这时，她似乎才发现，儿子长大了，长高了，就像周三和当年去陈家当"新客"的那样子。

怀德略一思索，提起笔一挥而就，陈想容进去端来米汤，母子俩把对联在大门框两边贴好。这时，陈想容退到禾场中间端详一番，只见这对联写的是：

且读且耕由来勤者兴家业

吉年吉日终有春风度玉关

看完对联，陈想容笑了。她感到儿子不但身材长大了，而且看来这几年在周子和家没有放弃看书，从对联中看出，儿子非常懂事了。

这个年，母子俩过得很高兴，可很快就过了初五，怀德又要去上工，陈想容不免过细地为怀德张罗一番。初六早饭后，怀德去了兰家。

兰家庭院是新建的，高大而广阔。怀德进入朝门，一条大黑狗窜了出来，狂吠不已。兰老板听到狗叫，出来呵斥。可那黑狗仍然叫个不停。怀德最喜欢狗，也最会逗狗，可这狗不理怀德那套，气势汹汹向怀德扑来。怀德向后一闪，那狗扑了个空，怀德就势跳上阶基，站在了兰老板身后，兰老板再厉声一吼，那狗才心有不甘地发出一连串"吱、吱"声，蹲在禾场中央瞪着怀德。

这年正月初六正是立春日，春雨应时而至。怀德进屋后，兰老板就安排他砍棉饼、刈草、拌料喂牛。牛栏在横屋的后进，怀德喂好牛后，便到前进堂屋扫地。这时他听到兰老板与妻子管氏在说话。

兰老板说："这伢子长得五大三粗，蛮像那个人。"

管氏问："哪个人？"

兰老板说："周三和。"

管氏问："周三和是谁？"

兰老板压低声音说："你少问点好不好。"

之后兰老板夫妇说话的声音听不见了，怀德若无其事地继续扫地。

原来，这兰老板就是兰宜秋。这十多年中，他只回过三次家，第一次是管氏生了儿子，第二次是父亲兰梅竹过世，第三次就是在外赌钱输光了，回来赶些本钱。自从在夹山哑口得手后，他回到家里不再外出，便用周三和夹衣里面的那些银子和自己的老本钱，大兴土木，建了这个正对西方的大庭院；又广置田地，买了凌头冲三十担田。家里已经雇了四个长工，都是耕种那三十担田，上年十二月，他把那四个长工都辞退，转而将三十担田租佃给这四人耕种，这样一来，四个长工变成了四个佃户。那牛栏里喂的牛，也不是用来耕田的，而准备八月中秋吃的。现在雇来怀德，是专门为其耕种山土。陡然发富的兰宜秋，从此把钱财看得很重，变成了一个守财奴。庭院建成后，他把那二十根金条用铁盒子装好，藏进夹墙。他的妻子管氏从后来的谈话中，知道了兰宜秋陡然发富的来历，心里不免发毛。这个心狠手辣的女人，听说是周三和的儿子来到自家屋里，心里开始琢磨着，如何把这心头之患除掉。

转眼到了三月十六，怀德把庭院里的事做得差不多了，便转而挖山土，准备种凉薯。三月十八日，山土挖完了，就要点凉薯籽。根据兰老板的安排，怀德从板楼上把一袋凉薯籽取下来，放在横堂屋里。再去担来草灰子，准备拌好再往土里点。怀德担着箩筐去灰屋后，管氏便来到横堂屋里，不声不响地拿了几粒凉薯籽，然后进了灶房。怀德担来草灰，拌好后正准备往山上去。这时，管氏端着一碗甜酒冲蛋过来了。管氏笑眯眯地说："怀德，过来，吃下这碗甜酒冲蛋。"

管氏话音刚落，只听见禾场上黑狗叫得很凶。原来，一个头带烂草帽的叫花子进来了。管氏对着叫花子喊道："出去，这里没打发的。"

那叫花子也不说话，也不理管氏的话，径直往屋里走来。管氏急了，端着那碗甜酒冲蛋，加快脚步去赶叫花子。那叫花子闪在一侧，将手中的长棍向管氏脚下一掷，正好穿过管氏的双脚间，管氏被长棍子绊了，一连几个趔趄，身子站立不稳，"扑通"一声，摔了个嘴啃泥，那碗甜酒冲蛋甩出一丈多远。

那黑狗连忙上前，狼吞虎咽地把地上的甜酒冲蛋舔了个精光。

趁黑狗吃得正香之际，那叫花子早溜出朝门。管氏从地上爬起来，正要发作，可怜那黑狗，此时流着长长的涎，发出几声惨叫后，便倒地不动了。管氏从地上爬起来，眼睛向四面睃着，心想着自己做的事如何才不会"穿泡"。这时怀德正担起灰箩向外走。管氏灵机一动，对着怀德喊道："赶快去追那叫花子，他把我家的黑狗毒死了！"

怀德只好放下担子，向外面跑去。看看追上那叫花子了，怀德一声大喝："叫花子，你给我站住！"

那叫花子真的站住。待怀德跑到跟前一看，这人有些面熟。怀德正要问话，那叫花子低声说道："甜酒冲蛋里面有凉薯籽，凉薯籽有毒，那女人心更毒，以后要多防一手。"

凉薯籽有毒不能吃，怀德早就听人讲过。但怀德还想问个明白，这时，那叫花子用手做成一个碗形，又以手指着管氏。怀德这才明白，是管氏那碗甜酒冲蛋把狗毒死的。顿时低头心想，这叫花子来得太是时候了，不然，自己……

怀德转而一想，管氏何解要对自己下此毒手呢，不如向叫花子问个来龙去脉。

可当他抬头一看，叫花子已经走出了很远。

十、孙总管相婿托媒

不久，管氏得了一场大病。请远近闻名的郎中先生陈壁照来诊脉，说是脉相尚好，只要安心静养便可无事。可是，管氏越是静坐在家里，越是心神不宁，茶饭不进。眼看着一个矮墩墩的胖女人，几个月下来，变成了一个瘦猴精了，兰宜秋痛在心里，只好天天在祖宗牌位前上香叩首。

这天，兰宜秋上完香，刚拿起白铜烟袋，这边怀德就点燃麻秆子送上来了。兰宜秋吹完上十个蒂子，便坐在神龛下的桌子旁闭目养神。怀德则担着一担箩筐，上山去挖凉薯。

一个身材高挑的女人，提着一只腰篮子，走一步屁股一扭，扭进了兰家的朝门。兰家没有了那黑狗，显得出奇地清静。那女人进朝门后，免不了眼睛向四周扫了一番，看到的仍然是那么清静，便大着胆子向堂屋扭去。当她刚要扭过那高高的门槛时，兰宜秋似乎听到有所响动，但他习惯地只把眼睛眯开一线缝，装着仍然是打瞌睡似的。那女人却已看出了兰宜秋的这种小聪明的动作，只见那女人大声喊道："姐夫哥呀，发了大财，在享福呀！"

兰宜秋先是装着一惊，接着应声说道："哎呀，原来是菊香来了，快快请坐。"说完从神龛上正燃着的烛上点燃麻秆，把白铜烟袋递过去。菊香也不推辞，接过白铜烟袋和麻秆，熟练地吹起蒂子来。

菊香是兰宜秋的姨妹。这姨妹命苦，二十八岁就死了丈夫，无儿无女，靠着几亩湖田佃给别人，收点租过生活。平时为人搓媒揽事，赚几个小钱补贴家用。间或有那没女人的男人找她，她也不让人家打空转身。这样一个女人，当然能说会道，死人都能被她说活。可在姐夫兰宜秋面前，菊香有些拘谨，一是姐姐是个容易吃醋的人，说话稍不留神就会挨骂；二是兰宜秋也怕管氏，多看了几眼这个姨妹，管氏就会过后发作。正因为如此，菊香吹完烟蒂便问："姐姐近来好些吗？"

兰宜秋接过烟袋说："好吗子呢，现在半死不活的，像猪一样睡着哩。"

菊香听了，连忙起身向二进走去。来到二进东边正房，菊香看见姐姐睡得正香，便轻手轻脚退了出来。刚一转身，正好与跟在后面的兰宜秋四目相对。这一对非同小可，菊香发现姐夫的眼神中好像有些异样。菊香很快就明白了那眼神中的含意。这时，兰宜秋高声喊道："菊香，你就在这里随便坐坐，我到后山上去看怀德挖凉薯去了。"

菊香答应着："好的。"可她答应完之后，两脚仍然跟着兰宜秋向前走着。兰宜秋假装双手背着向前走，可背着的手似乎在说话。因为他的二手指头不断地做勾勾。菊香是老手，明白这勾勾的意思，于是跟着兰宜秋继续向前走去。一直跟到了西横屋的最后一间，兰宜秋突然反过身来，一个黄桶箍箍住了菊香，菊香不但没有推辞，一只手早已伸进兰宜秋的裤裆，抓住了那铁尺一样的家伙。这西横屋的最后一间房，曾是长工的住房，还有一个长工睡的铺，兰宜秋来不及关门，便把菊香抱上了床，菊香早解开衣带，露出那一对白花花和一处水津津的所在。自管氏得病五个月以来，兰宜秋不敢拢边，此时看到这久违的尤物，他二话不说，像饿狗一样，扑上去就疯狂地大动，顿时没有了天地，没有了讲究，没有了一切。完事之后，菊香小声说："常言说'三十如狼，四十如虎'，看来真的不假。"兰宜秋也小声说："俗话说'三年的寡妇当红花'，看来也真的不假！"菊香听了这句话，心里甜丝丝的，双手紧紧地搂着兰宜秋，似乎还没过足瘾。可兰宜秋不敢过久地留恋，他知道，一旦管氏起来了，会脱不得身；一旦怀德回来了，也会下不得台。但他又不想扫菊香的兴，只好哄着说："以后隔几天来一回，反正不让你踏空。"

当兰宜秋穿好衣服，从后门出去绕到前门时，怀德正好担着满满的一担凉薯走进了朝门。菊香则来到管氏的房中，叫醒了姐姐。管氏有气无力地答应着，直到菊香来到床前，才知道是自己的妹妹来了，这才坐了起来。看到姐姐病成这样，菊香假惺惺地埋怨起姐夫来。一时说，姐夫太依稀了，这病是拖出来的；一时说，这病只要摸准哒，一定好得快；一时说，这病有些"洋意子"，姐夫应该早点请法师来驱赶邪气……

兰宜秋拿着两块去了皮的凉薯送进来了，菊香接过凉薯大口地吃着，管氏把凉薯放在床头柜上，又想睡下去。菊香又说话了："姐夫，我看姐姐这病有些'洋意子',干脆莫请郎中了,去请法师来看看。"

兰宜秋说:"我也是这样想过,可现在地方上几个老法师都不在了,到哪里去请呢?"

菊香说:"到花山岭那边去请,那边来了一个大法师,还带了一个徒弟,为人治病治一个好一个!"

管氏又强撑着坐了起来,眼望着兰宜秋。

兰宜秋把怀德叫到跟前说:"团头湖那边花山岭有个法师,你去请来吧。"

管氏又眼望着兰宜秋说:"这种事要自己去请才好。"

兰宜秋心里有些不情愿,但为了妻子的病,只好点头同意了。与此同时,他还是向怀德耳语一番。

兰宜秋是要怀德送一担凉薯去给周子善家。怀德听了,便去准备。

那天下午,兰宜秋要菊香在家陪护管氏,自己穿上夹长衣,向花山岭走去。花山岭在团头湖的北边。兰宜秋从凌头冲去花山岭请法师,必须过团头湖。

团头湖水面阔,连通柳林江。柳林江连通烂泥湖,烂泥湖连通益阳毛角口河,毛角口河往西去溯资水去益阳,往东可经湘江入洞庭湖。因此,从益阳循资水去长沙的船只,大多从毛角口插柳林江南上,然后进入湘江。这中间,有到朱良桥、花山岭做生意的船只,则从柳林江进入团头湖,再在湖边各码头停靠。这样一来,团头湖湖面上一天到晚都是船来船往。团头湖地处益阳、宁乡、长沙三县交界之处,因此整个湖域又分成八个不同名字的湖,即孙家湖、仰天湖、月子湖、团湖、泉川湖、杉木湖、婚姻湖和六岔湖。其中六岔湖在团头的中部,两边是山,呈一个尖角状,且离凌头冲最近。六岔湖中间有一古堤,是宁乡和长沙两县的分界所在。早年,没有这堤的时候,两县边民经常为湖里的地盘争吵,特别是干旱年里,为了争夺水源打得头破血流,有一年还打出了人命。后来经过双方甲长出面,打桩划界,又共推主事,主持修起了一条分界堤。在夏秋两季湖水上涨之际,这条堤没入湖水之中,冬春两季湖水浅的时候,这条堤在湖中显露出来,成为人们停泊渔船、晾晒渔网的好去处。在整个团头湖中,六岔湖盛产鳊鱼、鲩鱼、白鱼,味道格外鲜美,市面上是抢手货,因此四面八方来的捕鱼船都开到六岔湖来。

时令已是九月初,团头湖的水渐渐地少了,六岔湖中的那条古堤开始显露出来,古堤两边的渔船也就一天比一天多了起来。船多了,人也就多了,人多了也就热闹起来了。早晨，打鱼人在渔船船头上升火做饭，炊烟在湖面上升腾着，宛如浓雾久久盘绕在湖面上空；吃饭时，打鱼人就着现做的鲜鱼和鲜汤，用大粗瓷碗喝酒，用大菜碗吃饭；喝足酒吃足饭便开船撒网。这时湖面上更加热闹来，打鱼人激越的渔歌声、敲击船梆的脆响声、网圈下落的击水声交织在一起。这渔船虽然来自四面八方，却多有规矩。首先，从外埠来的渔船，都必须"拜码头"。所谓拜码头，就是到渔帮帮主那里送点礼。是时，六岔湖渔帮帮主名叫孙彪，此人生得五大三粗，而且能说会道，却能主持公道，谁要是遇着了不平之事，他都会出面摆平。再者，打鱼时要有序进行，谁先下网谁最后下网都明确规定，绝对不能乱套。三者，说话多有忌讳，如"猫"、"翻"、"沉"等与打鱼不利的字都不能说。四者，谁要是打着了脚鱼、乌龟、沙鳅之类的水族，要立即不声不响的放回湖中，如果懵里懵懂地说自己打着了乌龟，那所有渔船上的人都会齐声呵斥，因为，这意味着所有渔船这天都会空手而归。

这天，孙彪首先开船下网，且借着酒兴，唱起了渔歌：

六岔湖上早风凉，

凉风催我打鱼忙。

一网打得团团转，

打只鲤鱼扁担长，

换回银子养婆娘。

孙彪刚刚落音，尾随其后的副手也唱开了：

六岔湖上早风凉，

凉风吹老打鱼郎

窈窕淑女不敢想，

黄脸婆姨不拜堂，

一根光棍度时光……

怀德担着一担凉薯，一路来到胡棚桥，正好听到这苍凉的渔歌，便放下担子，好奇地听了起来。

早在这年三月间的一天夜里，他和东家兰老板来过六岔湖，那是为了埋那被毒死的黑狗。兰老板对黑狗很是不舍，狗死了之后不忍抛其野外，硬是叫怀德一头挑着用匣子装着的黑狗，一头挑着一块刻着"兰府门守之墓"的青砖，来到六岔湖古堤脚下，叫怀德挖一个又大又深的土坑，兰老板郑重其事地把狗和那块青砖窖下去，覆上土后，还煞有介事地放了一挂鞭子。在回兰家的路上，怀德他们在山中的路上碰上了那戴烂草帽的人，这人把草帽压得很低，也不说话，只是拖着棍子缓慢地向六岔湖这边走。兰宜秋并不知道这戴烂草帽的人在个中的所为，也就没有介意，怀德也装作没看见，就那样擦身而过。

怀德站在湖边一直听着渔歌。听着听着，他悄悄地笑了。他想，原来这些打鱼人也读过书呀，不然，他怎么会知道"窈窕淑女"之类的东西呢？这是从《诗》上来的呀！想到这里，怀德不由自主地轻声哼吟：关关其睢，在河之洲，窈窕淑女，君子好逑……

当天晚上，法师来了。这法师姓刘名菊放，瘦瘦的，三十来岁，因得到师傅真传，能设坛请神，为人消灾治病。这样年轻且其貌不扬的法师，在花山岭那边名气很大，可这法师的师傅却很少有人知道，也很少有人看见。因为人们经常看见的只是一个头戴烂草帽的花子，花子经常在刘菊放家出入，也不知道是在做什么。

刘菊放安排怀德设好神案，点燃香烛，便请神请水，不一会儿便进入了角色。只见他一头倒在地上唱道：

香主弟子你听清，

吾乃五显大帝君。

吾神本是天上客，

问一言来答一声。

兰宜秋连忙上前叩头，叩头之后，很讲礼数地说道："大神，这里是洪山庙王柏叶冲土地辖下，小民兰宜秋，妻子管氏，自今年三月，管氏一病不起，汤药无济，水米不沾，不知是何妖孽作怪？"

那躺在地上的五显大帝听了，马上唱道：

一条黑狗丧残生，

冤魂不散在宅中。

心术不正得心病，

病人出来听下文。

兰宜秋听完，立即叫菊香把管氏搀扶出来，两夫妇并排跪下。这时，五显大帝端坐堂上，威严地质问管氏："说你心术不正，你可自己知道？"

管氏心里清白，只得连连点头。

这边兰宜秋接过话说："大神，既然管氏知错了，请为她治病吧。"

这时的五显大帝以手在桌上一拍，高声斥道："岂止管氏心术不正，你的心术就好吗？"

兰宜秋一惊，心里想，难道自己在夹山垭口干的那事，神明真的知道吗？转而一想，还是先稳住自己，装作不清白为好。于是说道："请大神明示。"

五显大帝斥道："你把黑狗埋在六岔湖古堤脚下，黑狗作怪，仅半年时间，古堤已是去六寸，这样下去古堤将会不保，长、宁两县纠纷将会再起，你这是心术正吗？"

兰宜秋这才松了一口气。为妻子治病心切，他一面点头，一面央求大神指引解脱之法。

那五显大帝闭着眼睛，用大拇指、食指和小指顶起一碗法水，口中念念有词，并以线香在碗上画着，画完唱道：

古堤本是古人留，

黑狗本是今世仇。

若要管氏病体好，

百担租谷把堤修。

有心治病把谷舍，

无心治病莫回头。

犀角枣仁泡水喝，

朱砂牛黄作引头。

天上应时要点卯，

吾神返驾回宇州。

兰宜秋夫妇听了，连连点头答应。那五显大帝把那碗法水泼地，将碗伸向嘴边，只听见瓷片下落和牙咬瓷片的声音响成一片。兰宜秋夫妇吓得面如土色，倒地叩头……

此后，管氏吃了些犀角之类的药，病情真的有了些好转。兰宜秋找到甲长孙福材，承诺出一百担谷修六岔湖古堤。孙福材要族弟孙彪当了重修六岔湖古堤的总管。孙彪提出，必须按两边有水分的山林田亩分摊，各自出人出力，工日再按数付米。兰宜秋家里山多田多，长工和佃户都被发往工地担土。

这孙彪做事的确有条理。工地上有称土的、发签的、整土的、打夯的，一切都有条不紊。工地上的人每担一担土，都要过秤，有一百二十斤重才发一支签，每十支签可换一升米。怀德身高力大，每担一担土去过秤，都是一百四十多斤，也是发一支签。这事被孙彪知道了，特意来到怀德面前看个究竟。这一看非同小可，孙彪居然喜欢上这小伙子了。

原来，年已四十岁的孙彪只独生一女，年已十七岁，名叫银芳。一次为女儿算"八字"，八字先生说此女有贵相，日后必定成为一品夫人。孙彪不信，也自知高攀不上那富贵之家，只要对上一个能养家的伢儿就心满意足了。眼前的这个后生子身材高大，又不吝力气，正是孙彪心中的标准郎婿。

晚上回到家里，孙彪先把想法告诉妻子周氏，又把工地上所看到怀德的模样和举止告诉周氏。周氏当然欢喜，孙银芳在侧屋里听到，也暗自高兴。此后周氏几经打听，找到了家住青山嘴的寡妇管菊香，管菊香说媒是出了名的，更何况伢子是姐夫家里的长工，于是她当着周氏说："这事我一片荷叶包圞。"周氏把这事告诉孙彪，孙彪说什么也不要菊香做媒。孙彪说："选亲不如择媒，菊香是一只'鸭饲钵'，莫搞坏我孙家的名气！"

十二月二十那天，六岔湖堤完工了。这天下午，孙彪算完工地上的账，还有二十担谷的结余。孙彪好不喜欢，连喝了三大碗酒。之后，满心高兴地回家。路上碰到了菊香，经菊香的一番七弯八拐，孙彪才搞清楚，怀德是兰家的长工，菊香是兰家的亲戚，看在这个份上，孙彪终于同意菊香做媒。菊香立即着手合"八字"之类的事情，好在一切顺利。怀德几次上了孙家的门，周氏很是满意这个未来的郎婿，孙银芳更是喜不自禁。

几个月下来，管氏病好了。兰宜秋从此对神明敬奉有加，也从此不敢坏人好事。因此在怀德的婚事上，两夫妇大做顺水人情。孙彪则来到兰家，开门见山地说："修堤还剩二十担谷，这二十担谷应该归我，但我不要，你更莫想要，给怀德把房子修一下，明年我好嫁女。"兰宜秋夫妇不敢多说，一一应允。

十一、结茅庐深山面壁

次年开春，怀德向兰宜秋告了三个月的假，用那二十担谷建起了一栋四缝三间且东边出厢房的茅草屋，还置了两套新床柜。陈想容住进了东边的正房。正房很宽敞，也很透亮，比起原来的那间屋，不知好多少倍。陈想容把自己的房间收拾好之后，又把西边正房打扫干净，为怀德把铺开好。东边厢房是做灶屋的，新灶已经打好，锅、瓢、碗、筷也都不缺。

只有中间堂屋里空荡荡的，怀德正北面的墙的上方钉了两个竹扎，上面搁着一块木板，木板上供着周氏祖宗和怀德的爷爷周本善老两口的牌位。把牌位放到这木板上去之前，怀德点燃了香烛，还念了一道文疏，然后才把牌位请上去的。为了这事，两娘崽争论了一番。因为，陈想容认为，周三和出去十八年了，一直杳无音信，肯定是不在人世了，不在人世就应该享受子孙的香火；怀德却认为，父亲临出门时，自己虽然还只有三岁，但他嘱咐我好好读书，将来点上状元的话语，至今还记忆犹新；自己当时要父亲多赚些钱，回来建一栋又高又大的屋，这话他也答应得好生爽快。现在父亲久出不回，生不见人，死不见尸。如果不明不白地把健在的人当作死人来敬，将来父亲一旦回来，不好说话，到时外人也会笑话。这十八年来，两娘崽第一次这样各不相让，这使陈想容很是伤心。待怀德到兰家上工去之后，陈想容来到当年送周三和出门的山口，大哭了一场。

这十八年来，陈想容只哭过两次，一次是公公婆婆去世后哭过，还有那次在胡棚桥没有追上怀德时吓哭过，此后，就是在那没米下锅的日子里也都不哭，只是默默地做事。现在建起了新屋，新媳妇也快要进门了，为什么反倒哭呢？原来，自陈想容搬进新屋的东边正房的那天晚上起，她每天晚上做梦，一做梦就梦见了周三和。梦中的周三和浑身血迹，一脸愁容，也不说话。陈想容叫他也不答应，推他也不动弹。醒来后的陈想容先是想，这分明是丈夫托梦告诉我，他已经死了，死在外面了，死在很远的地方了；接着陈想容又想，丈夫死了，可丈夫的魂却回来了，这说明，他到底还是想家，他到底还是想自己的妻子，他到底还是想念自己的故土。这些年来，陈想容时时都在想念周三和，前十多年中，每当太阳下山的时候，她都要去山口张望，直到夜幕降临，才回到屋里。后来这几年，公公婆婆去世了，怀德去上工了，家里就剩她一个人守着，她不便去山口，只好在晚饭后倚门而望。尽管天天望，天天没有望到周三和，但她从来不哭，只是默默地回到房中叹息。

为父亲牌位的事，与母亲第一次争论，怀德心里也很过意不去，又听说母亲为此在山口大哭，更是感到惭疚。到兰家上工后，他隔三差五回来陪伴母亲。每当看到母亲那忧伤的眼神，怀德心里隐隐作痛。到了七月初，菊香传来孙家的口信，说是在十月初把喜事办了为好。

怀德回到家里，与母亲商量。陈想容说："家里虽穷，但'过礼''报日'的事情，一样都不能省，喜事那天，拜见祖宗的礼数也不能省。"

怀德说："孙家讲了，'过礼'和'报日'可以做一次办理。"

陈想容说："那都要得，只是要把你父亲的牌位立上，才好拜堂。"

立父亲牌位之事，怀德不想再伤母亲的心，只是绕着弯子说："这人死了灵位上神龛，要请儒生超度才是正理。这样吧，我先立上父亲的牌位，待今年冬至过后，再行超度。"

陈想容这才放心了。

转眼到了五月初三，怀德向兰宜秋支了几个月的工钱，到朱良桥买了几段绸棉布料和几个礼盒，还买了一张红纸。初四那天，他提着一只装着礼品的大腰篮，到孙家去"过礼"和"报日"。

孙家人接了怀德，好不喜欢。孙彪从腰篮里拿出红"报贴"，轻声念了起来：

预报佳期。为小男周怀德，酌配名门淑女孙银芳，实为天作之合。兹择于甲子年十月初三为好合吉辰。台驾莲举合卺亲迎

愚眷周陈想容

孙彪念完，看了一下周氏，周氏略一思索，便不动声色地点了一下头。这时孙彪大笑道："好哇，十月初三正是银儿生日，真是双喜临门。"说完又对怀德说："接亲那天，一切从简，放一挂鞭子就是了。"

孙银芳把父亲拉到一边说："我可以走路过去，但妈妈送我……"

这话被怀德听到了，他立即接过话说："我家舅舅现在开轿行，红轿子还是有坐的。"

这句话说得孙银芳脸一红，抿着嘴笑着跑进了里屋。

喜期过后，很快就到了冬至第三日。怀德请来儒生陈魁斗，为父亲周三和行超度礼。

真是无巧不成书，这天，远在石门夹山寺的大殿里，正举行一场庄严的剃度法事。一个跛脚的近五十岁的弟子，在夹山寺住持静园法师引领下，来到大殿中央，在拜席上跪下，额头与双手同时着地。此时，法鼓响起，法号悠扬，静园法师闭目诵经。诵经毕，那跪着的弟子兴身听戒。

静园法师问："既然皈依佛门，则不杀生，汝能持否？"

那弟子合掌答道："能。"

此后是静园与这弟子一问一答。

"不偷盗，汝能持否？"

"能。"

"不邪淫，汝能持否？"

"能。"

"不妄语，汝能持否？"

"能。"

"不饮酒，汝能持否？"

"能。"

"不坐高广大床，汝能持否？"

"能。"

"不著华发璎珞，汝能持否？"

"能。"

"不习歌舞伎乐，汝能持否？"

"能。"

静园法师问完，拈须赞道："谨行八戒，皈依佛门。赐号法智，悟道有成。"

静园赞完，早有伺僧奉上银盘。静园法师先从银盘中取钵盂中水撒洒，然后从银盘中取法器，为这个赐名"法智"的弟子剃度。

待法事做完，法智跟随静园进入经堂。在经堂，静园大师刚刚入坐，法智便双手合十，向大师提出一个请求：希望大师能让自己仍回山中修行。静园大师没有正面回答，只念了一首诗：

金乌渐渐坠西偏，

玉兔东生挂昊天。

猿抱子归青嶂岭，

凤衔花落碧岩泉。

这是唐代高僧传明的诗，传明时称善会和尚。著有《素园集》《碧岩集》等诗文，这首诗题为《受佛戒》。静园大师念这诗，实际上有意让法智仍去山中修行的意向。法智此前听说过这首诗，知道是唐高僧善会和尚之作，法智不但听说过善会和尚的诗，还听说过善会和尚在夹山的故事：

早年的一天，善会来到夹山地界，天色已晚，四周荒无人烟，到何处安身呢？在这为难之际，忽见林中透出一线亮光，时隐时现。善会循着亮光走到山林深处，却见有一小茅庵。善会走到门前以手敲门。茅庵里有一老媪问道："你是什么人？"善会答道："我是出家人，想化斋借宿。"门开了，老媪说："吃斋饭是可以的，但不能住宿。"老媪说完就去生火做饭。善会见老媪慈眉善目，知是善良之人，便道："老人家，我们出家人借宿，一不要床铺，二不要被盖，只要有地方打坐就行了，万望老人家行个方便。"老媪说："不是我不留你，只因我儿子性情凶残，见了生人就吃。人称周野人。师傅如果住在我家，我怕他行凶，害了师傅性命。"善会合掌说："阿弥陀佛，老人家请放心，他不会吃我的。"老媪听此一说，便请善会吃饭。吃饭后，善会只要一条板凳，一盏油灯，盘膝坐地，诵起经来。老媪则在床上，翻来覆去不敢睡着。半夜时分，外面响起脚步之声，老媪连忙起来对善会说："快快躲起，他回来了。"善会刚躲好，那门就开了，一个凶神恶煞的人进来就问："娘，怎么屋内有生人气味？"老媪说没有什么生人，可周野人不信，在屋里找了起来。最后在门后找到了善会。见了善会，周野人二话不说就要张口吃人。这时，善会解下一根腰带，对周野人一甩。腰带顿时化成一条白龙，把周野人缠住了，而且越缠越紧，周野人渐渐透不过气来，只好跪地连连叩头说："师父饶我。"善会问："你还作恶吗？"周野人哭丧着脸说："我再不作恶了，我真心悔改。"善会这才收了腰带。周野人诚心悔改，一定要拜善会为师，善会收下了他。从此周野人一心向善，后来成了帮助善会筹建夹山寺的得力助手。

这时的法智，没能悟出静园大师念这诗的意思。法智回味完这个故事，心里想，自己是被恩师搭救的，恩师还住在山洞里。那吃人的周野人都知恩图报，我这皈入佛门的人，更应如此。但苦于静园大师没有说明白，自己不好擅自做主。所以，法智还想大请师明示。静园大师双手合十说："一自觉，即所谓自悟本性；二觉他，即所谓说法度人；三叫觉行圆满。"说完，端坐不语。法智这才明白，师伯虽然没有说白，但意思已是再明白不过了。于是躬身再拜，起身后，轻轻地退了出来。

大殿里，众僧正在齐声诵《华严经》，法智来到大殿前的广场上，合十向大殿方向三鞠躬，然后退过放生池，出了山门才反转身来，跋开大步，向山中走去。

这个法智就是周三和，但这里的人却叫他兰宜秋。五年前春天的一个夜晚，他昏睡在一个山洞的石床上，被一个老人千呼万唤叫醒过来。当他睁开眼睛时，那老人说道："兰宜秋，你不该这样做呀！"当时还不能动弹也无力说话的他，一时感到云里雾里。只是用疑惑的眼神望着这位救他的老人。老人看到这醒来的人的眼神，知道有些缘故。便拿出一只装过水的竹筒问："这是你的吗？这上面有你兰宜秋的名字呀！"他无力地艰难地稍稍点头。这时老人又说："这里是佛门净地，你要寻短见选错了地方，须知佛家慈悲为怀，会要想尽办法救你呀！"他说不出话，无法说清事情的来龙去脉，又只好艰难地点头。这时老人兴奋地说："你是不是先将这竹筒里装的蒙药水喝下，然后再跳的岩？因为这竹筒里还有蒙药的渣子，已经被我洗掉了。现在可以用它喝水了。"说完，老人真的用竹筒灌了些水，送到他嘴边。他喝了些水，神志清醒多了。老人又端来米粥，一匙一匙地喂。他吃了些粥，感到舒坦好多。一连一个多月，老人都是殷勤地伺候着。他的大腿骨摔断了，老人寻来草药，为他接好骨并夹上夹板；他的下身被树杈刺坏，老人为他细心地缝合；他的身上有多处伤，老人用热水为他清洗创处，细心地敷药；他的衣服都挂得稀烂，老人将自己的衣报给他换上。一个多月后，他能起来拄着手杖走动，也能多说话了。

他几次想把自己的真实遭遇告诉老人，可每当他一开口说自己的事，老人就说："你已经是两世人了，莫提前世的事，一心想想以后怎么过吧。"他觉得也有道理，索性先压在心中，到时再告诉老人家。又过了两个月，他身上的伤完全好了，大腿骨折也已愈合，只是因为伤得太重，走路还有些跛。看到这个叫兰宜秋的人伤势渐好，老人开始带着他外出采草药。这"兰宜秋"生性倔强，跟着老人爬山上岭，一步不落。这天采药回来，老人对他说："你准备今后怎么办？"周三和说："我现在有家难归，跟着你老人家在这里学采药吧。"老人说："我并非采药之人，我是夹山寺住持静园大师的师弟，法名静空，师兄曾派我到宁乡沩山密印寺习法三年，回夹山寺后，在这里独自参悟。"周三和说："恩师，我能行吗？"老人合掌吟道：

"菩提本无树，明镜本无台。原本无一物，何处染尘埃。"

周三和心想，这话虽听不太懂，但老人并没有说不要我跟着他，于是试探着问道："我大半生一事无成，看破了世上的利禄功名，我就跟着你老人家在这里学习参悟，好吗？"静空说："好倒是好，只是要跟我五年后，才能正式剃度赐号。"周三和听后，口称师父，倒头便拜。就是从这天起，静空大师按照佛门仪规，循序渐进地向所谓的兰宜秋讲佛门规矩，教其识字诵经，向其讲佛门故事。五年后，静空大师向静园大师写了一封信，信中详述了"兰宜秋"在洞中修行情况。"兰宜秋"拿着这封信去见静园大师，静园大师看信后，只说了声"阿弥陀佛"。此后便择日为"兰宜秋"举行了剃度法会，并赐"兰宜秋"法名为法智。

法智离开夹山寺，走了两个时辰，才回到山洞。静空大师正在打坐闭目参禅，法智轻步入洞，但还是被静空大师察觉。

静空大师问："此行如愿否？"

法智双手合十跪地答道："弟子法智参拜师父。"

静空这才睁开眼睛，指着旁边早前选定的一摞经书，念了一首诗：

满院泉声山殿凉，

疏帘微雨野松香。

东峰下视南溟月，

笑的金波看海光。

听到这诗，法智久久不语。他想，自己是佛门中人了，应该能够悟出其中真谛。他清楚地记得，静空大师曾经多次说过，六祖慧能大师四传灵祐，住潭州沩山，嗣法于百丈怀海禅师。灵祐传慧寂，住袁州仰山。灵祐禅师和慧寂禅师创立沩仰一家佛理，成为佛门一派。沩仰宗谈禅悟道不明说，多为暗示。法智想到这里，心里有些开窍了，他想，难怪在夹山寺法事之后问静园大师时，大师以诗作答，这不就是暗示吗？现在师父对自己又是以诗暗示了。然而这诗是暗示什么呢？法智突然想起，一年以前的一天，师父带自己在山洞东边的那处崖下看云海，当时，师父触景生发感慨，就念了这首诗，还说这是唐代文人李群玉写的。现在师父又念这首诗，莫非是师父叫我到那崖下去独自参悟？想到这里，法智双手合十，躬身问道："东边崖下离这里近，弟子经常来请教，可否？"

静空点头说道："难为你了。"

三天后，法智伐木割茅，在崖下搭起了一间小茅庐。这小茅庐上是高崖，下是深涧，站在小茅庐前放眼望去，松涛林海一目了然；这小茅庐的斜对面就是静空法师的山洞，在山洞口望这小茅庐，一切都在眼中。静空大师选择这里作法智修行之处，真是用心良苦。

这天，法智辞别师父静空大师时，心想将自己五年前不幸的真实遭遇和盘托出，可此时静空大师已然入座，双目闭着，双手合着，进入了那一切皆空的境界。法智无奈，只好一头挑着那撂经书，一头挑着自己的衣物和那个竹筒，鞠躬而退。从此，法智正式住进了那间小茅庐，开始了漫长的参禅悟道。

十二、许宏愿影戏酬神

又是一个春天。这天天不亮，孙银芳就起了床，拿起尖齿耙头，准备到山上去挖"挂牌土"。"挂牌土"其实也是山土，只不过是因为这地方山坡较陡，远远望去，那挖出的土畦，像挂在山上一样。大户人家根本不要这种土，因为这种土畦不耐干旱，有几天不下雨，土里的作物就干死了。怀德家里只有这种土，所以陈想容一直在这土里种洋芋、插红薯苗，孙银芳过门后，接过陈想容那把尖齿耙头，继续耕种这片"挂牌土"。孙银芳刚出门，就被陈想容叫住了。

陈想容问："银芳，你去做吗子？"

孙银芳回答说："妈，我去挖土。"

陈想容这时已经来到屋外，一边夺过孙银芳手中的尖齿耙头，一边说："你已经几个月没'来'，不能做重工夫了。"

孙银芳脸上一红，笑着说："妈，没事，我妈妈说过，她怀我的时候，天天都在做事。"

陈想容听了，想到自己在怀着怀德的时候，也是天天都在做事，而且是做田里的事。但又想到现在怀德不在家，假如稍有闪失，那就一切都迟了。于是陈想容很干脆地说："你要做事还是要得，只不过，从今天起，你做家里的事，我做外面的事，好吧？"

孙银芳的手还握着耙头，很不好意思地说："那又何里要得呢，要老人家在外面做事，那对阳世上的人不住。"

陈想容还是不依，使劲地要把耙头接过来。

孙银芳也不相让，转着弯子对婆婆说："妈，你老人家莫霸蛮，我做惯哒，不会出事的。是这样，让我还做一阵子，到时再……"

陈想容听了，觉得这媳妇是自己在霸蛮，但又不好说得太"那个"了。转而一想，反正今天晚上怀德会回来，到时让怀德去讲。想到这里，陈想容让步了。她把抓耙头的手松开后说："那好吧，晚上我把这事告诉怀德。"

孙银芳趁机把耙头往肩上一扛，走出几步又回头对陈想容说："妈，你在家里做事，也要歇着点。"

陈想容望着孙银芳的背影，一直望到孙银芳已在那"挂牌土"里抡起耙头，不停地挖，这才打转往回走。此时的陈想容心里又是满意又是担心，她就是这样来到灶屋里准备做早饭。

十天后，孙银芳把那十几块"挂牌土"挖好了，也开好了洞子，放上了土杂粪。两婆媳又用了一天的时间，把红薯苗全部插上并覆好了上。恰好下了几天雨，又过了几天后，插下去的红薯苗都发出了嫩叶。

四月初九那天，是陈想容五十岁生日。怀德向兰宜秋告了一天假，回来为母亲祝寿。他到朱良桥了买了几斤肉，在团头湖捕到了一条四斤重的青鱼，还在刚插完秧的田里捉了几斤黄鳝，再到山上采了一捆"四月斑"竹笋。

孙银芳接过这些东西后，麻利地准备了起来。她先是寻了一把旧镰刀，将把手那节弄断后，便就着水在磨刀石上磨，不到半个时辰，一把雪亮的小黄鳝刀出现了。她又寻了一口长铁钉，也将其磨得尖尖的。接着把那块关鸡的木板洗干净，然后利索地剖起黄鳝来，只见她抓起一条黄鳝的尾巴，在水桶边上将黄鳝头一扣，那黄鳝便不动弹了，她用铁钉将黄鳝头钉住，再用左手捏住黄鳝身子，右手则用那把小刀剖开黄鳝颈部，之后只听见"叽"的一声，一条黄鳝全剖开了。又只听见几声"吱吱"声，黄鳝的内脏和骨刺全剔出来了……

陈想容一面看着，一面想着：这媳妇儿还真能干。自从周三和外出后，这是她这些年来第一次作为旁观者看别人做事，这又是这些年来她第一次心情舒畅地过生日，这也是她这些年来第一次感到了满足。她主动地当起了"下手"，做些捡拾桌凳、摆放碗筷之类的事。

孙彪和周氏两夫妇来了，陈想容娘家几个内侄也来了。一桌丰盛的饭菜摆上了桌，怀德陪着客人喝酒、敬菜。孙彪几杯酒下肚，话匣子便打开了。

"红薯土里我看了，红薯苗长得蛮好，就是怕不落雨，会干坏的。"孙彪把酒杯端在手里，准备一口倒进口里去之前这样说。

怀德接过话说："干坏就干坏吧，反正妈妈这个年纪哒，银芳也……"

孙银芳正好端着一碗小笋子炒酸菜过来，接过怀德的话说："那是的，再不落雨，我也要荫水保住。"

陈想容趁机把孙银芳如何发狠的事一一告诉了亲家和亲家母，之后向亲家提出要求：叫银芳注意身体。

孙彪酒兴正浓，听到亲家母对女儿还满意，便又喝下一杯，对着满桌人说："我只晓得老班子一句话，'做得事就要做，做不得不霸蛮'。"然后又对周氏说："女儿只听娘的，你说怎样就怎样。"

这时，孙银芳也已上桌吃饭。她望着自己的娘老子笑着说："妈妈早就跟我说了，你们都放心吧。"……

果然不出孙彪所料，到了五月中旬，一连二十多天不下雨。孙银芳硬是坚持从大港担水到山上荫红薯土。到了最热的六月、七月，孙银芳还是坚持挑水荫土。功夫不负有心人，那十几块"挂牌土"里的红薯藤长得像絮被一样，远远望去，就像挂在山上的一块大绿毯子。人们无不称赞，人们都知道，这是陈想容的媳妇孙银芳挺着肚子做出来的。

秋风秋雨来了，红薯藤翻过藤子后，红薯在土里发疯似的长了起来，一个个大红薯把山土拱得开了坼。这时，孙银芳的肚子里的孩子也像红薯一样快速长大，以致把孙银芳的肚子撑得"出了一步"。陈想容把做好的"毛毛衣"一叠一叠地放在柜子里，等待着那小孙孙的出世。

十月初四午时许，孙银芳顺利生下一个八斤重的胖小子。

管氏听说怀德的堂客生了伢崽，心里很不是滋味。因为，她自己的儿子也十八岁了，也该说亲了，但这孩子一直在外不归。为此，管氏特地到格塘寺拜观音菩萨。在拜观音菩萨时，特地为了儿子的去向求了一卦。管氏心里默念着：是去了南方则打阳卦，是去了北方就打阴卦。结果求到的是阴卦。知道了儿子的去向是北方，管氏心里好喜欢，又特地在观音菩萨前许了一个大愿，如果儿子真的在北方，而且被寻回来了，就唱一本影子戏，以谢菩萨的恩典。

兰宜秋身着长衫，肩背包袱，在团头湖渡口码头上登上了去洞庭湖的"倒耙子"。这次他出门，一来是要做一趟棉饼生意，二来是要去寻找那不争气的儿子。兰宜秋本来是想去湘潭做趟市布生意的，可有观音菩萨的指引，兰宜秋因此改变主意，到洞庭湖方向去做生意。

兰宜秋的儿子兰富贵，年已十八岁。十二岁时，插在刘氏宗祠的族学里读了三年书，之后便东游西荡。过了十六岁后的一天，他向父亲兰宜秋要一笔钱，说是出去做生意。兰宜秋一想，自己也是十六岁出去闯世界，只要运气好，或许这伢儿能闯出些运气的。于是照儿子要的全数给了儿子。谁知这儿子的生意一做两年不归，连信都没向家里寄一封。

其实，兰富贵根本就不是去做生意，而是去外面玩耍。这一耍耍到了洞庭湖，几个月后，身上的钱已花光了。正当发愁回不了家，又没钱吃饭时，他遇上了一个"财神菩萨"。

这是一个偶然的机会。这天，兰富贵坐在湖边，望着无边无际的洞庭湖发呆，发了一阵呆后，便捡起湖边的"模郎古"向湖中抛，当抛到第三个时，举起的手被人一把抓住。兰富贵猛地一回头，看到的竟然是一个四十多岁的男子。这男子面目黝黑，却满脸笑容，笑得一口黄牙齿全都露在外面。兰富贵一惊，连忙站起来问道："你要做么子？"

黄牙齿仍然紧抓着兰富贵的手，反问道："走水路的还走岸路的？"

兰富贵不懂套路，也不好如何回答，过了好一会才不知深浅地答道："你管我走的路做么子呢？"

黄牙齿仍然笑着说："小老弟，我看你单身一人，坐在湖边，想必是身上没子儿哒，要不跟我去吃一餐，好吗？"

兰富贵正愁身上没钱，这时有人邀请吃饭，倒也求之不得。便将信将疑地说道："邀我吃饭？我就只能……"

"不要你出子儿，我有的是银子。"黄牙齿一边说一边拖着兰富贵的手，向湖边的街上走去。

在湖边的小饭馆里，兰富贵吃了个饱，还喝了一杯酒。出饭馆走了不远，兰富贵感到脚不听话，有些摇摇晃晃。之后他就随人摆布了。

兰富贵醒来时，发觉自己睡在一个好长的"统铺"上，"统铺"上的被子折成一长沓，被单和垫被都是用油子树籽染成的灰麻色。再一看这屋，全都是杨树木支起，用芦苇织起的墙，屋面也是用芦苇盖的，连门都是用的芦苇。看到兰富贵醒来了，那个陪着的黄牙齿连忙说道："你醒来啦？先莫动。"然后，黄牙齿告诉兰富贵，等一下就会要去过堂，过堂时，切莫多说话，只点头就是的，这样才能保住命。黄牙齿还说了些这里的规矩，之后嘱咐兰富贵，坐着不动，他去跟五哥说一声。

黄牙齿出去不久，就进来一个胖乎乎的黑汉。胖黑汉眼露凶光地问："叫么子名字？"

兰富贵一看这阵势，就有些心怯，连忙跪在床上，把自己的姓名、住址、因何来到这里，又如何碰上那位黄牙大爷，一一讲了出来。黑胖汉听完，眼里的凶光没有了，转而问道："想不想在这里混口饭吃？"

兰富贵说："只要爷不嫌弃我，我就在这里。"

黑胖汉冷冷地说："这口饭也不容易混，先跟我去过堂吧。"

兰富贵下床穿上鞋子，跟在黑胖汉后面，提心吊胆地走着。这时他才知道，这里是一个芦苇洲，周围到处是水。这时他也庆幸，自己答应留在这里混口饭吃，如果不答应，能往哪里跑呢！自己是山里出来的，是只秤砣，下水就会淹死，不淹死也会被这里的人打死！可在这里，自己又能做么子事呢？如果是要砍芦苇，那也又真的该死，因为自己从来没做过下力的事，不会做就挨打，不被打死也会累死。想到这里，兰富贵又后悔了，真不该在那该死的湖边坐，更不该去吃那餐要命的饭……

"兄弟们，人带来了！"黑胖汉像炸雷一样的叫喊声，把兰富贵从胡思乱想中惊醒过来，他吓得连忙抬起头来，只见一栋高大的黑瓦屋，黑瓦屋的阶基上站着上十个五大三粗的大汉，大汉们手里的大刀搁在肩上，双眼圆睁，嘴唇紧闭，腰上缠着白色宽带，袒胸露肚，两脚叉开，一副凶神恶煞的模样。兰富贵正想看里面，这时只听见众大汉齐声高喊："请大哥升座！"这一下喊得地动山摇，兰富贵的腿都吓软了，一连几个趔趄。黑胖汉更加威风起来，提着兰富贵的后衣领，不问交代地连拖带拉，先是提过前厅，再又提过丹墀，之后，扔在了厅堂里一张桌子前。兰富贵完全瘫了，喉咙像被什么东西堵住。黑胖汉大声叫道："大哥，人已带到！"

那个叫大哥的说些什么，兰富贵根本没听清楚，也不敢回话，只是像鸡啄米一样的点头。就这样，兰富贵糊里糊涂地成了这位大哥的小兄弟。这位大哥不是别人，他就是洞庭湖中最大的湖匪头目方天霸。

方天霸带领大小兄弟，在洞庭湖中打劫过往船只时，有条规矩，就是船、货、钱、财一起要，船上的人一律杀死丢入湖中。兰富贵开始不敢下手，在黑胖汉子的调教下，慢慢习惯了。几个月后，居然一人劫船成功，将船老板和货主双双杀死。这事被方天霸知道后，对兰富贵大加奖赏，并提升为"巡风六年"，成为了黄牙齿的下手。

兰宜秋在华容许市进了两百担棉饼，仍雇了来时的那艘"倒耙子"船，乘着强劲的北风，一路向南开进。兰宜秋站在船头，欣赏着湖中的片片白帆，聆听着不远处的渔歌互答。顺风船快，两天不到就过了君山。船老板将舵把子夹在胯下，扳着手指算着，然后对兰宜秋说："是这样走下去，还有三天就可到磊石山，再有两天可到乔口，到了乔口就放心了。"

兰宜秋问："你有些么子不放心的？"

船老板这才知道，这位兰老板还不懂江湖的险恶。但又不好明说，只是笑着说："老板有所不知，俗话说'船到码头车到岸，要早不要晏'，早点到当然好些呗。"

船老板的话刚落音，突然船走得很慢了，原来刮起了东南风。船老板连忙收紧帆索，让船"掼戗"向东南前行，那"倒耙子"很快就走起了"之"字路。待船老板再一次将船折转西南行时，迎面飞快驶来一艘小筏子。船老板一看，小筏子上一前一后两个人，顿时大惊失色。正当他准备提醒兰宜秋时，小筏子已绕过船头，来到舵仓。只见站在小筏子船头的那家伙一个箭步，跳上"倒耙子"，手起刀落，将船老板砍死，并将船老板的尸体踢入湖中。那家伙一面擦着刀上的血，一面直奔货仓。兰宜秋正躲在货仓中，被那家伙一把抓住，正要举刀砍下之际，兰宜秋哀声求道："好汉饶命。"那举刀的家伙听到这声音，觉得有些熟悉，便提着其衣领，拖到前仓。这时，小筏子上那个摇桨的家伙喊道："小六，赶快做呀！"魂飞魄散的兰宜秋反转脑壳哀求说："只要好汉饶命，身上所有的都能相送。"这一哀求非同小可，小六那提着衣领的手竟然松开了。那小筏上摇桨的家伙又在喊："小六，做呀！"小六把刀往横板上一丢，慌忙回答说："是一个煮了蛮久的。"摇桨的家伙问："煮了好久？"小六说："我讲错了……"摇桨的家伙这才停了一下说："带回去听大哥发落。"

兰宜秋被带到了方天霸面前。方天霸正喝醉了酒，说话有些颠三倒四。兰宜秋一再恳求，放自己一条生路，还恳求放儿子回家，并说这是在观音菩萨面前问了卦，卦上说儿子在北方，并且会回家。方天霸醉眼蒙眬，看到眼前的兰宜秋似乎长着长胡须，以为有蛮老了，顿时心生恻隐，点了三下头。那黄牙齿连忙站了出来，高声喝道："还不快快谢大哥！"兰宜秋连连叩头称谢。之后，那黄牙齿驾着一条小筏子，将兰宜秋父子送到了对面的湖岸。

兰宜秋父子终于在十月初十回到了家。管氏欢喜不止，马上张罗，叫怀德去请河西影戏班子唱戏，酬谢神明。十月十五，怀德就把河西班子请来了。班主朱贵荣问兰宜秋："兰老板，谢的是什么神？"

兰宜秋一时说不出。他想，如果是说谢观音菩萨，那就要把兰富贵久出不归的事、甚至在外当强盗的事都说出来，家丑外扬的事做不得。正当他拿不定主意的时候，管氏过来了。她问："你是什么事拿不定主意喽？"

兰宜秋的眼睛一个劲地眨着，示意管氏莫乱讲。这时朱贵荣插上来说："谢神就要扎个神像，谢火神就只扎个草船就要得了。"

兰宜秋想到，这扎神像多费事，不如扎个草船好，因为这次出事就是在船上，何况儿子也是在船上为非作歹。再者，早在七月半烧包时，兰家是险些发火，于是他一锤定音："那就谢火神吧。"

朱贵荣听了，连忙立好牌位，扎好草船。天刚断黑，兰宜秋夫妇在众神明牌位前三跪九叩，放了一挂长鞭子之后，影子戏就开锣了。唱完影子戏，最重要的套路就是送船。送船时，怀德在前端着草船，兰宜秋夫妇在后，戏班子一路吹吹打打，来到水塘边。怀德将草船点燃，兰宜秋夫妇跪地作揖，朱贵荣念起了船引：

北极驱邪院，为造舟送灾殃事，照得湖南长沙新康都洪山庙王柏叶冲土地社下，奉祖师福主盟焚香秉烛，造舟饯收殓殃，神值福沐恩，信士兰宜秋。即日上于：

鸿造以信而言，欣盛世恭众人伦，手续皇天之福，庇佑地方消灾，叩大地之祥光，明中解厄，切见丙午年七月十五申时之先出焚天，今以流行，望祝融而遍布，特众发之善心礼仪饯送卦，今十月十五日，设备三牲酒礼，告颁师祖，香水造神而远送，祸厄全消。启法火以驱灾难，如同瓦解，如遇关津渡口，不许阻挡停留。

奉，圣旨依。星曲奉行须至引者，右引给当年受，走火行风令神王，准此。今上丙午年十月十五日，主坛司给引，当限到撤销。

祖师瘟和教主匡阜先师主盟。

朱贵荣流畅地念完船引，兰宜秋夫妇不知其中意思，只知道一个劲地叩头，只有怀德听出其中字句，多少有些牛头不对马嘴，但他装着不懂，待朱贵荣念完，连忙说："恭喜兰老板，朱师傅费心了。"之后便收捡香炉毛血之类的家伙。兰宜秋夫妇拜罢起身，又吩咐怀德安排师傅们的夜宵。

待送走朱贵荣一行，兰宜秋夫妇来到西边正房一看，儿子兰富贵又不见了。

十三、怜浪子重生恶念

管氏自那场病好后，家里内外的事都不沾边，因此身体渐渐地又肥胖起来。她与兰宜秋商量，把妹妹菊香叫过来，打理一日三餐的茶饭和洗散。兰宜秋求之不得，正好隔三差五与菊香幽会。管氏还经常叫来隔壁的刘家老太太，加上菊香，陪伴她打"跑夫子"。

十二月二十三日，菊香的婆家来信，其夫弟要在丁未年正月初六办喜事，要菊香回去把东边正房腾出来。菊香知道这是婆家有意赶她出门，但菊香不是那么容易赶出门的，她对姐姐管氏说，这次回去，要过了正月初六才回来，因为她心里早有主意，就是这一回去，不但不腾房，而且还要以大嫂的身份，主持办喜事。菊香去后，管氏吩咐怀德，把灶屋里打扫干净，把灶、锅、碗之类的厨具洗抹一番。待一切搞好之后，管氏焚香秉烛，敬送灶王菩萨。

这一带地方上流行习俗，腊月二十三日是灶王菩萨升天之日，这天，大户人家要在灶前贴上对联：上天言好事，下地降吉祥。管氏不知道怀德能写也能作对联，怀德也总是装作一字不识的样子，因此，兰家灶上这副对联是请刘家私学馆里的先生写的，写完对联后，管氏还请先生用黄纸写了一纸《送司命文》。管氏摆上供品，三跪九叩之后，焚烧纸钱，正要起身时，她突然想到，那位先生写的《送司命文》还放在堂屋桌上。管氏急了，连忙大喊："怀德，快把堂屋桌上那张黄纸拿过来！"怀德听到喊声，便跑到堂屋拿起桌上那张黄纸，一边往灶屋跑一边看那黄纸上写的。只见黄纸上写着：

送司命文

维丙午年十二月二十三日，本宅九天司命火煌府君位下准此，总赖劻扶，永保元吉。须至疏者右上疏，惟冀，恩赦以往之愆行，光锡将来之福祉。大小男女，解犯厨前灶后，惊动尊神。窃念一年之内，合室之无时：

神显三界善恶达于上苍

司命九天吉凶通乎帝座

兹具信民，洪山庙王柏叶冲土地社下兰宜秋。

怀德看完，正好来到灶屋。将那《送司命文》递给管氏，管氏接过，又是一番叩首，这才把这《送司命文》在烛焰上点燃，在灶前焚化。管氏起身时，突然感到一阵晕眩，几乎跌倒在地，幸亏怀德眼疾手快，转身将其扶住。管氏揉了几下眼睛，突然问怀德："你堂客生了几个月了？"

自孙银芳生下小孩后，管氏从来都没有过问过，更别说去看望"坐月"的孙银芳。这时候突然问起，怀德感到很奇怪。心里想，老板娘这时问生小孩的事，是什么意思呢？莫非是要去看望？莫非是听到了什么言语？莫非是要辞退我这个长工？一连串的疑惑，使怀德有些不知所措。怀德只好照实说道："已经生下四个多月了，是生个伢子，有劳老板娘挂念了。"

管氏哈哈一笑，说："你还真会讲话，我只问生下几个月了，你就把生的伢儿都讲出来了，还讲下一句让我对人不住的客气话。"末了，管氏又装作很关心的样子问："伢子有奶吃没？堂客还好吧？"

怀德说："奶倒是有吃，堂客也很好，我们那号小户人家，女人'坐月'都免不了要做些事，现在更是要做蛮多事哩！"

讲到做事，管氏便安排怀德的事了。管氏说："明天就是二十四，菊香回去哒，你要做一天灶屋里的事哩！"

怀德说："从现在起，我要'扫扬尘'，要铡半个月的牛料，要我搞饭吃，只怕没有工吧。"怀德说完，看见管氏脸上没有笑容了，便改口说道："我是怕我搞的饭菜不好吃哩。"

管氏还想说话，兰宜秋进来了。管氏连忙问："菊香回去哒，明天的饭菜何里搞喽？"

兰宜秋没有作声，却打开碗柜门子，看到碗柜的里里外外都抹得很干净，才说："何里搞？还不是你来搞，我来帮忙当下手。明天是二十四，长工、佃户都来吃中饭，一年只有这一天，他们是客，我们要招呼好客人。"

管氏一听，心里来了气，却不敢说出来，只是不说话。

站在一旁的怀德心里想，看来这老板娘是不会搞饭吃的了，不如在今天晚上自己把扬尘提早扫完，明天在灶屋里做事。怀德还想，如果这时候不作声，不提前答应在灶屋里做事，管氏就会想办法找自己的"岔子"，到时吃亏的还是自己。于是怀德对兰宜秋说："我晓得做荤菜是老板'拿手戏'，明天我来当下手，老板你只掌几个荤菜的锅，好吗？"

兰宜秋晓得自己堂客的性格，也点点头，出去了。

当天晚上，怀德果然搞得很晚才睡。

第二天中午，兰家堂屋里摆了一桌丰盛的饭菜。长工佃户们都来了，兰宜秋还没有出灶屋门，大家都只是站着说话。兰宜秋终于从灶屋里出来，管氏却还在房里。兰宜秋径直走到桌子的上首坐下后，招呼大家随便坐。这些长工佃户们这才放心，老板自己坐了"上头"，意思就是明年大家继续在这里做事和佃田。于是大家一拥而上，各自坐了下来。怀德没有立即坐下，他跑到里屋，把管氏叫了出来，与兰宜秋并排坐好后，才在西边座位上坐下。

兰宜秋向大家一面敬酒，一面讲了些客气话。

快到散席时，兰宜秋满面笑容向大家宣布：明年是两不加，一是佃户的租不加，二是长工的工价也不加。长工佃户们都喝了不少的酒，听了这两不加，不但没有讲多话，反而恭维了兰宜秋一番。兰宜秋趁机又对大家说，从今年十二月二十五到明年正月初七，留怀德在这里做事，你们都安心过年。

怀德听了，心里直骂管氏太懒，但还是满口答应了。

当天晚上，怀德回了一趟家，一来把一年的工钱送回去，二来向母亲和妻子说明过年期间不能回家的事，三来看一看自己那宝贝儿子。

兰宜秋自从洞庭湖回来后，心里一直像塞着一块生铁。十月初十到十月十五，儿子兰富贵在家住了五天，便不辞而别，估计仍然是做他的杀人越货生意去了。可兰宜秋一直不敢明说，就是在管氏面前也是说，儿子肯定是又去做生意，在怀德面前则把兰富贵在外如何吃得开、如何有朋友，吹得天花乱坠。怀德听着，免不了奉承几句。

十二月三十那天，鸡还才叫第二轮，怀德就为兰家准备了丰盛的团年饭。兰家有规矩，团年饭吃得越早越好。按照管氏的话说，就是年饭吃得早，就没有叫花子来打扰；按照兰宜秋的话说，吃年饭就是接年，接年接得越早，发财就发得越大。这些年来，兰家的财是发得大，可人却发得不多。往年兰富贵在家，吃团年饭是三个人，今年兰富贵不在家，加了个外人周怀德，还是三个人。兰宜秋心里很不是味。他想，平时团坊邻舍都夸兰家，是人齐富齐，其实是富齐人不齐。

怀德把几盘大鱼大肉在堂屋里的桌子上摆好，把香案摆上，便去叫老板夫妇起来敬祖宗。兰宜秋夫妇倒是起来得快，洗漱之后来到堂屋，看到堂屋里红烛高烧，香烟缭绕，菜肴香气扑鼻，两人心里都还满意。兰宜秋和管氏在拜席上跪下之后，怀德就去禾场上放鞭子。一挂千子鞭放过，屋里屋外都弥漫着青烟。管氏拜完祖宗起身来到大门口，便对怀德说："吃饭还要蛮久，你先把那些鞭子屑子扫干净吧。"

兰宜秋也来到了大门口，看到怀德手里已经拿起了竹扫帚，便斥责管氏说："只有你就嘴巴多，你看怀德手里拿的是什么？"

管氏挨了斥，心里不甘心，小声说："我晓得怀德会扫哩。"说完这句话，她还在大门口不动。

兰宜秋将桌上酒杯里的酒，向神龛子方向酹了三杯，以示向祖宗敬酒，又向大门方向酹了三杯，以示向天地敬酒。兰宜秋酹完酒，管氏终于想出挽回面子的事来了，她对怀德说："怀德，这扫地呢，都要向大门口这边扫，当然，扫完地撮屑子时也要向里头撮，这样才能聚财。"

怀德答应着。心里想，这有钱人家真是规矩多。他先在禾场上洒了些水，再把鞭子屑子从南边扫到大门口，又把阶基走道上的鞭子屑子扫在一起，这才拿起撮箕，按照管氏说的那样，把屑子撮干净。

怀德倒完鞭子屑子，刚来到堂屋，管氏又对怀德说："饭菜都凉了，快去热一下。"

怀德又把桌上的菜肴端到灶屋，一一热了一番，又重新端上桌，还发了一个小火锅。桌上摆好十三双筷子，摆好十三碗饭，摆上十三个酒杯，兰宜秋夫妇这才上桌吃饭。

怀德晓得管氏的名堂多，没有拿桌上的饭碗吃饭，只是早就装好一碗饭，站在靠西边的桌子旁吃饭。兰宜秋坐在上首，邀怀德陪他喝。怀德婉言谢绝了。正当兰宜秋准备一个人喝起来时，管氏举起酒杯说："我来陪你。"怀德连忙放下饭碗，为管氏斟酒。兰宜秋也不阻拦，让管氏去喝，而他自己早将一杯酒倒入口里。管氏也不示弱，也将一杯酒倒入口中。兰宜秋一连喝了三杯，管氏也喝了三杯。看到兰宜秋夫妇有些醉意了，怀德心里想，反正有事是自己做的，不如让他们喝个大醉。想到这里，怀德说了许多奉承话，劝起酒来。管氏听到奉承，居然把酒杯伸了过来，怀德又是一个满上，给兰宜秋也是一个满上。两夫妇这酒下肚，脸红了，眼蒙了，说话也不利索了。

管氏望着身材高大的怀德，心里想起了儿子兰富贵。于是问兰宜秋："富贵……到底到哪里去哒呀？是……去做吗子生意呀？"

兰宜秋还不很醉，只见他又自斟一杯酒，仰头喝下去之后才说："大时大节，问些咯号事做么子喽！"

怀德听到他们夫妇说起了家事，连忙端起那盘肘子说："我还去热一下肘子，老板和老板娘慢点吃喽。"转身出了堂屋，向灶屋里走去。

管氏见怀德走开了，硬是要兰宜秋把儿子的去向说出来。兰宜秋觉得，儿子的事，再也不能瞒着他娘了。于是又自斟了一杯酒喝下去，然后，右手伸出大拇指，附在管氏耳朵边说："你儿子在洞庭湖里当这个！"

管氏不懂，鼓着有些翻白的醉眼继续问："这个是什么？"

兰宜秋又斟上了一杯酒，正准备倒入口中，听到管氏这么一问，竟然叹口气说："是什么？是强……"这"盗"字还没说出，兰宜秋似乎听到了怀德的脚步声，便装作喝酒，连同那个盗字一起喝进了肚子里。

管氏接过话问兰宜秋："未必是当强盗呀？"

兰宜秋夹了一大块鸡肉，送入嘴中，又扒了几口饭，起身后，一连几个踉跄，进里屋了。

怀德端着热好的肘子来到堂屋。

管氏还待在那里，看见怀德后，眼睛更模糊了，眼前的身影好像是儿子兰富贵。她揉了揉眼，再一细看，才知道是怀德。此时的她，心里顿时生起一股无名之火，这股无名之火烧得管氏的神志更加昏乱。昏乱中，管氏问："怀德，这两年来，你又是起新屋，又是收堂客，又是生儿子，你是走的么子运呀？"

怀德放下那盘肘子，很有分寸地说："不是走么子好运，是搭帮老板和老板娘噻。"

管氏夹了一坨热肘子肉送入口中，一面用力地嚼着，一面含混不清地说："你……好命哩！"

怀德知道管氏又在打什么主意了，便假装没有听出其中之意，扒了几口冷饭后才奉承着说："我是贱命，老板和老板娘才是富贵命。"

怀德说完，心里直骂管氏：还反说我是好命，过年都不能回去！

又开春了,凌头冲的长垅里,野油菜花开得一片金黄,红花草长得一片翠绿;凌头冲的山坡上,野梨花开得一片雪白,野桃花开得一片粉红。太阳升起好高了,一只老鹰从北边天际飞过来,落在兰宜秋家屋前的大苦楝树上,虎视着一只黑母鸡带的一群鸡崽。

从凌头冲到格塘寺或靖港口去,首先必经陈壁照。陈壁照这个地名很有些让人津津乐道。早年,一个叫陈魁梧的人,在这里开了一家"陈壁照"杂货号,生意很是红火,于是人们不约而同把那地方称为陈壁照。后来,陈魁梧老来得了个怪病,就是手脚不停颤抖。陈魁梧的孙子陈寅发发誓要把祖父的病治好,转而弃杂货生意不做去学医。学医出师后,终于把陈魁梧的病治好了,可陈魁梧这时年事已高,不久就无疾而终。临终前,陈魁梧对孙子说,从你这代起,就开药铺和行医吧。陈寅发遵从祖嘱,正式挂起了"陈壁照"号药铺的招牌。由于"陈壁照"是老招牌,陈寅发的医术又非常高超,久而久之,人们都不喊他的本名,而都称他为陈壁照先生了。

这天,凌头冲通往陈壁照的山路上,菊香和她姐姐管氏一边向格塘寺方向走,一边谈着家常话。开始,菊香咒骂着自己的婆婆,说那个老不死的只想赶我出门,这次正月初六收弟媳妇,办喜事的事情被我一手揽着,那婆婆没有占到一点便宜,我也没吃一点亏。接着菊香又夸起了弟媳妇,说弟媳妇聪明,什么事情都听我的。再接着菊香说要跟富贵做媒,那个弟媳妇有个侄女,正好十八岁了,同富贵的年纪差不多,辈分也合。提到儿子富贵,管氏心里又开始昏乱起来。这回邀菊香去格塘寺,正是要到观音菩萨面前问卦的。上次问卦很灵验,也不知道这次问卦如何,现在菊香又提出要为儿子做媒,人都没有在家里,这媒怎么做?管氏心里一乱,说话就有些牛头不对马嘴。管氏说,我早就想收媳妇哒,就是儿子好像还没有动婚姻,不一不二的姑娘他不会要。菊香说,千里姻缘用线牵,只要有姻缘,不在家里也搞得成,没有动婚姻也搞得成,比如怀德,他家里那样穷,不是也看成了,还生了伢儿。说到怀德,管氏心里更难平静。她说,自从怀德来到我家,我家里连连出事,而他家里却事事顺畅,不晓得这里头有么子洋意子。管氏还说,如果碰到八字先生,要为他们父子两个算一下命。

真是说曹操曹操就到。管氏姐妹刚走到陈壁照,迎面就来了一个青衣瓜帽、清清瘦瘦的人,这人手中举一面黑色旗幡,旗幡上四个黄字:观音灵课。管氏不识字，菊香倒是看得清楚，便问那人："你这是算八字？还是抽彩头？"

那人说："我一不是算八字，二不是抽彩头，我这是摆观音灵课。"管氏一听，接过话问道："观音灵课就是观音菩萨显灵不哪？"

那人说："非也，本人崔天辰，是崔氏道脉世家传人，又在青莲洞得遇佛家高僧指点，自创观音灵课，百验百灵。"

管氏一听，大喜过望，忙说："那就请先生为我摆上一课吧。"

崔天辰便从肩上卸下小箱子，从箱子里拿出五个"开元通宝"，然后问管氏："你是要求财呢？还是求子呢？"

管氏说："我一不求财，也不求子，我是问吉凶求平安。"

崔天辰将那五个铜钱在箱子盖上先后一弹，五个铜钱便飞也似的转动起来，发出"呜——呜"的声响。待五个铜钱慢慢停下来，只见铜钱摆成一条直线，上三个是背面，第四个是正面，可清晰地看到"开元通宝"四字，第五个又是背面。崔天辰看了课相，好久不作声。管氏急了，连连问道："先生，这是么子课相呀？"

崔天辰微微点头说："这是第五'玄上卦'。"

管氏问："'玄上卦'是什么意思？"

崔天辰闭目良久，才一字一顿地吟道：

"玄上按北方，

洞庭水泱泱。

刀光多血色，

日后有灾殃。"

管氏听完，脸上顿时有些发白，但她还是装作没听清，又问道："先生能不能明说出呢？"

菊香说："这不要明说了，已经说得很明白呀！"菊香又把那四句话重复一遍，管氏这才将手伸进提袋，准备付钱，当几个铜钱拿出后，管氏突然又想，既然这卦里说有灾殃，那应该有解灾之法，不如叫他还摆一课。于是说："先生，这课中所说之灾，有解脱之法没？"

崔天辰说："解脱之法倒是有，只是又要摆上一课。"

管氏说："请先生再摆一课，我这里多给钱就是。"

崔天辰说："莫急，过了半年之后如果没有灵验，本课主不要钱。"崔天辰说完，又将五个"开元通宝"在箱子上面转动起来。管氏的眼睛死盯着那五个铜钱，心里只想这一下能有一个好课相。"开元通宝"转得慢了下来，最后停下了，仍然是条直线。只是这条直线上两头的铜钱是正面，中间三个是背面。管氏心里想，这一课肯定好，先不急着问，待先生说出来。谁知崔天辰又是闭目良久，不言不语。管氏的心里又昏乱起来，连忙催促说："先生，这一课是什么课相呀？"

崔天辰这才慢条斯理地说："此课相为炎上卦。"

管氏紧接着问："炎上卦能不能解灾呢？"

崔天辰说："灾不能自解，灾却能自生呀！"

管氏听了，心里更昏乱起来，忙对先生说："你先说说这卦相中四句话是怎样的。"

崔天辰手捋白须，从容念道：

炎卦按南方，

灾厄起家堂。

扫邪开正道，

看重扁担郎。

管氏听了，心里又乱又慌，竟解开腋下的扣子，准备将手伸向自己上衣口袋里去再拿钱。崔天辰说："本课主已经说了，不灵验不收钱，你二位先去吧。"

菊香则说："既然先生现在不要钱，那我们就走吧。"

管氏答非所问地说："走？到哪里去呢？"

菊香说："当然是到格塘寺去噻。"

管氏心里想，这个'玄上卦'和'炎上卦'上都说到了，还到格塘寺问么子卦，看来这观音的卦是相通的。于是没好气地说："不去哒，越问心越烦！"

两姐妹辞别崔天辰，便急匆匆地往回走，一路上都一言不发。

管氏回到家里，清点鸡崽子的数，发现少了两只，便对着外面大骂起来。这时周怀德正好拿着一根扁担，准备到西边横屋里去担粪作凉薯土的底肥。看到管氏那骂人的架势，怀德有意避开，便从禾场边上径直进了西边横屋。

就在此时，管氏看见了怀德，突然停止了骂人，她在想，那炎卦上说，要看重扁担郎，眼前这个人就是扁担郎呀！当年一碗甜酒冲蛋被那叫花子搞砸，没有做到堂。就是这个扁担郎来到我兰家，我兰家的儿子一去不归，现在还成了强盗！看来还是要除掉这个扁担郎，一来消除了这个心头之患，二来兰家又能消灾去祸。

想到这里，管氏心里又盘算开了……

十四、相假亲两出阴招

自从兰富贵不辞而别离家而去之后，兰宜秋的心境一直不好。他这个人就是这样，有事总是闷在心头，从来不向任何人说出。加上他这闷在心头的事根本不能向别人说出，所以他只好喝闷酒，一喝了酒就发闷气。如果他在发闷气，有谁撞着，谁就会倒霉，轻则被斥，重则被打。

怀德在兰家已经做了几年长工了，知道这位老板的脾气原来并不是这样的，是自那次唱影子戏之后发生的变化。而那次影子戏是为他儿子回来还愿才唱的，他儿子在影子戏收场后又不见人了。做长工的不可去过问老板的家事，怀德估计兰老板心里是为的这件事。因此，怀德处处留心，事事顺从着老板。这兰宜秋也不知道为什么，大小事情都放心让怀德去做。怀德知道，这看似老板重用，其实并不是好事。他想，古人有言，"言多必失"，何况做的事多，也总会有失的时候，一旦事情办得不好，如果碰上兰老板喝了酒，再如果管氏从中火上浇油，那就会是大祸！因此怀德每做一件事，都总要三思而行，都是非常谨慎。

日子过得真快，看看又到了八月秋凉，怀德准备上山挖凉薯。这天，他从山上砍回一根毛楠竹，想织两只篾篓。在西横屋的走道上，他熟练地将篾刀在竹节圈上一转，那竹节凸起的地方就被削平了，待所有竹节圈削平后，他打开楠竹，敲去竹节，然后便就着一把麻子高凳，开始剖篾。这时从二进正堂屋里，传来了阵阵哈哈大笑声。怀德知道，这是菊香和她的姐姐在说话，这两姐妹一说话从来就是这样，有时是吵吵闹闹，有时是哈哈大笑，有时是哭哭啼啼。怀德平时听惯了，也就埋头剖篾。

管氏和菊香今天高兴，越说越有味，哈哈声也越来越大。原来，早几天，菊香回了一趟青山嘴，还去了弟媳妇的娘家朱良桥。朱良桥与青山嘴只有一山之隔，但属宁乡县管辖之地。这种两县交界之处，对于一个县来说，是边远地方。

边远地方县里的人来得少，一个甲长在地方上就算是个了不起的"官"。加上山里人很少出门，不太晓得世上的事，因此，什么事情由甲长开口就能上数。菊香弟媳的父亲就是宁乡县狮顾都一甲的甲长，名叫宇长荣。狮顾都一甲从莲花山到朱良桥，方圆二十里的地方，就是宇长荣所管的地盘。菊香弟媳是宇长荣的满女，名叫宇桂香。宇桂香从小受父亲溺爱，养成父亲一样的性格，什么事情都要自己说了算，别人莫想插嘴。因此，宇桂香过门到孙家时，她听说孙家要把嫂子赶出门，心里就很不平，于是在喜事期间，事事都向着嫂子菊香，使得菊香在那场喜事期间扬眉吐气，占尽了风光。两妯娌因此成了知心的朋友。这回宇桂香带着菊香回到娘家后，就把母亲叫到身边，说是为侄女选了一家好人家。宇桂香的母亲是那种一切听从丈夫做主的女性，听女儿一说，认为这事要女儿父亲做主。快到吃中饭时，宇长荣恰好回来了，听了女儿一席话，又听了菊香一番如簧巧舌之后，也有些动心了。但这位大甲长，管外面的事，是能够呼风唤雨的，管家里其他的事，也能呼风唤雨，但管这个孙女儿的婚事，却有些为难。因为，这个孙女儿是他大儿媳妇的女儿，他与这个大儿媳妇有些说不得的往事。五年前，宇长荣的大儿子得急病身亡，丢下一女三男。孙女儿是大的，当时也还只有十二岁。在儿子周年忌日这天，大儿媳妇在灶屋里烧火煮饭，正当大儿媳妇弯腰拿火钳之际，宇长荣有意地摸大媳妇的屁股，被大媳妇反手打了一火钳。从此，宇长荣不敢在大儿媳妇面前说三道四，也不敢管大儿媳妇的任何事情。孙女儿是大媳妇的长女，因此孙女儿的婚事他实在不敢管。但在女儿面前又不能明说，只好支吾着说，孙女儿还小着吧。宇桂香急了，便径直来到嫂子面前，说起侄女的婚事。嫂子倒是爽快，说只要伢子好、"八字"合，就要得。菊香回到兰家，就是说这件事，说得管氏尽是打哈哈。待菊香说得差不多了，管氏又犹豫起来。她想，这合"八字"的事都好办，如果宇家提出要看看伢子的模样，那就麻烦了。正当她有些为难的时候，兰宜秋板着脸进来了。

菊香现在不怕兰宜秋，她在兰宜秋面前甚至有些放肆。可兰宜秋却总是也板着脸对待。这样，别人看了，这个当姐夫的还是蛮正经的，管氏看了也放心些。菊香看惯了兰宜秋这套，也就习惯了。兰宜秋刚进门，菊香便冲着兰宜秋说："跟你说了个儿媳妇，你还挎起咯副脸做么子呢？"

兰宜秋仍然板着脸，冷冷地说："你那是周满剃头的担子——只有一头热吧？"

菊香说："你咯像么子爷老子说的话喽，你家兰富贵是不是到了说亲的年纪哒呢？"

兰宜秋这才转弯，嘴角上勉强挂点笑意说："我是怕他到了年纪，可人不回来，说了也是枉然哩！"

一直没有作声的管氏这时才说："依我看，亲事一定要说，人也一定要去找！"

兰宜秋的脸又板起了。他最不愿意叫他去找那忤逆的儿子，上次出去找时差点送了性命，找回来住了五天又不见踪影。

管氏不晓得察言观色，不等兰宜秋说话，又不知轻重地说："不出去找何里搞喽，咯是我身上掉下的肉呀！"

兰宜秋举起拳头，在桌子上猛地一打，吼道："你身上掉的好肉，你教出来的好崽！"

菊香晓得，再在他们两夫妇中间插言，那就是火上浇油，不如借机走开为好。于是她对兰宜秋和管氏说："你们莫是咯样急喽，打商量做事嚏，我去灶屋里搞饭吃去哒。"

菊香走开了，兰宜秋打在桌上的拳头还没有收回，管氏心里又昏乱起来……

在西边横屋走道上织篾篓的怀德，听到二进正房里的哈哈声变成拍桌子的响声，知道兰宜秋又在发火，连忙挑起刚织好的竹篓，到山里去挖凉薯。到吃中饭时，怀德担着满满一担凉薯回来了。菊香眼疾手快，选了几个模样圆光的凉薯，几下几下剥了皮，又用刀削去两头筋蒂，再用刀切成方正的几块装入果盘中，然后扭着屁股往东边正房送去。

兰宜秋吃了一块甜津津水盈盈的凉薯，心气消了许多。管氏吃了几口凉薯，眼睛突然一亮。她小声对兰宜秋说："当家的，我看富贵这亲事还是要说。"

兰宜秋还是一根肠子撑到底，不过口气却缓和了许多。他说："亲事还是说？人没在家，怎么说？"

管氏举起手中一块凉薯说："我们是不是先要这个人顶替一下，把亲定下了再说。"

听了管氏这样一说，兰宜秋又拿起一块凉薯吃了一口，一边嚼一边问管氏："顶替？何里顶法？"

管氏神秘地说："先把'八字'报送过去，如果'八字'合得上，那边就会过来'访人家'，到时叫怀德穿一套好点的衣服不就过去了吗？"

兰宜秋细细地嚼着凉薯，也细细地琢磨着管氏的话。直到把那块凉薯吃完了，才不置可否地说："这号事，你去跟菊香打商量噻。"

菊香在喊吃饭，兰宜秋正好脱身出来，管氏也跟着出来吃饭。怀德在吃饭时，从来不同桌。原来兰家包括怀德共有五个长工，吃饭是"列席"的，就是长工一桌，主家一桌。后来，兰宜秋将田全部佃给长工们耕种，那四个长工便由长工变成了佃户，怀德则在兰家作山土和打杂。只有怀德一个长工，另外开伙不花算，兰宜秋便叫怀德在一起吃饭。怀德读过很多书，知道尊卑应该有序，主仆应该有别，因此吃饭时，总是在桌上夹几样菜，然后自言自语地说，要到前头去看看，便边吃边走离开了。今天吃饭，怀德照样夹菜后准备离开，可当他说要到前坪去看时，兰宜秋和管氏的眼睛同时有意识地瞟着怀德。这边菊香看得真切，会心地笑了。

怀德又吃了一碗饭之后，便担起那担新篓子上山去挖凉薯。兰宜秋与管氏、菊香一边慢慢地吃着饭，一边重新谈论起兰富贵的婚事。一切都如管氏想的那样，一场相假亲的骗局就在饭桌上设计好了。

中秋过后，管氏请刘家私学馆的先生用红纸写好了兰富贵的生辰八字，再用红纸封好，交给菊香。菊香拿着立即去了朱良桥宇家。宇家将"八字"压在神龛子上，每天上香侍奉。三天后取下"八字"，宇长荣沐手启封，与孙女的"八字"一对，恰好相合，顿时笑得合不拢嘴。宇长荣的婆婆看到老头子看了"八字"笑得开心，便马上告诉了大媳妇，大媳妇虽然恨了这个家爷，但在大事情上还是家爷做主，她说只要"八字"合得上，就择日去"访人家"。消息传到菊香这边，菊香好不喜欢。她又来到宇家，几经商量，把"访人家"的日子定在八月二十八。并抢先嘱咐宇家，这个日子不要外传，而且吩咐宇家，在"访人家"时，最好只去一老一少，而且要以卖黄花菜的身份进屋。

八月二十八那天上午，宇长荣腋下夹着一把红伞，后面跟他十五岁的长孙，肩上背着一袋晒干了的黄花，来到了凌头冲。

也就是这天吃早饭时，兰宜秋对怀德说："今天你跟我到靖港口去一趟。"

怀德问："老板要我到靖港口做么子？"

兰宜秋说："靖港口桐油巷子有个叫侯维桂的，三年前借了我三两银子，这里有他打的借据。你拿着这借据前去，他自然会知道怎么还的。"

怀德是个稳当人，接过兰宜秋的话又问道："那利息怎么算法？"

兰宜秋想了想说："连本带息，只要四两银子就要得哒。"

怀德这才说："好吧，那我今天早点去，看上半日能回来不。"

管氏拿着一件不新不旧的夹长袍，笑容满面地说："等一下把这件袍子换上，你这一出门，就是兰家的脸面哟！"

怀德从来没穿过袍子，因此心里不想穿。菊香看出了怀德的心思，立即过来打圆场说："穿上袍子要得喽，俗话说，马要鞍妆，人要衣妆，你略号角色穿上袍子，保险像个少老板！"

经不住两个女人的劝说，怀德只好穿上了袍子，还穿上了管氏拿来的一双皮底鞋子。这时兰宜秋把借据递过来，怀德将借据放在袍子的斜口袋里。正要出门时，管氏追上来，硬要怀德带一把伞。

怀德刚走出大门，朝门口来了一老一少两个人，走在前面的老者问怀德："我这里有上好的干黄花，你买不买？"

怀德很有分寸地回答说："老人家，里面有人，你去问他们吧。"说完便撩开大步，匆匆地走了。

老人回头，看着这高高大大的青年人，心里想，要是这个伢子就好了。这时，菊香从大门口出来，问道："老人家，是卖么子家伙的？"

兰宜秋也从里屋出来了。听说是卖黄花的，便笑容满面地说："好哇，我正想买黄花哩。"说完又对里屋喊道："来了卖黄花的，买好多呀？"

管氏应声出来说："先看看货，再问价嗫。"

兰宜秋趁机对老人说："那就先请到屋里坐下再说吧。"

老人和背黄花的小后生进了屋，便不断地东张西望。说话间，货也看了看，价也讲好了。兰宜秋顺水推舟，很大方地说："这黄花真好，全都买下吧。"

管氏装着过来看秤，看秤之后立马付钱，付钱之后还说儿子最喜欢吃黄花菜，今天回来一定会喜欢。老人接过话问管氏，刚才那拿伞出门的是令少爷吧，管氏很自信地点着头，还一定要留老人两个一起吃中饭。

老人一边推辞着，一边前屋后屋看了个遍。末了，推说家里有事，告辞出了门。

这老人就是宇长荣，看到兰家如此富有，心里早想把这一切告知家里人。出兰家后，便急匆匆地回到家里。

当家里人问起他爷孙俩"访人家"的结果时，宇长荣摸着胡须，笑着说："兰家家大业大，后生子高大，这是我孙女儿福气大！"

怀德把袍子挽在手上，从靖港赶回来，正好吃中饭了，他放好袍子，再把四两银子交给兰宜秋，然后才端碗吃饭。管氏和菊香免不了夸奖一番，兰宜秋也满意地笑了。

菊香再次来到宇家，宇家把她作贵宾招待。宇长荣欢喜的心情溢于言表，宇长荣的大媳妇也表示满意，菊香知道，这事已有十成的把握。宇家的人提出要办"订婚酒"，才算这事有个定论。想到兰家少爷不在家，菊香说："只要你们宇家同意，这'订婚酒'过了年再办，因为反正你家孙女还小。"宇长荣一家人听了，也觉得有道理，也就都说要得。

菊香回到兰家，说宇家在催办"订婚酒"。兰宜秋一听又急了，这办"订婚酒"，儿子不在家，就会"穿泡"呀！想到这里，兰宜秋长长地叹气。

这天晚上，兰宜秋在床上翻来覆去，总是睡不着。管氏却睡得很香，还打起了大鼾。听到那一声声惊天动地的鼾声，兰宜秋心里更烦了。他坐了起来，对着管氏的脚就是一拳。管氏痛得从睡梦中醒来，骂道："你这死鬼，半夜三更何解打人哪？"

兰宜秋骂道："你这死猪，家里咯样大的事，你何解睡得着哪？"

管氏也坐了起来，揉着眼睛问道："么子那样大的事，不能睡觉呢？"

兰宜秋耐着性子说："还不是儿子的亲事，你们是咯样鬼搞鬼搞，搞得那边催订婚，咯只崽子还没回，这婚怎么定呢？"

管氏不以为然地说："婚怎么定，还不是'火烧黄鳝节节煨喽'！"

兰宜秋心里更烦了，他提高嗓门说："煨，煨，煨，煨到么子时候？只怕会煨出祸来！"

管氏爬到兰宜秋这一头，并排坐在兰宜秋身边，然后说："我琢磨好久哒，告诉你喽，那天在陈壁照碰了个摆观音灵课的先生，我要他为我家的事摆了两个课相，两个课相都不好，但有句话，我觉得是为我家指路。"

兰宜秋自管氏几年前那场病后，就非常相信神明的威灵，因此他宁愿出一百担谷修六岔湖堤。这时听管氏讲观音灵课指路，兴趣顿时来了。他把身子向管氏这边移了移，小声问道："那句话是何里说的？"

管氏说："好像是'看重扁担郎'，这扁担郎呢，我看就是怀德，那天我从陈壁照回来，正好碰上怀德手拿扁担，那时我就想，我兰家接连出几回事，都跟怀德有牵连。"管氏说到这里，把嘴伸到兰宜秋的耳朵边，压低声音说："只怕还是要把这个祸它子'做'掉。"

兰宜秋一惊，心想，你这婆娘那次没做成，还差点把自己搞得不死不活的。现在居然又打起了这个主意，这使他很为难。"做"吧，又怕神明报应；不"做"吧，留着又是自己的一块心病。想到这里，兰宜秋问道："你又想如何'做'法？"

管氏胸有成竹地说："我想哒蛮久哒，想来想去，我看只有让怀德到洞庭湖里去寻富贵，如果寻回来哒，那当然是我们家的好事；如果没寻回来，那肯定是被湖匪砍掉！"

提起洞庭湖，兰宜秋全身一颤。他盘算着，要怀德去为兰家找寻儿子，在地方上还是能够说得过去，怀德本人也应不会有什么怀疑，但是心里总有些不踏实。是什么原因心里不踏实呢？就是怕神明报应。这神明是无处不在的呀！不然，管氏的害人之举，我夜间把死狗埋在六岔湖间堤下，这些事都是没人知道的，然而神明都知道，而且还一再警告管氏，此后不要有害人之心。现在管氏又起了害人之心，如果按管氏说的那样去做，这个怀德必死无疑。怀德死后，地方上的人顶多说些闲言杂语，那都过了一阵后也就平息了；怀德家里的人肯定会要讨个说法，那都好办，反正人死不能复生，我兰家几两银子还是赔得起的。兰宜秋又想到了神明，那观音灵课上说，要"看重扁担郎"，这分明是要我们善待扁担郎呀！这不是跟神明唱反调吗？想到这里，兰宜秋心虚了，他对管氏说："这事肯怕做不得，因为观音灵课上说要我们'看重扁担郎'，那就是要我们善待扁担郎，你现在又准备害他，这不是跟神明唱反调吗？"

管氏不以为然地说："这何解是害他呢，叫他出去收账，这不是看重他吗？叫他出去找人，这不更是看重他吗？"

管氏这样一说，兰宜秋不作声了，心里好像一块石头落到了地上。他慢慢地将身子移下去，不久，便响起了均匀的鼾声。

十五、法智讲经密印寺

转眼到了十月初四，正是怀德的儿子满两周岁。怀德的儿子名叫腾芳，这是怀德根据"父母俱存，谓之椿萱并茂；子孙发达，谓之兰桂腾芳"之意取的。这句话来自《幼学琼林·卷二·祖孙父子》，对于《幼学琼林》，怀德早就是倒背如流，取这名字虽是他信手拈来，但却寄托他很多的希望。怀德一直希望，父亲还在人世间，作为他自己这一代，可谓椿萱并茂，作为自己的儿子这一代，更是椿萱并茂；而他最大的希望就是能多有几个儿女，因此取了这样一个名字。两岁的腾芳，圆圆的脸蛋，机灵的眼神，高高的鼻梁，小小的嘴唇，胖胖的身材。早在他满周岁那天，祖母陈想容想试孙子将来的造化，在桌子上摆下一个铜钱、一个算盘、一支怀德用过的笔。小腾芳爬上去，径直拿了那支毛笔。陈想容看到后，笑得合不拢嘴，她想，真是有其父必有其子，看来这小孙子将来也是喜欢读书的。这正是陈想容所希望的。小腾芳伶牙俐齿，每当怀德回家，腾芳老远就扑去，搂着父亲的脖颈，一连亲上几口之后，便问这问那。柏叶冲那地方流行一句话：大人生日一餐饭，细伢子生日一个蛋。这天早上，陈想容又是煮蛋又是蒸蛋，小腾芳吃得笑眯眯的。正当腾芳拿着煮熟的蛋，一边吃一边唱着"黄鸡婆生蛋哒咯哒"时，怀德提着衣包回来了。

腾芳照例扑上去，搂住了父亲的脖颈，狠狠地亲了一口，待腾芳准备亲第二口时，突然停住了。

"爹爹，你今天的脸何里咯样冷？"腾芳眼睛盯着父亲问。

怀德放下衣包，敷衍着说："今天外面冷，所以脸上也冷。"

腾芳眼睛眨几眨，摇着头说："不对，今天的太阳咯样大，我还热哩！"

孙银芳听到外面两爷崽一问一答的，连忙出来说："腾芳，你爹还没吃饭，让他吃了饭再说话吧。"

腾芳回头说："吃饭，吃饭，你最近尽吃酸菜，谁吃你那号饭菜？"

孙银芳脸一红，赶紧跑过来，抱起腾芳。就是这时，她也看到怀德脸色不好。便问道："平时都是晚上回来，今天何解现在回来了？"

怀德站了起来，答非所问地说："我已经在兰家吃过饭了。"

陈想容从屋里出来，也正好看到怀德脸色有些异样，又看到地上丢着衣包，便也一路小跑过来问道："今天回得早，是有事吧？"

怀德说："没事，是老板要我把要洗的衣送回来。"

陈想容心头一紧，问道："咯时候拿要洗的衣回来，是什么意思？"

怀德抱起腾芳说："妈，到屋里去说吧。"

孙银芳顿时有些慌乱，连忙捡起丢在地上的衣包，跟着怀德进了屋。

腾芳坐在怀德的腿上，眼睛还是一眨不眨地望着父亲的脸。陈想容心里突突的，连忙端把椅子坐在怀德身边。孙银芳端来一碗茶，趁怀德接茶之际，一把将腾芳接抱在怀中。怀德喝了口茶，这才直截了当地说："老板要我到洞庭湖去找他的儿子。"

陈想容不敢相信自己的耳朵，连连问道："你说么子哎？你说么子哎？"

怀德还是平静地说："老板要我出趟远门，去寻他的儿子。"

说起出远门，陈想容有太多的伤感。当年周三和出远门，一去二十多年不回来，到现在还是生不见人死不见尸的。这二十多年来，她有太多的后悔，她后悔当时没有阻拦周三和的外出，如果当时她不要丈夫外出，死死地缠着，也许现在周三和就站在眼前；她后悔在周三和出门时，她没有嘱咐清楚，在外面没寻到事、没赚到钱就早点回家，只要人回来了，钱总是可以赚到的；她后悔自己这些年来，没有出去寻找周三和，也没有拜托人去寻找周三和，只要听到一点音信，就有寻回来的希望呀！现在儿子又要出远门了，她是多么担心、多么不舍呀！想到这里，陈想容的眼泪成串地掉了下来。

怀德看到母亲掉眼泪，连忙安慰说："妈，老板是要我出去寻他儿子，我只是尽力而已，寻得到当然好，寻不到我会早点回来。"

腾芳从孙银芳的怀中挣扎着下来，跑到祖母面前，为祖母擦拭眼泪。

孙银芳背过身去，眼泪也夺眶而出。这个年方二十岁的女人，来到周家，担负起孝顺婆母、操持家务、打理山土和抚养儿子四重大事，从来都是风风火火的，起早摸黑的，但她心情舒畅，心甘情愿。现在又怀有身孕，然而在这节骨眼上，丈夫突然要出远门，这是多么难舍！她想，这出远门是很难预料的，怀德父亲的事，也听婆母说过多次，难道周家又要重演一回重大的不幸吗？

还是陈想容有见量，只见她擦干眼泪，站起来对怀德说："端人家的碗，属人家管。既然老板要你出远门，你还是要去。"说完，又对孙银芳说："给他多准备几套衔寒的衣，洞庭湖里风大。"

怀德接过话说："妈，老板把衣都安排好了，连皮袍子都有。我只带几本书在晚上看一下。"

陈想容一听，觉得儿子外出还不忘看书，心里多少有些安慰，便接着问怀德："几时动身？"

怀德说："老板讲了，今天是初三，初五、初六都是出行的好日子。"陈想容不假思索地说："那就在家里待两天，初六去吧。"

……

初六的早上，陈想容和孙银芳炒了几个菜，照例先敬祖宗。腾芳听到鞭子的声音也起来了，一家人吃早饭时，都很少说话，只有腾芳叽叽喳喳。

饭后，一家人把怀德送到山口。怀德走出很远了，腾芳还在喊："爹爹，快点回来！"……

十月初六这天，节令正是"立冬"之日。再过一个半月，就是法智在夹山茅庐中修行三年了。这天，法智早早地起来，在茅庐前的地坪上打了一阵拳，待身上有些微热时，便提起两只葫芦，准备到山背崖前取些山泉，送予静空师父。

此时山下，一派小阳春景象。山涧底端的沟垅里，野芹草一片金翠；山涧底端的小路边，野菊花一片金黄；山涧两边的坡地上，枫叶一片金红。山腰上又是一番景象，"见风消"的叶子暗黄暗黄，野桃树的枝头一叶不挂；只有那些松树，顽强地抵挡着深秋的金风，依然深绿着。到了法智所住的茅庐这一带，则已是枯枝蓑草、风冷露寒。

法智提着葫芦，在软绵绵的枯草丛中走着，一群觅食的山雀从头顶上掠过，发出一阵嘈杂的声响。法智喜欢听这种声响。他把这种声响，当作天籁之音，每当山雀们落在茅庐前，他都要撒上几抓米，看这些生灵从容地进食。法智的米来自山下，是山下很远的一家大户施舍的。这家大户的当家人也姓周，名周敦顺。家里老母亲虔诚事佛，总是要法智为其诵经保平安。老母亲活到一百零三岁后无疾而终，周敦顺上山请法智下山去作法事，法智尊师嘱，坚持足不出户。

周敦顺无奈，只好在家里设置道场，请法智在茅庐里念经超度，这一念就是两年。这两年中，周敦顺依时按季送来清油白米。

山背崖中的泉水从来不断，却从来很小。法智将葫芦摆好，就着那一点一点地泉水下滴声，他坐在崖旁的一块大石头上，闭目诵经。几年下来，那块大石头被法智坐得光光的。法智在这石头上打坐，诵的是《佛说圣佛母般若波罗蜜多经》。这经简称《心经》，又称《大般若经》，是唐三藏译本，有上千卷，内容庞杂。法智不畏烦难，悉心诵读和领悟。因为此经以心为名，其旨最为重要，如同人之有心。

两个葫芦的水都满了，法智这才提起来，两臂伸直，像扁担担着一样，向师父静空所居住的山洞里走去。山上原来没有路，石块却很多，经脚有些跛的法智在这里走了这么多年，居然有一条羊肠石路了。路踏出来了，他的脚也不跛了，且其臂力也练得非同寻常了。

来到静空师父的石洞前，法智感到有些异样。往日来到洞前，就能听到师父诵经的木鱼声，今天是什么原因，这木鱼声没有了？难道师父出去了？不对呀，师父从来足不出户。难道师父病了？不对呀，师父身体一直很好，昨天还教我健身之法哩！满腹疑惑的法智心里有些着难了，便轻声喊道："师父，我送水来了。"

没有回答之声。法智放下葫芦，轻步进洞一看，师父不见了！但只见原来放在侧洞的大瓮已然移至外洞，瓮的两边码着好多本经书。法智连忙上前一看，师父竟然双手合十端坐瓮中。

师父圆寂了！法智心里有如刀绞，眼泪像潮水一样，涌了出来。法智心里想，跟随师父八年多了，师父怎么这样快就离我而去呢？是师父把我从哑口山崖下救起来，敷药疗伤，捡回一条性命；是师父带我山中采药，教会我药性药理，既医治了自己的伤，也医好了多位信众；是师父把我引入佛门，还承蒙师伯静圆大师赐给了法号；是师父悉心指点，使我由一个不认得一个字的凡夫俗子，修成为一个粗通佛理的和尚……

法智哭了许久之后，心思渐渐平静下来。他看到那么多的经书，这是师父从来不拿出来的，他知道师父是怕经书一旦放在外面，就会受潮受损；现在竟然摆出来了，应该是有意交我保管好。于是他把经书重新一叠叠包好置于洞侧。在包经书时，他发现，在那本《金刚经》的扉页下，夹着一张白纸，拿起那白纸一看，上面竟然有一行字："千卷经书，传承永久"字体朗然，却有些颤抖的迹象，他知道这是师父的手迹，也是师父的嘱托。他遵师嘱，把经书搬出洞外，准备背回茅庐，重新放置。其他的师父遗物，他一样也不动，——按原样捡拾，还将那两葫芦山泉倒入大钵盂中。然后，他背来许多大小石块，将洞口封好。再后，他在洞前长跪诵经。直到北风呜呜作响，雀鸟归巢啾唱，法智才意识到，天已晚了……

夹山寺住持静园大师闻听师弟静空圆寂的消息，特地在寺中举行盛大法会，超度静空大师。超度法会历时三天，法智以嫡传弟子身份，祈福守灵。即将结束法会的那天晚上，静园大师来到长跪灵前的法智面前，吟道：

恨我不如南去雁，

羡君独是北归人。

法智立即听懂了，这是师伯的暗示。表面上是对师父静空的圆寂和自己的在世发出感叹，实际上是告诉法智，静空师父走了，留下了他静园，感到孤独，故有意想要法智回到夹山寺来，也好陪伴他，这当然是好事，自己的地位肯定有所提高。可是法智觉得自己领悟的还不多，还够不上陪伴的资格，还不够提升地位的资格。于是，法智也吟道：

微波有恨终归海，

明月无情却上天。

此时的静园大师当然也明白了，这法智的意思是，静空去了，这是迟早的事；如果作为弟子的法智，不留在静空的墓塔前守着，却图名位回到夹山寺，这就是无情呀！与此同时，静园大师更感到，这个法智，由一个粗人皈依佛门，几年苦修下来，悟性大增，深得沩仰宗旨之真谛；且广猎诗文，连唐代诗人薛逢《题昭华公主废池馆》中的句子都能信手拈来。这样虔心向佛，不出几年，定能成为佛门大德，定能成为一代名师！

超度法事结束后，静园大师便让法智回到了茅庐。

此前，法智所诵佛经，都是师父口授。每授一经，法智都要强记心中，再三再四地背诵。现在师父把经卷缮本都传给了他，他如鱼得水，不但没日没夜地读诵，还没日没夜地抄写。这一读诵和抄写，他竟然白天忘了吃饭，忘了喝水；晚上，只有在灯里的青油熬干了，灯快灭了，他才知道。无奈，他在石床上躺下，又默默念起了《阿弥陀经》：

如是我闻。一时佛在舍卫国，祇树给孤独园。与比丘僧，千二百五十人俱皆是大阿罗汉，众所周知：长老舍利弗、摩诃目健连、摩诃迦叶、摩诃迦旃、摩诃俱絺罗、离婆多、周利槃陀伽、难陀、阿难陀、罗侯罗、憍梵波提、宾头卢颇罗堕、迦留陀夷、薄拘罗、阿㝹楼驮，如是等诸大弟子。

法智就是这样，除了初一、十五到师父墓塔上香外，所有时间，就埋头在经卷里。

静悟受师父圆慧大师之命，在外云游了三年多。在这三年多里，他一直在团头湖一带转。他装成叫花子，戴着顶烂草帽，在团头湖一带神出鬼没的。团头湖一带自从有了这个戴烂草帽的人，地方上平安清吉，正气上升，邻里之间和睦相处，到处呈现一派友善和谐的景象；自从来了这个戴烂草帽的人，怀德的家里建起了新房、增添了丁口，出现了一派家兴业旺的气象。静悟在凌头冲暗中观察兰家，发现兰宜秋对神明多少有些敬畏，而管氏自病好后，也再没做出什么伤天害理的事。但是静悟始终搞不清楚，为什么管氏要对怀德下那样重的毒手。为了搞清楚这事的来龙去脉，他要花山岭的刘菊放，利用"行小教"时，把这事搞清楚。

刘老太爷是兰家的邻居，刘老太爷的老伴刘老太太在二月初二那天，提着些酒菜去敬柏叶冲土地。这柏叶冲土地庙在凌头冲与柏叶冲交界的黑狗坡，离刘老太太家有五六里路。刘老太太敬完土地回家，经过长巷子时，突然刮起一阵乱风，刘老太太受了惊吓，回去后长烧不退。刘老太爷觉得奇怪，这肯定是老伴在回家的路上碰了"土煞"，便请刘菊放来退"土煞"。这天晚上，刘菊放在刘老太爷家奠了"五方"，画了几道符，画了一碗"法水"，将符焚化放入"法水"中，叫刘老太太喝下后，刘老太太的身上就不发热了。刘老太爷非常感谢，也非常佩服，便炒了几个菜，硬要刘菊放喝几杯酒再走。刘菊放在喝酒时，便有意无意地问起了兰家和兰家长工怀德。刘老太爷一讲到怀德，就连连称赞。但讲到兰家，就只是说，兰家是"斗米发富"。刘菊放问："兰家几时发财？"刘老太爷说："兰家发财还只有几年。"刘菊放接着问："兰家请怀来做长工，是你老太爷介绍的吗？"刘老太爷说："怀德原来在我家看山，后来到周子和家做长工，到兰家来大概是周子和介绍的。"刘菊放又问："兰家对怀德还好吧？"刘老太爷说："我同兰家平时很少来往，只有我家老太太有时过去打几圈'跑夫子'。"刘菊放感到，这问来问去，没有问出什么名堂，不如到时到周子和家去问问，也就起身告辞回花山岭了。

此后，刘菊放又到过怀德曾经做过长工的周子和家，但得到的答案也是说，兰家与周家相距十多里，两家原来素不相识，怀德去兰家做长工是他周子和介绍的。至于兰家对怀德如何，也搞不清楚。

刘菊放把所问的，都告诉了静悟。静悟觉得，这中间肯定有些原因，但这原因又一时搞不清楚，不如就此回密印寺，向师父复命。

静悟回到了密印寺，将自己如何保护怀德，如何惩治欲置怀德于死地的兰宜秋夫妇，如何为团头湖地方上做善事，一一向师父说明。圆慧大师听完静悟的述说，很是满意，仍然要静悟在寺中管理内外事务。

十月十三那天，夹山寺静园大师突然咳血。一连十天诵经服药，仍不见好转。十月二十四那天早上，夹山寺掌坛僧静月照例端着碗汤药，来到师父的病榻前，把师父扶起来，准备用调羹为师父喂药。静圆大师坐好后，摆着手上气不接下气地说："看来我的时日不多了，但我有一桩大事没有做完，心有不安。"说完他从怀中取出一封信，递给静月。

静月接过一看，信封上有"密印寺圆慧师兄亲启"和"夹山寺静圆师弟缄"字样。静园大师又喘着说："你先看看这信，然后择日去一趟密印寺。"

静月连忙抽出信函，仔细阅读起来。信不很长，字迹很工整。大意是：因患小恙，弟不能参加密印寺一年一度的讲经大会，改由弟子法智代为前来见习。法智悟性在我等之上，望许之。

原来，这夹山寺建于唐咸通十一年，宋、元两朝先后敕修，因有"三朝御修"的名气。夹山寺开山祖师为传明大师即善会和尚，善会在《传灯》《指月》诸录中均有其言，著有《素园集》《碧岩集》等书。然而夹山寺比起建成于唐大中三年的沩山密印寺，又晚了二十余年，且密印寺灵佑禅师得百丈禅师真传，又传弟子慧寂，在江西袁州的仰山传承和创立灵佑的教义，自成一派，名为"沩仰宗"。夹山寺和常德大同寺均以沩仰宗为教义的主旨，因此宁乡沩山、石门夹山与常德德山，并称"湖湘三大佛门净地"，因沩山密印寺历史相对更为久远，又为"沩仰宗"嫡传，所以，夹山寺一向以密印寺为典范，故静园大师对圆慧大师以师兄相称。

静园大师让静月看这封信，是有意想叫静月去一趟沩山。这静月是何等的顿悟，看完信后便问师父："师父想叫我何时去沩山呢？"

谁知此时的静园大师已然睡着了，静月想，难得有师父不咳能睡着的时候，便轻轻地退出来。

十一月十七日，静月将静园大师的信送到了圆慧大师手中。圆慧大师看信之后，立即写了回信，着静悟拿着信送夹山寺静园大师，并迎请法智。静悟随静月到了夹山寺，把信交给静园大师并说明来意。静园大师叫静月从茅庐叫回法智，如此这般交代一番。之后，静悟领着法智，经过四天的行程，由夹山寺来到密印寺。密印寺僧众五百人，列队在寺前广场迎接。当法智循山路步入寺前时，法号长鸣，金钟洪亮，佛乐悠扬。圆慧大师亲自出迎这个"悟性在我等之上"夹山寺经师法智。当晚，法智与圆慧长谈。长谈中，法智看到圆慧大师满脸寿斑且气色不好，便从衲瓶中取出三粒药丸，请圆慧吞下，圆慧吞下后，顿觉神清气爽。

十一月二十日，节令正是冬至之日。密印寺举行大法会，首请夹山寺经师法智讲经。法智头戴五福冠，身着袈裟，手持禅杖，从容走上讲台，首先带领众僧诵读"开经偈"：

无上甚深微妙法，

百千万劫难遭遇，

我今见闻受持，

愿解如来真实义。

之后便讲起经来："昔日尊寺的灵佑大师说，'夫道人之心，质直无伪，无背无面，无诈妄心。一切时中，视听寻常，更无委曲，亦不闭眼塞耳，但情不附物即得。譬如秋水澄淳，清静无为，澹渲无碍。唤他作道人，亦名无事人'。"

座中有僧问："顿悟了的人还有什么要修的吗？灵佑祖师是怎么回答的？"

法智从容地说："修与不修是两头语。初心虽从缘得，一念顿悟自理，犹有无始旷劫气未能顿净，须教渠净除现业流识，即是修也。"

一字不差！在场所有僧人听得真切，他们心里想：这个夹山寺的僧人到底有几许腊龄了，对密印寺所传经典竟然如此回答自如！

此后，座中再没有僧人问话，都专心静静地听讲……

十六、继祖揭榜洞庭湖

时令已经进入"一九"，洞庭湖湖水不断地退去，洲滩不断地增大，到处呈现一片肃杀景象。

狭窄了许多的湖面上，向南去的大小船只，白帆鼓着北风，船头犁开水面，发出"唰唰唰"的声响。船老大胯下夹着舵把，双手笼入袖中，眼睛被北风吹得起了血丝网，鼻子被北风吹得不断地流着涕泗，脸盘被北风吹得铁青铁青；向北去的大小船只，白帆同样鼓着北风，船头同样犁水前进，然而，这些船只能时而向东北、时而向西北地走着大"之"字路，船帮的行话叫作"掼戗"。"掼戗"船上的船老大不敢怠慢，他们不但要紧握着舵杆，还要随时调整"力索"，以好让帆篷从不同的角度鼓风，此时的他们不但鼻子里不流涕泗，还有些出气不赢。乘坐在这种船上的人也不轻松，这种船在航行中，船体始终是偏向一边的，坐着本身就不舒服，加上船走大"之"字路，比直行的船至少多一半航程。使这种船上所有的人更为担心的是，洞庭湖里的湖霸专选这种"掼戗"的船打劫，因为这种船走得慢。

与湖面船上的人冷的冷、热的热、怕的怕形成鲜明对照的是，洲滩上又是一番景象。洲滩上，生长了一年的芦苇，高的有一丈来高，矮的也有七八尺高，到了这个时候，不论高的还是矮的芦苇，秆子都坚实了，叶子都枯黄了。这芦苇秆子可是好家伙，铜官窑上少不了它，因为那些坛坛罐罐都是用芦苇烧出来的。因此铜官窑主们每年都要雇"倒耙子"到这里来，现钱收购芦苇；有的甚至自带人马，到这里来包买一片洲滩，自砍、自捆、自装船，然后运回铜官，码在江边。砍芦苇的大多是乡间的作田汉子。他们在洲滩上搭起芦棚，用芦苇煮饭，睡芦苇地铺。砍芦苇工价很低，但是为了挣几个"过年盘子"，他们不惜力气，没日没夜地砍芦苇、捆芦苇。晚上他们睡在芦棚里，湖风不断钻进芦棚，劳累了一天的他们，也能酣然入睡。湖霸们知道，这些砍芦苇的人中也有钱，便经常来洲滩上打劫。那几个砍芦苇的工头，身上携有老板银子和铜钱，这都是那些乡间作田汉子砍芦苇的血汗钱，虽然工头们不砍芦苇，也不捆芦苇，却终日有些担心吊胆。有的工头为了自保，便想了个办法，就是每天向砍芦苇的人发钱，这样一来，工头们身的钱一天天减少，他们的风险也就一天天减少。可这又苦了那些作田汉子，因为身上有了几个钱，湖霸们也不会放过。

兰富贵自从那年十月十五夜间从家里逃出，便重新回到了方天霸面前。当是时，方天霸虽然很是赏识这个小兄弟，但还是进行一番问话。看到兰富贵有些不安的眼神，方天霸问："这次回了家，做了些什么？"兰富贵知道，这是方天霸怕把这湖里的事告诉世人，一旦告诉了世人，就会传得很广，一旦传开了，就会引起官府的注意，招来麻烦。于是便很平静地说："睡了五天觉，没出一步门。"方天霸听了，点了点头又问道："怎么又来啦？"兰富贵知道，这句话肯定会问，他早就想好了四个字，拱手答道："投靠大哥。"方天霸笑了，但又突然脸一沉说："回来是可以的，但要从头做起。"兰富贵跪地答道："一切听大哥吩咐！"方天霸叫黄牙齿老六把兰富贵扶起来，阴阳怪气地说："那好，从今天起，你做岸上的买卖。"从此，兰富贵专门打劫洲滩上砍芦苇的人。几年下来，他从一个没有名分的喽啰，升为"红旗五爷"，位置比那个有些良知的"巡风六爷"黄牙齿还高了一级。

这年十一月二十六日，铜官窑主余老板接到工头姚福坤的信，说是芦苇已经砍完，芦苇都已捆好，要来一艘大"倒耙子"装运。余老板立即到靖港，顾了一艘从长沙下来的"倒耙子"，连夜开到了洞庭湖。第二天一早开始装船，一直装到天黑才全部装完。恰好天黑时天下大雪，湖中一片混沌，余老板怕行船出事，便叫船老大暂泊洲边，待雪停再走。雪下了一整天，余老板只好再在洲滩边的船上过夜。那些砍芦苇的作田汉子回家心切，领到几个工钱后，便收拾家伙，冒雪走岸路各散五方。船上只剩下余老板和工头姚福坤，还有船老大丁师傅。三人在船上吃晚饭时，都喝了点酒。余老板喝了酒就喜欢唱几句，船老大也喜欢拉大筒，于是两人便合着唱了起来。"陶澍访江南"是余老板的拿手戏，今天他借着酒兴，又是做老生又是做花旦。这时，他用仄韵唱着戏中的蔡秀英：悔不该停船放三炮，惊动了岸上的强盗们……

突然，船身猛地一震。当余老板正接着唱时，船舱里跳进一条黑影。余老板正要问是谁时，一把闪着寒光的大刀已架在了脖子上。余老板知道不好，便准备说"好汉饶命"。可他那个"好"字还没出口，黑暗中寒光一闪，余老板就这样一命呜呼。姚富坤还没回过神，早被一刀抹中脖子，只剩一层皮将脑壳挂着，拿刀人补上一脚，将其踢入湖中。船老大手里还抓着那把大筒，跪着求道："我是驾船的，留着我为好汉使唤吧。"这时，黑暗中有人说："留着也好，这号大船我没开过。"这一喊真还起了作用，拿刀的人吼道："跟老子把船开到老坟洲去！"说完，就去余老板的尸身上去搜了个遍。一切搞好后，小船上的人上来了，黑暗中，他伸出大拇指对拿刀的人说："五爷，我真佩服！"……

西北风越刮越紧。姚福坤的尸体随着起伏的湖浪，被推到了新墙河口。河与湖的相交处，高大的湖浪与湍急的水流碰撞着，形成一个个旋转的涡圈，涡圈一个接着一个地向两边转动。涡圈中，芦苇叶子与不知名的杂物交织着，待涡圈转到岸边，这些芦苇叶和杂物，被岸边小户人家争相打捞，在岸边晾干后，便成了他们当柴烧火做饭的好家伙。在一个叫敦仙嘴的湖边村子里，有一个叫何四斤的老汉，他每天在河口上打捞这样的杂物。他有一套打捞的家伙：一个长竹竿耙子，一担大竹篓子。这天，他将长耙子往湖中一搭，感到沉甸甸的，心想，应该是扒到了一根大树，便将耙子连连向下按了几按，然后才慢慢地向岸边拉。他一边拉一边睁大眼睛看着那被杂物裹着的大家伙。耙子竿拉得只剩五六尺长了，何四斤老汉的眼睛越看越不对劲，他先看到了一双脚，脚上还穿着灰布袜子；他又看到了一只手，手上还拿着一双筷子。他知道是扒到了一具死尸，尽管他几次在湖岸边扒到过死尸是常事，但这死尸有手有脚，就是不见脑壳！他每次扒到死尸，都要将其拖上来，挖个坑，将其埋好。但这种没有脑壳的死尸，他还是头一回碰上，因此，他还是有些慌了。善良的何四斤没有走开，而是继续将那无头尸体拖到岸边，他细一看，原来这尸体还是有脑壳的，在颈根那里，有一层皮与脑壳连着，他那耙子正好钩在那皮上。老汉自言自语道："作孽呀，何解下咯样重的手呢？"说完，他小心翼翼地将那尸体连头带身子挪上岸来，正当他准备挖坑时，心里又想，这太没王法了，这个人也太作孽了，不能就这样一埋了事，不如先放在这里，还是向地方上禀报一下。想到这里，何老汉左肩扛着耙子，右肩负着空篓子，一边嘟囔一边向村子里走去。

消息一下子就传开了，敦仙嘴的人，闻讯都来看这"脑壳砍了还连着皮"的尸体。人们议论着，这一定是湖匪们干的，因为只有湖匪才做得出咯号没天良的事；人们议论着，湖匪们作恶好多好多，何解当官的不管一管；人们还议论着，这湖匪也是娘生的呀，那个堂客们生下一个这样当湖匪的崽，也是前世没有做得好事！议论归议论，这死尸不能老是这样摆着。甲长领着几个汉子过来，他拨开人群，对几个汉子说，深挖一个坑，埋好这个背时的人，也算是"入土为安"。坑挖好了，一个胆子大些的汉子，将那死尸的脑壳扶正，合在那尸身的颈上……

这时，湖面上驶来一条大船，大船上有人看到这里黑压压的一片人群，以为这里在打大架，便将船向岸边驶来。岸上的人看到有大船过来了，都怕惹事，便纷纷走开，只剩下甲长和那几个汉子，准备把那尸体往坑里拖。大船已到岸边，还搭下一支长跳，长跳上走下一个官差模样的人对着甲长和几个汉子问道："先前那么多人聚在一起，现在又一哄而散，是在做什么？"

甲长指着死尸说："做什么？还不是看这砍了脑壳还连着皮的死尸！"

官差模样的人顿了一下，走到死尸面前看了看。那个胆子大些的汉子，用锄头把把死尸的脑壳一拨，那死尸的脑壳又与身子分开了。官差模样的人一惊，又问："是谁这么大胆？"

甲长说："是湖里浮来的，我晓得是谁这么大胆吗？"

官差模样的人说："你们先莫动他，我上船去禀报大人。"

原来这大船的官仓里坐着巴陵知府崔成大。崔成大刚上任不过一个月，听说这巴陵地界的水上匪劫猖狂，故乘船出湖巡视。当听到这里发现一具"砍了脑壳还连着皮"的死尸的禀报，他震惊了。崔成大吩咐一干人等，上岸查验。查验的人上船禀报，死者颈部一刀致命！崔成大拍案而起，吩咐文案人员，立即起草剿匪榜文。然后下船亲验尸身，并交代甲长，先将尸体埋好，保护好现场。

第二天，在新塘铺、荣家湾、黄沙街以及新墙河等关津渡口的街头上，同时出现了一张榜文，内容如下：

为招募事。本知府初任巴陵，闻湖匪猖狂杀人越货，致商旅谈湖色变，致乡民日夜提心。湖匪不除，境无宁日。本知府守土有责，已饬令剿匪，委任府丞蔡学先筹建剿匪队伍。凡有志者且身怀武技者，地不分东西，人不分南北，即日均可揭榜应募。

在岳阳新墙街头，榜文刚贴，榜文前就站满了围观的人。人群中，有认得字的拿起腔调，一声长一声短地读着，不认得字的静静地听着。听完之后，便议论起来，一个老者说，官府早就应该收拾这帮家伙，官府不出面，谁有这个能耐呀！一个高个子接过话说，这帮湖匪聪明得很，抢了金银财宝，就要送好多给当官的，还变着法子请当官的吃饭，当官的拿了人家的手软，吃了人家嘴软，哪里还会去显这个能耐呀！一个老实忠厚者说，看来这位老爷新来乍到，手脚还干净！这人的话音刚落，一个毛头小伙说，这就看这干净的老爷现在起一天的云，会下好大的雨？一个绅士模样的人说，你们都莫操那样多的心，这招募榜文是咯样贴出来，还不晓得有没有人来揭哩……

不知什么时候，榜文不见了。人们感到很是惊诧，刚才榜文还好好的贴着，怎么一下子就不见了呢？还是那位老者留了心，他指着不远处说："你们看，榜文被那人揭走了。"

人们顺着老者的手指方向一看，一个身材高大的后生，手拿榜文，正急匆匆地向驿馆走去。

这个揭榜的高大后生不是别人，正是刘老太爷的独生子刘继祖。自从与怀德结拜为兄弟，刘继祖在家里待了一段时间。后来，怀德去周子和家做长工，刘继祖还到周家去了几次。无奈怀德身不由己，也根本没有时间与继祖多说话。当然最主要的还是怀德记着了母亲的嘱咐：他刘继祖是少老板，你怀德是下人，要尊卑有序。可刘继祖不管这些，总是以兄弟相称，后来他看见怀德在周家也确实太忙了，也就没有再去过周家与怀德说话。这样一来，刘继祖没了说话和玩的伙伴，又开始东游西荡。

一天，刘老太爷把继祖叫到跟前，苦口婆心地训导，讲到激动之处，老太爷老泪纵横。刘继祖只是生性贪玩，受到刘姓家风的影响，毕竟有良知。平时刘老太爷对继祖说话，从来都是横眉冷眼的，今天刘老太爷不但没有横眉冷眼，反而细语轻言，这倒使刘继祖有些感动，看到老父哭了，便跪倒在地说："爹爹不必如此，也听你儿说上几句真心话。"刘老太爷心里想，儿子长大了，应该知事了，莫非真有他的见量。于是，用袖子擦去眼泪，轻声地说："儿呀，你起来说吧。"刘继祖没有站起来，还是跪着说："我晓得你老人家是想叫我多读书，将来能够光宗耀祖。我知道我不争气，我不是读书的料子，一看书心里就乱成一锅粥，所以读不进去。现在我也年纪不小，读书是搞不出名堂的了。今天，我在你老人家面前发誓，不做违法乱纪的事，不做嫖赌逍遥的事，不做伤天害理的事，不做坑蒙拐骗的事。"刘老太爷听了儿子这一席话，心里还是不踏实。他伸出右手，示意儿子站立起来。刘继祖跪久了，膝盖也痛得厉害，便真的了起来。刘老太爷问："儿呀，你不做那些不好的事固然好，但你总得做事呀！你二十岁了，准备做么子事养身呢？"对于做么子事养身，刘继祖早有打算，他想去习武，习武学成后就去从军，从军不成就去收徒开武馆。但他想到，这又会使老父亲担心，因为，这武馆也好，从军也好，都是把脑壳提在手里走的行当。想到这里，刘继祖灵机一动，他说："爹，我去学一门手艺。"刘老太爷听了，觉得儿子要学手艺，还算儿子真的开始懂事，便满口答应说："学手艺要得，你看想学么子手艺，我去为你找一个好一点的……"父亲的话还没说完，刘继祖就抢着说："爹，你年纪大了，莫出去跑，我自己找吧。"刘老太爷一想，也好吧，儿子大了，就让他去试试阳世上的人情冷暖吧。于是点头说："好吧，找好了师傅告诉我一下。"

三天后，刘继祖还真的找到了师傅。这师傅就是吐蛟湖的程德贵。程德贵是方圆百里有名的武师，曾在湖北石首、湖南华容、岳阳等地开厂收徒，在吐蛟湖更是传徒甚广。继祖回家将找师傅的经过和师傅的名字告诉父亲。刘老太爷听说师傅是程德贵，只说了两句话：学武我不太主张，但师傅是个好师傅。

就这样，刘继祖在程德贵那里学了三年武。俗话说，男长三十慢慢悠，女子十八又回头。这话一点不假，刘继祖习武三年，个子长得高高大大，身体长得结结实实。每当继祖告假回家，刘老太爷高兴地看到，儿子的言谈举止变了，儿子长成高长个大的汉子了。继祖出师后，程德贵把他留在身边，又当了几年"带厂师傅"。

刘继祖就是在岳阳新墙当"带厂师傅"时，前去揭了那剿匪榜文的。在新墙驿馆里，继祖通过报名、问话和演示武功，顺利地过了头道关。接下来是到岳阳接受府里的考试。府里的考试以考武功为主，每个揭榜的人都要将自己的拿手功夫表现出来。几个考官拿开架势，坐在不同有角度观看。轮到继祖上考场了，只见他双手抱拳，向考官致意。坐在上首的考官从名册中知道，这位大汉是个职业武人，还是新墙一带的"带厂师傅"，便给继祖出了一难题，那考官拉长腔调，慢吞吞地说："拳架子，就不看了，是不是，看看你的，钩镰枪功夫。"

那考官的话刚说完，一个手下就把一柄长达一丈的钩镰枪丢在了继祖面前。继祖在程德贵那里学过钩镰枪，却还没有向徒弟们教授过，此时的他心里，仔细地回忆着师傅当时教授的情景。停了片刻，他心里有底了。只见他用右脚踏在枪柄上，双手再次抱拳，向坐在四个不同方向的考官行礼。那坐上首的考官将手一挥说："莫讲礼数了，还是开始吧。"继祖又向上首考官鞠了一躬，然后提气、运气，紧接着右脚突然一俅，那钩镰枪便飞也似的自转，一眨眼工夫，钩镰枪顺着脚背转过了膝盖，转过了大腿，转到了继祖的右手上，继祖立即一阵疯狂的舞弄，一时间，只听见呼呼风响，风响越来越大，接着就只见一团白雾不见人了。周围的人齐声喝彩，可那坐上首的考官却不动声色，他不慌不忙拿起茶壶，倒了一杯水，仍然举杯凝神观看。突然他将杯子里的水向继祖泼去。继祖舞得兴起，那钩镰枪在手中出神入化。当那杯水泼来时，他早闪到正中，一阵"金钟罩日"的套路使出，那水竟然像碰到了铁板似的，一滴滴地回敬到那位坐上首的考官的脸上和身上。那考官一面用袍子角擦脸，一面说："来一点这个——吃，吃肉的套路。"刘继祖听得真切，舞的又是一阵"天门洞开"。他看到围观的人中，有一人抱着烤手的"烘笼子"，说时迟那时快，银光一闪，"烘笼子"早被钩镰枪钩住，并举起在空中舞动一番。那抱"烘笼子"的人还没回过神来，"烘笼子"又轻轻地落在了自己的手上。众人看呆了，使劲鼓起掌来。继祖乘着兴趣，突然将钩镰枪向上一搭，那枪便稳稳地钩住了屋梁，继祖单手抓枪，一个跳跃，那枪便吊着继祖荡起了秋千。当荡到那上首考官面前时，继祖伸出左手，飞快地将茶壶里的水倒入杯中，之后，荡到另外三个考官面前，做出了同样的动作……

围观的人看得忘记了鼓掌，几个考官看得连连称奇。事后，继祖当上了剿匪队的支目。

十七、扁担郎洞庭历险

自怀德外出寻找富贵的这些日子里，兰宜秋夫妇天天都在等待着儿子回来的好消息。

平时很少出门的兰宜秋，这一晌几乎天天出来，到胡棚桥、陈壁照等人来人往的地方，与人扯谈。闲扯中，兰宜秋发现，人们对他兰宜秋还一味地奉承。有一次，兰宜秋来到陈壁照，看到很多人在一起说话，便不声不响闪在一旁，听这些人如何议论自己。这些人果然议论起兰宜秋来。有的说，兰宜秋的命真好，五十岁还不到，家里就发了大财；有的说，听说兰宜秋的亲家母是朱良桥的，而且亲家母的家爷是当甲长的；还有的说，兰宜秋请了一个好长工，那怀德会做事是出了名的；也有的说，难怪兰宜秋能发大财，他请了姨妹子当管家，真是"上"管得事"下"应得急，一个人当得两个人用……议论的话题话眼看"六碗菜出鱼"了，兰宜秋只好不声不响地走开，向团头湖边走去。团头湖边停了好多船，船老板们下完货，正在一起谈天说地。兰宜秋心想，与这些船老板们说说话，也许能打听到现在洞庭湖里的风声。

他来到一艘"乌舡子"船边，一边上跳一边双手抱拳对船老板说："请问老板的船是往南还是往北？"

船老板从中仓里探出头来说："往北去湘阴。"

兰宜秋接着问："请问老板，带货走吗？"

船老板听说有货带，心里当然喜欢。便立即打招呼说："货是想带点，要看是什么货。"

兰宜秋心想，这船老板也是的，带货还要看是什么货，我总不会让你带大粪噻。但转念一想，或许老板说的是行话。于是他装作很里手的样子说："是干货！"

船老板听说是干货，便用手示意兰宜秋到船上来说话。

兰宜秋正被北风吹得有些受不住了，就势上了船。在船上中仓里坐下后，老板递上水烟袋。兰宜秋接过水烟袋，吹了两个蒂子后，煞有介事地问："湘阴那边谷米走得快吗？"

船老板说："湘阴是出谷米的地方，那边的谷米的生意不好做。"

兰宜秋心里想，我哪里有么子谷米带，还不是想问问水上的"行情"。这时他又想，问"行情"也不能直来直去地问，也要转弯抹角地问，才能问出名堂来。于是他又问："过湘阴到洞庭湖那边去的谷米生意好做不呢？"

船老板听说过洞庭湖，神色突然变得紧张起来。他从兰宜秋手里接过水烟袋，一边往烟嘴子上装烟丝一边说："那边的谷米生意是要好做些，但我这号船不敢去。"

兰宜秋没有听出话中之话，继续问道："那是何解呢？"

船老板使劲唆了一口烟，然后才说："到洞庭湖那边去，搞得好，能赚几个，搞得不好，命都会搭进去！"

兰宜秋心里一惊，但还是装作不懂"套路"的样子问道："那是何解呢？"

船老板的烟瘾重，这一下唆烟时，两边脸盘子都变得很吓人了。待船老板将烟吐出来，又咳了一阵之后，才喘着粗气说："何解？我的一个老表名叫丁三喇叭，是驾'倒耙子'的，早一中在洞庭湖里拖芦苇，两个押货的老板被砍了脑壳，只留他把船开到老坟洲。"

兰宜秋接过话问："那你又何里晓得的呢？"

船老板说："丁三喇叭把船开到老坟洲后，第二天半夜里趁那些人睡着了，从湖里泅水逃出来的。"

兰宜秋听了，感到心惊肉跳。但还是装作好奇的样子问道："咯样冷的天，泅过洞庭湖，不会冻死呀？"

船老板叹口气说："哎，做我们这行的，一是要会水，二是要挨得冻。也是丁三喇叭不该死，他泅到半路中间，恰好碰了一条到长沙的大船，被大船上的人救起来后，他无家可归，现在还住在靖港的紫云宫里。"

兰宜秋心里想，这杀人的事，恐怕又是那自家报应做的。

船老板看到兰宜秋心事重重的样子，以为是被这事吓得，又以为他不相信这样的事，便又把烟袋递给兰宜秋，接着说："你怕这事是假的吗？我前天还去看了丁三喇叭，他能说话了，他说，那拿刀砍人的是个青皮后生子，长得单单瘦瘦，实在不像个强盗！"

兰宜秋听到这里，心里明白，这事八成是自己的儿子干的。只见他拿火的手有些颤抖，几次去点烟蒂子都没有点上。他心里乱了，索性把火捻灭，起身说道："既然洞庭湖里这样不清静，那我的谷米生意也不向那边做了。"

船老板这时才有些后悔，不该说些这样让人晦气的话。但他还是想交个朋友，也好下次能做成生意。便也起身说："也好吧，买卖不成仁义在，下次有生意再做也不迟。"

兰宜秋心事重重地回到家里，管氏正在神龛子面前上香。

看到兰宜秋脸色不好，管氏问："么子事不快活？"

兰宜秋没有作声，笔直进了二进正房，倒头睡下……

只有两天就是十二月了，怀德还没有回，陈想容心里越发急了起来。她天天傍晚都到山口上去望，可天天都没望见怀德，心里像吊起来那样难受。回到家里，孙儿腾芳跑过来，扑在怀里问道："娭毑，爸爸几时回来呀？"

陈想容不想伤孙儿的心，装起笑容说："快回来哒，你想爸爸了，是不是？"

小腾芳睁大眼睛问："娭毑，你就不想他吗？妈妈就不想他吗？"

这一问，陈想容心里一酸，几乎哭了出来，但她知道，决不能让孙子知道自己想哭。于是她抱起腾芳说："先吃饭，吃了饭早点睡觉觉，好吗？"

腾芳这才不问了，让娭毑抱着上了桌子。三个人刚刚坐下，腾芳又说话了："爸爸回来吃饭，就是一个人坐一方，现在爸爸没回，那一方就没人坐。"

孙银芳夹了那块中午没吃完的煎蛋，放在腾芳的饭碗里后说："吃饭莫讲话，讲话就会有饭粒子呛喉咙。"

腾芳终于不说话了，几扒几扒把饭吃完，又说："咯一下饭吃完了，总能说话了吧。"

陈想容也吃完了饭，连忙拿起桶子，一边从瓮坛里舀热水一边说："来来来，娭毑跟你洗脸洗脚，洗好了到床上去暖和些。"

腾芳顺从地洗脸洗脚，洗完后陈想容把他抱到了床上。在床上翻了一阵子跟头，觉得累了，便睡了下来，不久便睡着了。

陈想容这才对孙银芳说："怀德出门快两个月了，还不回来，我看你是不是回一趟娘家，请你爹到兰家去问一个究竟？"

孙银芳说："我爹近中在六岔湖起鱼，不晓得有没有工哩。"

陈想容说："请他抽点工噻，咯是大事呀！"

孙银芳心里何尝不想去兰家问个明白，她早就准备自己去的，一想到自己一个女人家，又怀着身孕多有不便。她还准备开口要婆母陈想容去兰家的，又想到婆母年纪大了，也怕兰家的人糊弄她。现在婆婆提出要爹去，也是个办法，于是，答应回一趟娘家。

第二天，孙银芳很早就来到娘家。孙彪正好在家，听说怀德还没回来，便责怪孙银芳说："伢崽呀，咯样大的事，你何解不早来呢？"

孙银芳说："我怕你老人家在六岔湖起鱼，没工夫呀！"

孙彪站起来说："再没工夫，这事我也要去的。"说完，又对孙银芳的妈妈周氏说："拿件干净衣和鞋子来，我就要走！"

孙彪换了衣和鞋子后，便匆匆地到兰家去了。孙银芳望着爹的背影，哭了起米。她妈妈劝了一阵，孙银芳还是哭。这个年仅二十岁的女人，在婆家从来不哭，她怕儿子腾芳受惊吓，她怕婆婆更加受急，她只有回到娘的身边，才把那积压了很久的眼泪流出来……

孙彪很快到了兰家，兰家正在吃中饭。看见这个在江湖上有名的人来了，兰宜秋知道不好对付，连忙叫菊香又是斟酒又是抽筷子，并笑容满面地说："来来来，先喝几杯。"

管氏也一边向灶屋那边走一边说："要得，我和菊香还去炒几个菜来。"

孙彪见两个女人都走开了，便开门见山地说："酒不喝，饭也不吃，我只问你一件事。"

兰宜秋还是满脸赔笑说："孙爷先坐下，再问也不迟呀。"

孙彪自己搬了一条高凳，在饭桌旁坐下。然后问道："怀德出门去为你寻崽，是几时出门的？"

兰宜秋一边递上白铜烟袋一边说："好像是十月初六。"

孙彪又问："今天是什么时候哒？"

兰宜秋知道孙彪是明知故问，但又不能不回答。他心里想，这孙彪是不好对付的，还是耐着性子陪着吧。于是他答道："是快到十二月哒，应该要回了吧。"

孙彪把凳子移了移，眼睛直视着兰宜秋说："你晓得现在洞庭湖里好不太平的吗？"

兰宜秋当然知道，洞庭湖里有湖匪杀人越货，很不太平，且造成这湖里不太平的湖匪之一就是自己的儿子。可这时的他，装作一点不知情的样子问："孙爷，洞庭湖里何解哪？"

孙彪懒得与兰宜秋详细说洞庭湖里杀人的事，他想，自己没去洞庭湖，也没看见洞庭湖里杀的人是谁，与这样的人说了也不会信。这时的他，口气稍有缓和地说："你去团头湖边去问那些驾船的，你去靖港紫云宫去问问丁三喇叭，你就会晓得湖里好不太平的。"

兰宜秋心里一震，但仍然装作不晓得的样子说："这我倒不晓得呀，那我下午就去问问。"

孙彪懒得与兰宜秋多说话，只见他站起了身子，板着脸说："但愿不出事，如果出了事，他周家不说话，我孙家是会出来说话的！"说完，他头也不回就走了。

兰宜秋望着孙彪的背影，又是一声长叹。管氏连忙出来问："他说么子哎？"

兰宜没好气地说："说么子，还不是说那只祸它子。"

管氏眼睛一撇，示意灶屋里有个菊香，这事还不能让菊香知道。菊香知道了，就会"穿泡"。

兰宜秋也意识到了，便压低声音说："看来这事闹大了。"

当天晚上，兰宜秋和管氏都睡不着，两口子并排坐着说话。说来说去，就是怕了这个孙彪。兰宜秋认为，只要孙彪不作难，事情就好办。管氏则认为，要孙彪不作难，就要稳住周家两个女人，不如拿几个铜钱送到周家，这样人家会说，兰家老板体贴人；周家拿了铜钱，心里也就好过些。

十一月二十九日，兰宜秋来到周怀德家，送了一吊铜钱和几个礼盒，并对陈想容和孙银芳说，怀德过几天就会回……

怀德自十月初六乘船从团头湖起程，经烂泥湖、八字哨、毛角口进入资江，再经沙头角、符家河、张家塞进入万子湖，船在湖里又走了一天后才到达沅江市城。船老板是个不善言谈的人，雇请的一个帮手又是一个哑巴，因此，在几天的水上路程中，怀德多是看书，有时也帮船老板做饭和做点杂事。到沅江市后，怀德辞别船老板，背着包袱来到一个小客栈住下，便开始向客栈老板打听起兰富贵的下落。怀德把兰富贵的相貌、个子的高矮以及为人不务正业都告诉店老板。店老板告诉怀德，这里西去二十里，有个龙虎山，龙虎山周围是湖，四面是水，山上的人来自四面八方，你要找的人或许在那山上。怀德找人心切，第二天一早便过湖上了龙虎山。

龙虎山虽不很高，却树高林密。怀德走在林间小路上，好远还没有碰到一个人。正当走得他有些累，准备靠在一棵大树下休息时，突然从树上跳下一个穿黑衣的汉子。怀德一惊，连忙问道："大哥，你……"

那黑衣汉子从背后抽出一把雪亮的大刀，对着旁边一棵小树就是一砍，那小树便拦腰砍断，倒在一旁。怀德将身子一退，心想，这一下完了。可这时，那黑衣汉子说话了："我不是大哥，我是六哥。"

怀德心里清白：遇上了土匪。他这时心里想，土匪要的是银子，我身上银子不多，不如都拿出来，免得人家动手。于是怀德一面从包袱里拿出银子，一面说："六哥，我是做长工的，身上没几个子，得，都在咯里，另外，包袱里还有一件旧皮袍子，是我家老板的。"

"六哥"看了看怀德手中的银子，又看了看怀德那粗而有茧的手，好久没有说话。怀德也不敢说话，仍然把拿银子的手伸着。突然"六哥"说："跟我一起走。"说完从衣袋里拿出一块长而窄的黑布，将怀德的眼睛蒙住。然后叫怀德跟着走。

在林子里，怀德高一脚低一脚的，也不知走了多远。听到很多人说话，才知道到了一个所在。眼睛上的黑布被取下了，怀德睁眼一看，两边站着的都是拿刀大汉，上首坐着一个黑胖子。黑胖子一见怀德，便对那"六哥"骂道："你瞎了眼，这不是我家满弟吗？"

"六哥"连忙拱手答道："大哥，是我有眼不识泰山，搞错人了。"

黑胖子下了座位，走到怀德面前，拿起怀德的手看了一下，然后哈哈一笑说："老六，人没搞错，这人与我满弟长得一模一样，只是他手上没那块刀伤。"说完，他自己挽起袖子，与怀德的手比在一起。又说："当年，方天霸一刀砍中我两兄弟的手，就是这里合不得缝！"

怀德被搞得云里雾里，只是低着头，任这黑胖子大哥发落。黑胖子又把当年与方天霸的仇怨说了一番，之后对怀德说："天下难得一个与我同胞老弟相像的，这样吧，在这里做几天事后我放你回去。"

原来，这黑胖子叫韦长发，原来也是做长工的，被方天霸打伤后发誓要报那一刀之仇，虽然上山拉了队伍，但只专劫富户，而且立下规矩：只劫财物不杀人。他在龙虎山占了很大一块地，平时，叫队伍里的人栽种橘子树，也做些橘子买卖。他所说要怀德做事，就是要怀德栽橘子树。

怀德在龙虎山栽了半个月的橘子树，韦长发经常来跟他说话。说话中，韦长发无意中说出，方天霸在东洞庭湖的老坟洲，专在水上杀人越货。怀德听着心想，或许能从这黑胖子的嘴里能打听到兰富贵的下落。于是便有意地说自己是受老板差遣出来寻找少爷的。说者有心，听者也有意，韦长发连问怀德："你家少爷姓么子？"

怀德如实说出。韦长发听了，立即把那"六哥"叫了过来，如此这般交代一番。回过头来对怀德说："你跟我满弟长得太像了，你就叫我大哥吧。"

三天后，韦长发对怀德说："方天霸那里有个姓兰的，瘦瘦的个子，现在是'红旗五爷了'。"说完，他叫"六哥"把怀德的包袱和银子一一拿过来，又说："你今天可以走了，我在这里行不改名，坐不改姓，你看着办吧。"

怀德说："韦大哥对我恩深义重，我不会乱说的。"

从草尾河口坐上一条去岳阳的船，经过三四天的风吹浪荡，怀德终于望见了君山。君山，怀德曾有耳闻。这个四面环水的地方，有众多古迹，也有众多文人吟唱。这时，船老板指湖中远处的小山说，那里就是君山。怀德顿时吟起了唐刘禹锡的诗：

湖光秋月两相和，潭面无风镜未磨。

遥望洞庭山水翠，白银盘里一青螺。

吟完，怀德心想，这样美好的地方，应该没有土匪吧。想起土匪，怀德就想起了韦长发，这样的土匪居然蛮有良心，兰富贵要是一个这样有良心的土匪，那就好了。

船到君山已是天快黑了，而且下起了大雪。这雪一连下了几天，风大浪急，船老板不敢开船。雪中的君山其实也很美，可怀德出门一个多月了，要找的人还没找到，就是找到了，还不知道能不能回家，心里总是想着这些，因此也就无心登上君山一睹美景，就窝在船上看书，看书看累了，就一遍又一遍地默背宋·黄文理的《君山赋》。

雪终于停了下来，船老板开船把怀德送到岳阳后，便接到了运生姜去茅草街的生意，怀德只好在岳阳街上找一个小客栈，暂时住下，然后再出去打听兰富贵的下落。

这天，怀德来到岳阳楼下。看到岳阳楼，他就想起了《岳阳楼记》，这是他读过无数次的文章，他是多么想登楼从高处一睹洞庭胜景呀，可是他没有上岳阳楼，一是身上的银子很少了，二是他此行要做的事还没有做成，他只能在楼下徘徊，在徘徊时打听兰富贵的下落。

在一个卖"洞庭银鱼"的地摊前，怀德见那摊前没人，便上前去与那地摊老板交谈："老板的银鱼是从哪里贩的？"

地摊老板说："我这鱼不是贩的，是自己网上来晒的。"

怀德问："那你老板是打鱼的喽？"

地摊老板说："当然是的噻。"

怀德放低声音问："那你知不知道老坟洲在哪里呢？"

地摊老板还没有回答，怀德的肩上早搭上了一只手。怀德回头一看，原来是一个眼露凶光的大汉。大汉不由分说，拿出绳索，利索地将怀德捆住。怀德没做亏心事，被捆住后，厉声问道："我又没有犯法，为何捆我？"

"老坟洲是湖匪的贼窝，你通匪，不是犯法吗？"大汉也厉声说。

又来了三个人，看来是那大汉的同伴。四个人不容怀德说话，便连推带拉把怀德带走了。

十八、崔成大铁腕治湖

怀德不明不白地被关进了班房。这间班房只有一丈来长，八尺宽，一没有窗子，二没有床铺，三没有一把凳子，只有用芦苇铺着的地铺。怀德被推进的这间班房里面，竟然先前已经关了七个人。

怀德刚踏进班房，门就被关上了，眼前顿时一片漆黑。这时只听见有一尖喉咙喊："长哥，这一下我该挪动一下地方了吧？"

那个叫长哥的人马上答应说："好，你升过一位，让这人'把水口'。"

尖喉咙立即把怀德一拉，怀德便被挤在了最靠门的墙边了。新来乍到的人，哪里管什么位子不位子的，怀德也不作声，顺从地盘腿坐下。谁知那尖喉咙骂道："把脚伸直，莫占我的地方！"

怀德耐着性子，真的把脚伸直。谁知这一伸直，无意中碰到了一个东西，那东西被推出一尺来远后，发出一股恶臭。整个房子里面顿时骂声不绝。那个叫长哥的人，冲了过来，对着怀德就是一拳，紧接着一干人都冲过来，照着怀德的身上一顿乱打。怀德将双手抱着脑壳，任这些人打。这些人打得上瘾，竟然拳脚相加。

那尖喉咙打得有些累了，对着长哥喊道："长哥，是来一顿'红烧肉'，还是来一顿'闷冬瓜'？"

长哥答应说："先来'红烧肉'，把他的皮袍子脱下，好孝敬老子。"

尖喉咙闻声便扑在怀德身上，一手按着怀德的前胸，一手解皮袍子的扣子。怀德开始还忍气吞声，待尖喉咙解到第三粒扣子时，突然弓身而起，顺手抓住尖喉咙和一个打得最凶的家伙，用力将两家伙一提，再像打"钹"一样将两家伙一合，两家伙大叫一声"哎哟"，便被扔在一边。怀德就势贴墙站着，高声喊道："有不怕死的就来！"

这一下还真的起了作用，一屋人都不作声了，那长哥还想玩花脚乌龟，一边向怀德这边走一边假惺惺地说："兄弟莫发气，有话好好说。"看看来到了怀德身旁，长哥突然举起拳头，照着怀德的面门打去。怀德早有防备，飞快地抓住长哥的手腕向后一扭，右脚则对着长哥的小腿猛地一扫，那长哥便跪着求饶了。这时，怀德才借着那张门上一个小口子的亮光，看到自己刚才脚推动的那东西，原来是一只尿桶。

此时，整个一屋子人都为长哥说好话。怀德也不说话，将长哥一推，长哥便滚在了一边。长哥被几个人扶了起来，恭敬地把怀德请到离那尿桶最远的地方坐下，尖喉咙则送来一瓢水说："兄弟有眼不识泰山，请莫见怪。"怀德还是不说话，接过水喝下后，倒头便睡。之后，长哥伴着怀德睡着，并拉起了家常。从长哥的话中，怀德才知道，这班房就是"聋子班房"，"聋子班房"里关的都是一些偷鸡摸狗的角色。怀德听了心里好笑，难怪这些人咯样不经打。长哥还告诉怀德，那边几间房里关的都是通湖匪的人，那些人就没有这里的人好过，因为，他们的脚上戴着镣，手上戴着铐，只有吃饭时才松开。长哥还问怀德是犯的么子事，怀德心想，不能说自己也是因为与湖匪有瓜葛，那样也会被戴上脚镣手铐，便说自己是因为打伤了人关进来的。长哥和这一屋人越发不敢造次，对怀德更加恭敬起来。

八个人都在"聋子班房"里吃喝拉撒，气味难闻。这天吃中饭时，送饭的人将门打开，将装着饭菜的提桶往里一放，顺便把尿桶提出，便又将门关上。这时，几个人便蜂拥而上，各自拿起碗筷，连菜带饭狼吞虎咽。好在怀德在"聋子班房"中地位特殊，有人争着为他装饭送到手中。吃完饭后，那尖喉咙照例送来一瓢水。怀德喝了水后又仍回他那位子上睡下。

长哥也讨好似的跟着睡在一旁。他先一天出去过了一次"堂"，这时，他告诉怀德，过"堂"时，宁愿挨打，也不能承认自己犯的事，一旦承认了，就会"充军"到很远的地方去，如果"充军"了，就没命回来了。怀德听了，觉得这家伙讲的是真话。他心里想，自己本来没有犯事，俗话说，心中无冷病，大胆吃西瓜。但他又转念一想，到了这个鬼地方，反正没好日子过，还是"到一座山上打一个歌"吧。

这天，怀德被叫出去"过堂"。被两个大汉架着从"聋子班房"里出来，怀德看到的是一条很长的过道，过道两边都是与"聋子班房"一模一样的房子，只不过有的班房不是板门，而是栅子门，从栅子门的缝隙里看到，里面的人果然都戴着脚镣手铐。怀德心里想，看来今天这一顿打是逃不过去了，但无论如何，不能承认自己与湖匪有牵连，再打也只能说自己是个做长工的……怀德还没有完全想好要说的话，就被两个大汉推进一间大屋子里。这大屋子里通明透亮，怀德清楚地看到，两边摆着一些从来没有见过的家伙，上首一张桌子，桌子后面坐着一个蓄山羊胡子的人。怀德被两个大汉带到桌前按跪在地，山羊胡子问过怀德的姓名、家庭住址后，将手中的"盖方木"一拍，大声喝道："把通匪的事从实招来！"

怀德双手抱拳答道："秉大人，我是个做长工的，从来没有通匪。"山羊胡子又将"盖方木"一拍，吼道："做长工为何穿皮袍子？"怀德如实说："皮袍子是老板给我的。"

山羊胡子紧接着问："从长沙来到岳阳，不是通匪是做什么？"怀德如实答道："小人是受老板之托，前来寻找少爷的。"

山羊胡子口气稍缓，欠身问："你家老板姓什么？少爷叫什么名字？"怀德又如实作答："老板姓兰，少爷名叫兰富贵。"

兰富贵是老坟洲湖匪中的"红旗五爷"，这在岳阳城中几乎人人知晓。山羊胡子一听到兰富贵的名字，顿时脸色一沉，大声对手下说："此人乃大匪家属，先打二十大板！"

几个大汉上来，架着怀德在一条长凳上匍着睡下，接着就是雨点般的大板落在怀德的屁股上。怀德强忍着疼痛，大声喊道："小人是长工，不是匪属！"

二十大板打完，山羊胡子下位来到怀德身旁，拿起怀德的手看了看，似乎心里明白了什么。但口里还是说："先押回原监，改日再审。"

……

十二月初五那天，刘继祖带领手下十二人，在南湖操演水上阵法。当他伫立头船，舞动着手中的小旗，指挥船只向两侧散去时，突然发现，远处有一个瘦长个子在向湖中张望。刘继祖装作没有看见，继续操演。待十二条船从两边散开，摆出一个"荷花出水"的阵式时，他突然催动头船直插湖口。那瘦长个子见状，拔腿就跑。头船早已靠岸，刘继祖跳上岸来，一阵急追，在南湖与外湖相接之处，将瘦长个子抓住。经过突审，瘦长个子就是老坟洲湖匪中的"巡风六爷"，也就是那次送兰宜秋父子回家的那个尚有良知的黄牙齿。黄牙齿供认，自己也是被掳上老坟洲的，从来没杀过人，只是做些走脚报信的事。黄牙齿还说，只要不杀，自己愿为官兵带路，剿灭湖匪。刘继祖将此事上报顶头上司蔡学先，蔡学先又将这事禀报知府崔成大。崔成大感到，剿灭湖匪的时期已到。

十二月初九日，巴陵知府崔成大下达密令，十日凌晨围剿老坟洲湖匪。府丞蔡学先奉命，如此这般安排一番。是日鸡叫头遍，从岳阳码头开出四路快船，有如离弦之箭直驶老坟洲。

东路船由刘继祖统领，在黄牙齿的指引下，最先到达老坟洲西岸。继祖命所有人的口中各含一根筷子，手操家伙向那黑瓦屋逼近。黑瓦屋及周边的芦苇棚里静悄悄的，只有湖匪们此起彼伏的鼾声。原来在十月初八傍晚，兰富贵又打劫了一条大船，大船上的人都被杀了，大船上有各色各样的货，其中有四坛老酒和二十条金华火腿。湖匪们为庆祝成功，当晚将那二十条金华火腿和四坛老酒吃得精光，因此个个烂醉如泥，只有兰富贵不会喝酒，却因打劫时费了些力气，身子有些疲倦，此时也早睡着了。

看看对黑瓦屋和芦苇棚形成了包围之势，刘继祖一声令下，众人一齐点亮火把，众人一声高喊，众人一齐冲进去。芦苇棚里的湖匪们还在梦中，被这一声喊惊醒后，还不想起来。正当其犹豫之际，芦苇棚的门踢开了，几个大汉冲进来，手起刀落，睡在这一笪铺上的湖匪喽啰便成了无头之鬼。有人把芦苇棚点着了，顿时，火光冲天，整个老坟洲如同白昼。

湖匪中几个头领睡在黑瓦屋里。听到响动，立时起床，操起家伙仓促应战。刘继祖背插大刀，手提钩镰枪，带着几个贴心手下，冲到黑瓦屋前。这几湖匪头领平时养尊处优，坐地分赃，只吃不做，已经养得胖猪似的，虽然原来手上有些功夫，但哪里经得住刘继祖的钩镰枪法，几个回合下来，自"兴福二爷"、"当家三爷"以下众头领，全都倒地丧命。

方天霸在房中听到惨叫声，知道不好。便连忙收拾细软，打成两个包袱，准备逃走。兰富贵手提大刀来到方天霸房中，方天霸吓了一大跳，定睛一看才知道五弟来了。便丢给兰富贵一个包袱说："抵钱的都在这里，你我一个人一半。"

兰富贵接过包袱，背好后说："大哥随我来。"

两个人从后门出来，刚跑出六七步，便被刘继祖赶上。兰富贵回身挡住，大叫道："老子兰富贵，在这里已杀了九十九个人，看来你是要凑上一百个来了！"

刘继祖一惊，兰富贵？莫非就是隔壁兰家的兰富贵？难道他……刘继祖还没想好，一道白光闪过，兰富贵早闪到面前，对着刘继祖举刀就砍。刘继祖还想搞清是不是隔壁的兰富贵，没有急于回手，只是将身子一弓，闪到一边，躲过砍来的大刀。正在此时，刘继祖看到兰富贵身后有个身背包袱的胖汉，正向湖边逃跑，说时迟那时快，刘继祖右手将钩镰枪一掷，正中那胖汉的右腿，那胖汉一个趔趄倒下了，随同刘继租来的几个手下立即上前，将胖汉按住并牢牢捆好，这胖汉就是方天霸。这时，兰富贵对着刘继祖掷枪的手就是一刀，刘继祖左手一挡，右手从背上抽出大刀，照准对方的面门劈去。那兰富贵飞起一脚，踢正了刘继祖的刀把，刘继祖左手顺势一拳，打中了兰富贵的腰部。兰富贵被打得后退五六步，之后，重新运气，摆足了拼命的架势。刘继祖借着燃起的火光看得真切，这人确实是隔壁兰宜秋的儿子兰富贵。这时的刘继祖有些犹豫起来，杀死他？他是邻居的儿子，其心有些不忍；放走他？他是老坟洲作恶最多的家伙，放走他就等于是助纣为虐，且自己还将落个纵匪的大罪；抓住他？让他坐一辈子班房，或是被官府杀掉，也是他罪有应得！其实，以刘继祖的功夫，抓住兰富贵是不难的，问题是兰富贵是个亡命之徒，看那样子不会束手就擒，不如先给他一点厉害看看。正当刘继祖迟疑之际，兰富贵大叫一声，使出一个"饿虎掏心"的套路，将手中的大刀直向继祖刺过来，继祖将身子一闪，将手中的大刀一撇，兰富贵扑了个空，且因冲得太猛，身子一时收不住，脚步显得有些局促了。继祖看准机会，猛地一个"扫堂腿"，把那兰富贵绊倒在地。正押着方天霸的几个手下中的高个子见状，连忙上前欲将其制服，谁知兰富贵一个"鲤鱼打挺"，翻身跃起后，还一刀砍中了高个子的小腿。刘继祖忍无可忍了，将手中的大刀一阵狂舞，只听见呼呼风响，只看见烁烁白光，兰富贵从来没有见过这样的阵式，开始胆怯起来，便一边后退一边接招。刘继祖步步逼近，可那刀只是舞动而以，那刀尖几次挨着兰富贵的鼻尖前闪过，却没伤着。兰富贵开始还能招架，渐渐地被逼得无力还手了。当兰富贵将要转身逃跑之际，刘继祖看准机会，突然一个"鹞子翻身"飞起一脚，扫中了兰富贵的耳门，兰富贵应声倒地，顿时眼冒金星，耳、鼻、口同时鲜血直流。那高个子跛着脚过来，将兰富贵捆了个结实。

这时，西路船、北路船和南路船上的人都到了，见湖匪死的死了，捉的被捉了，大家都表示恭听刘继祖提调。刘继祖也不客气，叫自己这路船的人再进行一次搜查，以做到不漏一个残匪，同时，妥善安抚好被掳来的良家妇女；叫北路船的人接收匪巢的财产实物；叫南路船和西路船上的人在外围搜索，并接收东、西、南、北四个港口中的大小船只。

老坟洲的湖匪彻底覆灭了，洞庭湖恢复了旧日的安宁和平静。

十二月十五日，兰宜秋家里来了两个官差。兰宜秋知道事情不好，好酒好菜招待了两个官差。喝了酒吃完饭，两官差才告诉兰宜秋，要他在十二月十八日午时下刻到岳阳南湖嘴为儿子兰富贵收尸。兰宜秋一听，有如五雷轰顶，顿时没有了方寸；管氏一听，急得晕了过去，菊香拼命地为姐姐扭"人中"，好不容易才救了过来。菊香一面为兰宜秋和管氏送水喝一面想，这媒是白跑的了。菊香这女人经历过大悲大喜，多少有些见识，当兰宜秋夫妇都是一副六神无主的样子的时候，她提出，去把曾在兰家做过长工的两个佃户请过来，一同跟兰宜秋动身去岳阳，她还提出，多带几两银子，就在岳阳街上买一棺材，把兰富贵装殓后，再租船运回下葬。此时的兰宜秋，由开始时的心里急变成心里乱，再由心里乱变成心里恨，恨这个不争气的忤逆崽，他恨不得不去收这个祸它子的尸，让他抛尸野外；他又恨不得自己也一死了之，因为从此以后，自己在地方上做人不起了。看到兰宜秋像一个木人，管氏大哭，哭着哭着便开始大骂兰宜秋。兰宜秋没有办法，只好叫菊香去请那两个佃户。

十二月十八日辰时，兰宜秋一行赶到岳阳，在一家棺材铺里定下一副棺材，约定午时后送到南湖嘴。巳时，兰宜秋和两个佃户来到岳阳南湖嘴。南湖嘴地处南湖与洞庭大湖相连之处，这里湖滩广阔，尽管刺骨的湖风吹得呜呜作响，但四面八方的人都往这湖滩上赶，待兰宜秋等三人赶到时，这里已经是人山人海。

巳时下刻，监斩官蔡学先乘坐官轿来了，湖滩上顿时一阵骚动。

十几个兵丁奋力拨开人群，官轿才在一几案前停下。蔡学先下轿后，便在案几前坐定。

近午时，囚车来了。人们好奇地看到，这囚车就是用粗大的方木做成的笼子，笼子的上面是一块整板子，整板子中央有个圆洞，恰好供囚犯的头伸出来。囚车的前、后、左、右，是解押囚车的兵丁，推囚车的是五大三粗的大汉。人们的目光都集中在囚车上那伸出头来的湖匪，有认得字地喊道：前头那个是方天霸！后面那个是兰富贵！顿时湖滩上响起了雷鸣般的喊杀声。囚车来到湖边，解押囚车的兵丁迅速散开，用长矛枪将挤到前面围观的人群推得连连后退。经过半个时辰，终于在湖滩上腾一个半圆形空地，那些兵丁则排成一个半圆形队伍，以防人群再次挤拢。囚车打开了，被五花大绑着的方天霸和兰富贵，背上插着长长的木标，被双双推上湖边的一个土台上，面向洞庭湖跪着。

兰宜秋踮起脚跟，也想最后看一眼自己的儿子，无奈离得太远，根本就连影子也看不到。两个佃户也没出过远门，在这种场合下，都生怕离了群，到时寻人不到，因此也就紧紧地挨着兰宜秋坐在沙地上。也有很多不想去挤的人，就挨着兰宜秋那地方坐下。这些人看不到囚车，也就只好谈论着今天斩杀湖匪的事。有的说，那兰富贵杀了九十九个人，听说这次他自己也要挨九十九刀。有的说，这方天霸有五十多岁了，杀了还算得是走"顺头路"，这兰富贵还只有二十来岁，太年轻了。有的说，兰富贵这种人，早死一天，阳世上就要多活几个人，早就该杀了。有的说，子不教，父之过，这种人的父母何解不早点管教噻。听了人们的议论，兰宜秋眼睛闭着，心里像刀割一样痛，他恨不得就在那里钻进地下去……

午时二刻，三声炮响。蔡学先起身来到湖边，向湖面三鞠躬之后，从随从端着的盘子中拿起酒杯，连向湖中酹了三杯酒。然后回到座位，将"盖坊木"一拍，大声下令："开斩！"

这时，众兵丁都举起手中的长矛枪，拉长腔调高声应道："开——斩！"在场看热闹的上万人群也齐声高喊："斩！"

平时杀人不眨眼的方天霸和兰富贵，此时身子完全瘫软了，被几个大汉架着，才没有倒下去。

两个光着上身、缠着红色头巾、手提鬼头刀的刽子手走上斩台，接过大碗酒一饮而尽。当那几个大汉松手时，两个刽子手熟练地举起鬼头刀，只见白光一闪，方天霸和兰富贵的头便从斩台上滚下，一直滚到湖边临水的地方，才停下来。两个刽子手在鞋底上擦拭完刀上的血，这才来到蔡学先面前，拱手叫道："斩首已毕！"

……

看热闹的人群渐渐散去。兰宜秋此时已站立不起，两个佃户心里好害怕，磨磨蹭蹭好久，才来到湖边。正待两人前去辨认时，突然一个脚有些跛、手里拿着扁担的人，赶上前来，对着兰富贵的身躯，一顿乱打。直到这人打累了，两个佃户才怯生生地说："大爷，人死了，打也是枉然。"

跛脚人问："你们是这家伙的么子人？"

两个佃户说："我们是这个人家里的长工佃户。你大爷是——"

跛脚人抢过话说："我是开'倒耙子'的，人称丁三喇叭，我被这家伙害得好苦呀！"

两个佃户劝丁三喇叭说："大爷，只要人还在，就有办法，留得青山在，不怕没柴烧呀！"

丁三喇叭这才将扁担丢在沙滩上，顺势坐在扁担上，看着两个佃户将兰富贵的头颅用一只烂筬箕装着，倒在其尸身旁。此时，正好棺材送来了。那送棺材的人搞惯了这号事，提出只要主人出几个钱，他们就可以利索地将人装殓好。兰宜秋这时也来到湖边，听这些人一说，也就从身上拿出些散碎银钱。那几个抬棺材的人得了钱，便将兰富贵的遗体装殓入棺，并封好纸口。

接下来的事就是找一条船，将棺材运回去。可是，一连三天都没有找到愿意运送这棺材的船。船老板们恨的就是这杀人不眨眼的湖匪，何况年关将近，谁还愿意做这种晦气的买卖呢？两个佃户也回家过年心切，兰宜秋无奈，心一横，就把这忤逆子葬在湖边野地了。

十九、孙银芳抚儿孝母

　　西北风呜呜作响，临近团头湖的凌头冲几个山头上，茅草一片枯黄，经风一吹，它们都齐刷刷地向南匍匐着。在山水间，遮天的鸟雀在低空中掠过，发出一阵阵嘈杂的鸣叫。团头湖的水退得很快，湖中的"游鱼抢泡"、"团洲"等十个洲，此时都露出水面，且显得越来越大，人们在洲上搭起草棚，作为捕鱼和捉鸟的临时居所。湖边远来的船只越来越少，只有那些小小的渔船，在湖中穿来穿去。

　　兰富贵被砍了脑壳、葬身洞庭湖滩的消息，很快传遍了团头湖周边的山村。在十二月二十一那天，孙彪来到女儿孙银芳家。当得知怀德还没有回家时，他火了，大骂兰宜秋做事昧良心，正是昧良心，所以遭报应。陈想容思念儿子心切，近一晌吃饭不香，吃菜无味，身体瘦弱了很多。看到亲家那心急火燎的样子，她没有说话。这个女人经历了太多的离别之苦，丈夫一别二十多年，现在儿子又久出不归，且临近年关了，人家都从老远赶回家中，一家人欢欢喜喜吃团年饭，可自己的儿子为别人去找人，要找的人被砍了脑壳，儿子却杳无音信，这实在使她伤透了心。然而这个女人生性有事埋在心里，从来不哭。不仅如此，就连儿媳妇孙银芳有时哭，她都要好言劝止。孙银芳自十月初六怀德出外那天起，天天都到山口上去眺望，每当失望而归时，她免不了伤心起来，眼泪便成串地往下掉。当快进屋时，她总是把眼泪擦干净，再若无其事地回到家里。看到父亲那满脸的愤怒，她轻轻地扯了一下父亲的衣角，并轻声说："爹，莫骂了，这样妈妈会更伤心。"小腾芳看在眼里，心里似乎明白了什么，只见他也拉着外公的衣角说："外公，我跟你去寻爸爸去！"看着这没有了依靠的一家三代，孙彪的心酸了，他停止了骂兰宜秋，他想，现在要紧的是为这一家三代安排过好这个年。然而，这一家子里，女儿怀有身孕，亲家母体弱有病，外孙年纪幼小，都不能出去说话，只有自己这个做亲家的做父亲的做外公的，必须在这时候出面说话。想到这里，孙彪一边往外走一边说："你们都莫急，我去为你们到兰家讨个说法。"

陈想容追出大门说："亲家，也莫太那个，他兰家现在也正是急的时候。"

孙彪回过头来说："我晓得，你亲家母心里是最急的。"

孙彪说完，便撩开大步，向兰家走去。

偌大的兰家大院死一般清静。兰宜秋和管氏睡在二进正房，菊香坐在前进东房里烤火。听到外面的脚步声，她把脚从火桶上挪下来，抬起脑壳从窗子里向外张望。孙彪已经走到了大门口，菊香连忙跐着鞋子迎上去，强装笑脸说："孙大爷，稀客呀，快进屋烤火。"

孙彪没有进菊香的屋烤火，随便应付几句话之后，便对菊香说："你把兰老板请出来，我有话要说。"

菊香说："老板刚回，现在睡了，是不是……"

孙彪抢过话说："睡了，也要请他起来。"

菊香看孙彪板着脸的样子，知道搪塞不过去，只好说："是不是你先烤火，我这里就去。"

孙彪转过身子，向外看着兰家那围墙上的"爬壁虎"，一直站在那里不动。

兰宜秋终于出来了。听到鞋子拖地的声响，孙彪转过身来说："兰老板，真没想到出个这样的事呀！"

兰宜秋眼里布满血丝，嘴唇乌青，颧骨突起，一脸苍白。听了孙彪这句略带安慰的话，没有直接回答，只是不断地摇头。

孙彪知道，不能与这人过多地说话，一多说话，就会把自己要说的事扯散去。于是他直截了当地说："要寻回来的人走了，寻他的人却还没回来。这个时候了，你应该为周家打点一下。"

兰宜秋还是不说话，只是睁着那双鱼白色的眼睛望着孙彪。

菊香端着两碗热茶来了，孙彪接过一碗喝了一口。为了替兰宜秋缓和情绪，菊香说："我看兰老板和孙大爷是不是到我那房里，一边烤火一边说话。"

孙彪说："烤不烤火都无所谓，我只是要听兰老板一句话。"

兰宜秋这时感到，有菊香在场，能够多一个人说话，好歹也能帮点忙。于是他鼻子一酸，打着哭腔说："我的人没了，还说么子？"

孙彪说："你的人没了，我晓得，可是我的人为你家的事，出去两个多月还没有回来，你晓得在么子地方吗？"

兰宜秋低头不语。菊香把另一碗茶递给兰宜秋，以一种似劝非劝、似怨非怨的口气说："这个怀德也是的，怎么到过年哒，还不回来噻！"

孙彪听着就来了气，他提高嗓门说："怀德上有老母，下有妻儿，他能回来的话，不早就回来了吗？"

菊香被顶得不作声了，扭着屁股向二进正房走去。

孙彪一看，知道这婆娘是想把管氏喊出来，把事情搅烂。他想，如果那个管氏出来把事情闹散，到时自己还不好出门，还是先给兰宜秋丢句话就走为好。于是，他压低声音对兰宜秋说："我告诉你，他周家没人说话，我孙家有的是人来上门说话。你在二十四那天不为周家三口作好打点，我二十五那天早上就把周家一屋人送到你这里来。"

孙彪说完，便匆匆向外面走。兰宜秋追到大门口说："孙老板，你叫我如何打点法呢？"

孙彪头也不回地说："这我不管，你凭良心就是的。"

待管氏从房里哭数着出来，孙彪早已出了朝门。

兰宜秋对管氏吼道："还哭死呀！"

十二月二十三日的晚上，天下起了大雪。二十四日早饭后，从凌头冲到柏叶冲的山路上，匆匆走着两个人。走在前面的是菊香，她穿着棉袍，外罩枣红花布袍，右手挽着一只腰篮子。后面跟着的是兰宜秋家的一个佃户，担着一担白米。两人来到山口，菊香首先看到，从青山嘴那边，有一砂脚印进入了怀德的家。菊香猜测，应该是孙彪早就过来了。待进入怀德家一看，果然孙彪正站在门口等着。菊香知道，在周家不可久留，把米和几样年货交货点数后，便往回走。孙彪追了上来对菊香说："告诉兰老板，我只要他按长工的工价，依时按季送米过来。"孙银芳端了热茶过来了，菊香哪里还喝茶，连忙一面答应一面领着那个佃户，告辞回去了。

团头湖一带有句俗话说，"二十九过年，一促毛阵"。这年正是十二月二十九日除夕，一般人家都感到，似乎过年的准备还没做好，年就来了。兰宜秋家更是感到时间局促，儿子死了，照例也要杀猪、杀鸡、买年货，这一路忙下来，菊香真是够累的了。直到二十八的晚上，菊香还在和那个担米的佃户一起，在灶屋里忙活。按照兰家的规矩，二十九日鸡叫三遍，就要敬祖宗、吃年饭。那个佃户帮菊香做事做到初更时分，便提出要回家去。兰宜秋应允了，因为"叫花子也要回家过个年"，何况人家也有一家一室，当然也要回去过年的。菊香把事情做得差不多的时候，正好鸡叫三遍。兰宜秋夫妇正好起来，拜了祖宗后就准备吃年饭。菊香按照往常的规矩，在桌上摆了十三双筷子、装了十三碗饭、倒了十三杯酒。管氏来到堂屋，眼睛在桌上扫了一番，便对菊香说："快加上一套碗筷。"菊香会意，连忙又加了一套碗筷。三人上桌吃饭了，兰宜秋一直不说话，默默地将酒往地上倒。管氏也一直不说话，喝了几口汤，便离席了。菊香更不敢说话，在灶屋里一连忙了几天，她太累了，加上闻多了油烟的味道，更加不想吃东西，出于礼节，她夹了一只鸡腿送到兰宜秋的饭碗里。兰宜秋还是不说话，吃了那鸡腿后，便放下筷子离席了。菊香无奈，又忙着收拾。

孙银芳家的年饭也吃得早。她照例清蒸了整鸡，做了红烧肉，煮了新鲜鱼，还有白菜苔子、莴笋片子等小菜，还特意炖了一大钵芋头。也同样敬了祖宗之后，三代人便开始吃年饭。小腾芳吃着吃着，突然问道："娭馟，何解过年还吃芋头呢？"

陈想容微笑着说："芋头就是顺头，吃了芋头就会使你爹在外面顺顺利利。"

腾芳说："那我不吃鸡、肉、鱼了，只吃芋头。"

孙银芳夹了一只鸡腿放到陈想容的碗里，又夹了另一只鸡腿放到腾芳的碗里，并说："宝崽，鸡、肉、鱼还是要吃啰。"

腾芳说："不哩，我越多吃芋头，爹爹在外面就越顺利呀！"陈想容笑了，孙银芳也笑了。

陈想容一面把鸡腿夹到孙银芳碗里，一面说："来，你们两娘崽都把鸡把子吃了，你爹就健旺；我来把这抓钱爪子吃了，你爹在外面就能多赚钱。"

腾芳听娭馟这样一说，也就顺从地吃起鸡腿来。

看着腾芳那吃鸡把子的样子，陈想容好像就看到怀德小时吃年饭的光景。

她心里想，这人呀，老得真快，过了年，自己就是五十五岁了。再过二十年，自己便是七十五岁的人了，到那时，怀德做爷爷了，自己做了姥姥了……

"娭馟，你在想么子呀？"腾芳吃完鸡把子，又夹一坨大芋头，一面吃一面问。

腾芳的问话打断了陈想容的思绪，她连忙回过神来说："我在想，你快点长大，多读点书，做一个知书识礼的人呀！"

"爹是知书识礼的人吗？"腾芳心里还总是想着爸爸。

孙儿又提到了他的爹爹怀德。在陈想容心里，怀德是个好儿子，他只读几年书，近二十年来，一直有空就看书，且一直对自己很孝顺。既然孙儿问了，她便对孙儿说："你爹是个知书识礼的人，还是一个很孝顺的人。"

腾芳听了娭毑对爹的夸奖，心里还不满足。他眼睛瞟了孙银芳一下，又夹了一坨芋头问："那妈妈呢？"

陈想容心里很喜欢孙银芳，她觉得这个媳妇能干、勤快、性格好。但她还真的没有夸奖过，既然孙儿问起，也正是夸奖的时候。于是她笑着说："你妈妈里里外外的事都做，对我也很孝顺，是个好妈妈。"

孙银芳夹了一坨红烧肉放到陈想容的碗里，笑着说："妈，你先吃菜；腾芳，你何解咯样多的话呢？"

腾芳又准备去夹芋头，听妈妈这样一说，便笑着说："我今天吃了顺头，所以话就顺着出来哒！"

陈想容和孙银芳都开心地笑了起来。

年饭从天刚亮吃到了辰时上刻，陈想容心里总是想着怀德，也想着怀着身孕的孙银芳。这时，她将话题一转，对孙银芳说："怀德是个知书识礼的人，肯定会回来的；不管么子时候回，从今天开始，你不要做外面的事了，因为你已有半把日子了，有事我去做，一定要听话，好吗？"

孙银芳还是把她娘的那句话搬出来之后说："妈，你放心，我有分寸的……"

孙银芳的分寸就是不停地做事。里里外外的事，粗粗细细的事，她都坚持不要婆婆去做。陈想容把好好歹歹的话都说了，把前前后后的比如也打了，可孙银芳总是说，要老人家做外面的事，就是不孝，我不能做不孝的媳妇。每当她们两婆媳为做事而争论时，腾芳就在中间插话，说妈妈不听娭毑的话，也是不孝！陈想容以为孙儿在帮自己说话，便拿起锄头往外面走。腾芳一把拉住说，妈妈讲，如果要老人家做外面的事，就是妈妈不孝，我要听妈妈的话，把你留在家里。陈想容说，你这小子，两边的话你都听进去哒，把我留在家里做么子呀？腾芳说，为我讲爹爹读书的故事嚛。这样一来，陈想容没办法了，只好放下锄头，牵着腾芳进屋。孙银芳则笑着上山去做事了。

十几块"挂牌土"里，洋芋子齐刷刷地都长出了苗。孙银芳蹲在土沟里，把洋芋子苗旁边的冬茅、蕨子一根根地拔掉，又细心地用一齿锄把土薅松，并在每根洋芋子苗边覆上土。一连十多天，终于把这十几块土的中耕除草搞完。之后，孙银芳从家里担来杂粪，为洋芋子追肥。

转眼到了四月中旬，洋芋子苗开始发黄，孙银芳更加忙碌了。这天早晨，孙银芳担起箩筐、拿着耙头来到山上，开始挖洋芋子。她每挖一蔸，就把洋芋子的老苗翻埋在土里，并把土重新整好。那洋芋子都有拳头大一个，每蔸洋芋子苗下有七八个，她还只挖半块土，就足足地捡满了一担。她流着汗，高高兴兴地担回家里。陈想容看了，心里好担心的。吃完早饭，陈想容带着腾芳，随孙银芳一起来到山上。孙银芳每挖一蔸，立即由陈想容和腾芳捡上，将洋芋子丢到箩筐里。当箩筐里装到一半时，陈想容趁孙银芳不注意，担起来就往家里走。

没有了箩筐，腾芳捡的洋芋子没地方放了，便问孙银芳："妈妈，我把洋芋子丢在土沟里要得不？"

孙银芳一边挖一边回答说："宝崽，放在箩筐里噻。"

腾芳回答说："箩筐被娭毑担回去哒。"

孙银芳这才伸直腰，转过身来一看，陈想容担着洋芋子快到家门口了。她也不好再喊什么，只是对腾芳说："你把洋芋子丢在土沟里要得，莫丢散哒，要堆在一起。"

陈想容担着空箩筐和两个竹篮子来到山上，孙银芳已经挖完一块土，腾芳也把洋芋子都捡好，在土沟里堆了好几堆。

孙银芳看见婆婆流着汗，便说："你老人家莫担喽，还是让我担吧。"陈想容一面将洋芋子捡进箩筐，一面说："你挖，腾芳捡，我来担，这样做事快得多。"

孙银芳听了，觉得也有道理，便说："那你老人家就少担点，宁愿多走几个来回。"

腾芳手上沾满了黄泥，一只"夜蚊子"叮在脸上，他使劲就是一巴掌，"夜蚊子"打死了，可他脸上却糊出了一个太极图。他听到孙银芳说宁愿多走几个来回，立即站起身子说："妈妈，你何故要娭毑多走几个来回呢？这不就是不孝吗？"

陈想容一面用衣角为腾芳擦脸，一面说："细孙呀，少担点多走几个来回，这叫轻快轻快，这是你妈妈怕累了我，才这样说呀！"

腾芳眨着小眼睛说："等我长大了，既不要妈妈挖，也不要娭毑担，都归我一个人做。"

孙银芳笑着说："等到你能做事，我也老了。"

陈想容也笑着说："老了也还是要做事，老班子说，人老骨头枯，正好做工夫。"

腾芳指着竹篮子问陈想容："娭馺，这篮子也是装洋芋子的吗？"

陈想容说："正式的，还是我孙儿聪明。"

腾芳搂着几个大洋芋子放进竹篮，抬起头对孙银芳说："难怪娭馺说人老正好做工夫，你看，有两个竹篮和两个箩筐，洋芋子就不要堆在土沟里，这样做事不就更快了吗？"

孙银芳笑着说："只有你的话多，只有你就聪明！"

腾芳一面头也不抬地捡着洋芋子一面回答说："我看看还是娭馺的办法多，还是娭馺比你聪明！"

陈想容和孙银芳都大笑起来。

一家人就这样，用三天的时间收回了二十来担洋芋子，又用三天时间，插好了红薯苗。

五月初四日端阳节前，孙银芳背着一袋洋芋子，提着几个纸盒礼品，带着腾芳回了一趟娘家。

正好朱良桥宇文先生来孙家造访。宇文先生家与孙彪家是世交，孙彪经常送鱼给宇文先生下酒，宇文先生精于易经，平时在朱良桥一家私学馆里授经，没有工夫出来，此次趁端阳节学子们回去了，所以特来孙家一叙。孙彪见机会难得，直截了当地请宇文先生为怀德推演易卦。孙彪报出怀德是丙申年十月初六午时上刻时出门的。宇文先生闭目良久，侃侃而谈：去年为丙申，申年为九，十月为十，初六为六，午时为七，因此其上卦为"离"，下卦为"坤"，动爻为"爻动"。此三卦相，化成"火地晋"和"火水未济"二卦。"火地晋"者，噬嗑也，噬嗑者，咬合、刑罚也，从卦相上看，恐怕出行人有狱讼之事。然本卦刚爻和柔爻平均分配，虽居位不利，但对于狱讼这事仍还是有利的；火水未济者，未济也，其卦相上坎下离，表征办事未成功，九二居于中位，虽居位不正，但中优于正，因此有凶险，但"三年有赏"而困厄消除，君子之光，其晖吉也。有可能今年就会有个了结。

宇文先生说完，喝了一口茶。

　　孙银芳多少听懂了一些话，她想，只要人还在，就有望头。孙彪急切地问："先生，这出行人现在有方位吗？"

　　宇文先生说："从五行上推算，北方属水，应是北方临水的地方。"吃中饭了，宇文先生在席间还把易卦上的一些话进行了解释。

　　中饭后，宇文先生告辞回家，孙彪送出很远。

　　孙银芳回家后，把宇文先生推演易卦的事告诉了陈想容，陈想容长长地嘘了一口气。

　　五月初九日，孙银芳顺利地生下一个胖小子。

二十、周怀德洗雪还乡

自南湖嘴公开斩杀湖匪方天霸和兰富贵之后，那些关在狱中与湖匪有牵连的人，都先后发配充军到了贵州、海南。几间牢房空出来了，那些坐"聋子班房"的人也算不幸中有幸，他们被重新安排住处，由八个人一间变成了四个人一间，这样一来，感觉宽松多了。

怀德没有被发配充军，却也再没有安排他与那些偷鸡摸狗的人住在一起。这样的安排，不是因为注销了他通湖匪与匪属的罪名，而是得益于他自己写的一纸申诉状。

那是在南湖嘴斩杀湖匪的先一天，所有"通匪"的犯人都被拉到狱中的大坪中训话。怀德开始不知道发生了什么事，只听见走道里铁链子拖地的响声连成一片。"聋子班房"里的人都猜测着，长哥说，那些人只怕是去吃最后一餐饭。尖喉咙说，那些人可能今天就是去充军。矮胖子说，那些人今天可能是去陪斩。怀德听了，心里有些惊惶的，自己也是以"通匪"和匪属的罪名进来的，搞得不好，自己也在什么时候会被拉出去。但他心里又想，一旦拉出去，自己就要大喊冤枉，老子行得正坐得稳，没什么可怕的，再不能这样下去了。就在这时，"聋子班房"的门打开了，两个狱卒站在门口喊道："周怀德，出来！"房里的另外几个人都一齐望着怀德，怀德起身穿好鞋子便跟着狱卒走了出来。当来到大坪时，怀德看到，大坪周围站了很多狱卒，中间站的是那些戴着脚镣手铐的人，这些人低着头，面向南方，排成两排。怀德在最后一排站定后，那个山羊胡子走着"家官路"，在两个兵丁护卫下，来到犯人队伍面前。正当他清了清嗓子准备训话时，怀德大声喊道："小人冤枉！"几个狱卒上来，举起长矛就打。怀德闪在一旁，那狱卒再次举起长矛，准备打过去时，山羊胡子说："慢！"那两个狱卒方才收手。山羊胡子问怀德："你是——怀德答道："我是周怀德，在大人面前已经过了五次堂了。"山羊胡子"啊"了一声，手摸着胡子，好像是在想起什么。良久，才威严地说："先听训话，后听发落！"怀德这才不作声了，山羊胡子开始训话。训话无非是要犯人们老实认罪、重新做人之类的陈词滥调，怀德耐着性子，一面听一面想，看来这山羊胡子记性不好，还是要白纸黑字把自己的冤情写出来，好让他和那些当官的能看得到，只要当官的看到了，事情才能搞清楚。这时，大坪上又响起了铁链子拖地的响声，怀德这才回过神来，看到犯人们仍然被带回牢房。犯人们都走后，山羊胡子问怀德："周怀德，你说过你在家里是做么子的？"怀德说："做长工的。"山羊胡子说："正好，菜园里的刘老头得病回家了，你去接替几天，把土里的萝卜都收回来。"怀德心想，莫非是这老家伙想试探我，是不是真正的长工？莫非是这老家伙考验我，会不会逃跑？但不管怎样，这样比坐在"聋子班房"里好得多。于是他说："谢大人派我做事。"就这样，怀德由两个狱卒押着，来到菜园。先是扯萝卜，再是担萝卜进屋。两个狱卒在一旁看着，觉得这个犯人做事有条理、有力气，确实应该是做长工的。几天的相处，怀德与两个狱卒有话说了。怀德说这么多萝卜，要过秤称出总数，到时也有个交接。两个狱卒便找来一杆大秤。怀德见到大秤后又说，萝卜过秤后必须记码，那两个狱卒又拿来了纸笔墨砚。称萝卜时，那两个狱卒说，我们都不会写字，也不认得秤，你看秤和记码吧，我们来称。怀德求之不得，记完码后把剩下的纸留下，当晚他就着现成的纸笔墨砚，一气呵成写好了申诉状。第二天，又通过两个狱卒，把申诉状交给了山羊胡子。山羊胡子鼓起眯子眼一看，上面写着：

具申诉状人周怀德。住长沙县新康都柏叶冲，自幼承母命览读四书五经，十三岁起做长工，五年前来到兰宜秋家庸工。兰家独子兰富贵一直在外不归，小民只见过一面。本年十月初六，兰家着小民外出寻找。经打听，兰富贵在洞庭湖中的老坟洲。小民在岳阳楼旁打听老坟洲时，被官兵抓住，以"通匪"和"匪属"之罪关押至今。整肃洞庭为民除害，小民感恩戴德。然小民无罪却受关押，实为莫白奇冤。特具此状，敬请青天大人明察。

山羊胡子看完，不但觉得这个做长工的周怀德的文笔还不错，而且还觉得，如果真正是申诉状中所写的那样，也就应该把他放了。但山羊胡子做不了这样的主，只有府丞蔡学先才能做这个主。此时，他摸着胡子，心里想，蔡府丞不久可能来这里视事，到时就要把这申诉状递上去。果不期然，年关过后，蔡学先为审核通匪人犯案卷的事来到狱中，山羊胡子将所有案卷摆好，让蔡学先一一审阅。完了之后，趁府丞称赞时，将周怀德的申诉状递了过去。蔡学先看了之后，不置可否地说："先让这人在菜园里做事吧，待查实后再予定夺。"山羊胡子领命，便将怀德安排在菜园里居住。怀德从此告别"聋子班房"，虽然有两个狱卒在一旁跟着，但有事做了，活动的地方大了，感觉不知好了多少倍。开春后，怀德在菜园里栽了十几块土的辣椒树，种了三大块土的苋菜，四大块土的空心菜。两个月后，菜园里绿油油的一片。狱卒们的餐桌上丰富了起来，犯人们的饭碗里也出现了难得一见的新鲜小菜。

崔成大报请朝廷批复，设立了洞庭水上协镇。洞庭水上协镇专事洞庭湖水上防务，其具体职责是"教训治甲兵，巡逻州邑，擒捕贼盗事"。洞庭水上协镇下辖四个"塘"，分别驻鹿角、麻塘、垒石和城陵矶。在蔡学先的力荐下，刘继祖出任洞庭水上协镇的统领。

自在新墙河街头揭榜剿匪以来，刘继祖一直没有回家探望老父母。端阳节过后，他把协镇里的事情料理清楚，准备回家一趟。因为这协镇是个正儿八经的官，因此当官就有官的套路。继祖想回家，就必须"告假"。继祖浪荡惯了，这几个月把他搞得很不自在，现在又要"告假"，他心里多少有些烦躁。这天，他坐在协镇衙门的书案前，准备写"告假文书"。刚拿起笔，心里又迟疑了，这"告假文书"怎么写呢？此时的他，开始想念结拜兄弟周怀德起来。想当年，如果自己稍为勤快一点，和怀德一起多学几个字，多学写些文章，那如今要写这样的卵家伙也就不得为难。可是现在什么都迟了，怀德不在身边，又不好向别人问，一问就会"穿泡"，人家就会说我这个协镇是只光眼瞎子。想来想去，继祖只好硬着头皮继续写。可是，告假文书的那个"告"字还没写完，外面就有人喊："协镇大人，来客啦！"

刘继祖把笔一丢，连忙出来迎客。这客来得真好，也真是时候。因为这位客不是别人，正是协镇的顶头上司蔡学先。

刘继祖打着拱手说："不知大人来协镇视事，有失远迎。"

蔡学先笑着说："你这衙门新开，早就想来祝贺一番，总奈事多抽不开身，请恕罪。"

刘继祖把蔡学先迎入客厅，又寒暄一番之后，就想提告假一事。可这时蔡学先说："协镇从剿匪到现在，一直忙于职守，怎么不把内眷接过来呀？"

刘继祖低头一笑说："蔡大人，惭愧呀，我还没有内眷。"

蔡学先哈哈一笑说："你到岳阳城里去选，选中了我来做媒。"

刘继祖红着脸说："不瞒大人说，我还小的时候，我家父母与陈家订下了指腹婚姻，就是不知道如今还是我的人不。"

蔡学先又问："家里还些什么人呢？"

刘继祖回答说："家里父母双全，我是单打鼓独划船的。"

蔡学先到这时才把话转入正题，喝了口茶说："把这里的事交给副手，你回老家一趟，一是探望父母，二是选好内眷，三……"

刘继祖以为，蔡学先那"三"是关于湖匪家属的事。他想，自己家与兰富贵家屋挨着屋，这样的事作为邻居，有些不便办，也不能办。所以，蔡学先的话还没完，他就抢先说："蔡大人，兰富贵是我家邻居，这事最好让别人去办，以别嫌疑。"

蔡学先不慌不忙从袖里拿出一张纸说："我不是要你办兰家的事，我是要你去办这个人的事。"

刘继祖接过那张纸一看，居然是周怀德的申诉状！周怀德怎么啦？难道他与兰富贵有牵连？刘继祖怎么也没有想到，怀德竟然现在被关在岳阳的监狱里！周怀德是好人，周怀德是结拜兄弟，我必须帮助他！刘继祖这样想着，嘴里也就说出来了："蔡大人，周怀德是长工，而且在我家做过长工，现在兰富贵家做长工，这一点不假！"

蔡学先顿了顿说："现在要紧的不是他是不是长工，而是他是不是通匪！是不是真的是出来寻兰富贵而被抓的！"

刘继祖急切地说："那就派人去长沙新康都去……"

蔡学先也打断刘继祖的话说："是呀，我刚才没说完的'三'，就是要你去察访一番。"

刘继祖本想是满口答应的，但转念一想，这又有些不便。因为自己与周怀德也同样是同乡人，且是结拜兄弟，这样重大的事情不能与私情混在一起！如果混在一起，搞得不好，就会"烧洗脸水巴锅"，反而把自己牵连进去！想到这里，刘继祖正色说："蔡大人，这事还是另外委派两个人去察访为好。"

蔡学先问："何以见得呢？"

刘继祖把个中的关系详细讲了一番，末了还说："我知道，这察访的经过也会要写进案卷，日后如有人翻阅案卷，知道我和他是这样的关系，那别人会不会有话说呢？"

蔡学先点头沉吟良久，连连说："有道理，有道理。"

刘继祖趁机提出回家的事。说自己正准备写告假文书，写好后呈蔡大人恩准。蔡学先说，让你回家去住十天半个月，告假文书就不要写了，你只告诉我，几时动身回家。刘继祖这才如释重负，但又想到，如果马上就回家去，就会显得自己过于急切。于是告诉蔡学先说，想在三天后动身回家，协镇衙门里的事都已安排好，由副手代理。蔡学先点着头，表示同意，并说还有事情要去府衙向崔大人述事。说完就告辞出来乘轿，向府衙方向去了。

这蔡学先也真是有城府，他之所以要刘继祖回家察访周怀德的事，实际上是试探继祖的处事能力。幸好继祖当面提出不掺和怀德的案子，并提出另派两个人去办理此案；又幸好继祖提出在三天后回家，这样就给蔡学先抢先派人去办理怀德一案让出了时间。蔡学先从协镇衙门出来后，根本没有去府衙，而是去了监狱。在监狱里选了两个能说会道且能写的字的小吏，交代一番之后，便命其即刻动身去了长沙新康都。

此后，蔡学先更加信赖刘继祖了。

两个小吏在凌头冲、柏叶冲和青山嘴等团头湖边的村子里转了两天。所到之处，都是说怀德是个既勤快又孝顺的好人，人们都说，怀德一直在凌头冲做长工，从来没有出过远门。这次出门，是老板的差遣，不得不去，去也是为了把老板的儿子找回来。这里的人们都不知道兰宜秋的儿子是湖匪，怀德也同样不知道老板的儿子是湖匪。直到兰宜秋的儿子被杀之后，人们才知道的。两个小吏做事很稳当，听了人们的述说后，把大意写了出来，让每个人在下面押手摸。手摸押满了两张纸，两个小吏还不放心，又找到甲长孙福材，要孙福材出了张"保证字"。再到设在乔口的新康都总那里进行了签证，又在新康裕源糟坊打了十斤谷酒，这才回到岳阳，向蔡府丞复命。

刘继祖本来是可以带两个随从回家的，但他不喜欢张扬，就一个人乘坐快船，从岳阳码头出发，过洞庭循湘江而上，在乔口进入柳林江，再从柳林江进入团头湖，在仙泥墩靠岸。船老板把船停好后，便和继祖一道，一人担一担笼子回到家里。刘老太爷老两口好不喜欢，第二天就要陈寅初把几个佃户叫过来，又是杀猪，又是请客，在禾场上搭起棚子，开了几十桌。席间，家住陈壁照的陈锡全准备向继祖祝酒。刘老太爷连忙起身挡住说："亲家，这个使不得，应该是由晚辈向长辈敬酒！"

原来，这个陈锡全就是继祖的未来岳父。陈锡全的女儿已经二十四岁了，名叫陈桃芝，一直待字在家，等待着刘家的聘帖。陈锡全是刘老太爷特意请来的，此时刘老太爷端着酒杯，对继祖说："儿呀，当年我与陈老太爷指腹为婚，现在他女儿等你多年，你在外也一直没有人陪伴。我知道你们都在等着，现在回家了，向岳父大人敬杯酒吧。"

继祖知道这回事，所谓的岳老子，是小时候见过，至于妹子是什么样子，从来没见过。从内心里说，继祖有些"打内官司"，但是，父辈们办的事不能违抗。在众人的吆喝声中，只见继祖端起了酒杯，红着脸来到父亲和陈锡全面前说："孩儿不孝，久不归家，这杯酒敬两位老人家，愿老人家添福添寿。"

这时有人喊道："酒是敬得好，就是没喊岳老子！"

刘老太爷知道儿子有些难为情，与陈锡全轻声耳语几句后，大声说："大后天是五月十八，正是黄道吉日，这里的棚子不拆，到时请各位来喝喜酒！"

众人一齐举酒，一齐欢呼。

五月十八那天，陈想容早早来到刘家道喜。刘继祖因筹办婚事，没来得及去怀德家，见怀德的母亲来了，便连忙出来，把陈想容拉到里屋，将怀德的情况和怀德即将回来的消息一一告知了陈想容。陈想容如释重负，终于开心地笑了。

二十四岁的陈桃芝端庄秀丽而且能干，过门到刘家后，与继祖甚是恩爱。继祖假期快满了，将要动身回岳阳。先天晚上，继祖问新婚妻子陈桃芝，是跟着去岳阳还是留在家里？陈桃芝说，我去岳阳，家里的老人谁来打招呼？

继祖动身那天，陈桃芝一直送到团头湖边，一直看着船开走了，不见了，才回到家里。回到家里，便麻利地料理起家务来。

也就是从这天开始，开明的刘老太爷把当家的钥匙交给了新来的媳妇。

回到岳阳后，继祖特地去拜见府丞蔡学先，一来是去销假，二来是去探听怀德的案子。继祖知道蔡学先喜欢喝酒，所以从家里带来一坛好谷酒。蔡学先一见，喜欢得不得了，连连问道："这是自家蒸的吗？"

继祖说："这是我家用'重阳糯'谷蒸的，不知道合不合大人的口味。"

蔡学先迫不及待打开封口，顿时，一股浓重的醇香弥漫在整个屋子里。继祖为他倒了一小杯，蔡学先慢慢地抿了一口，又慢慢地吞下去，之后连连吧嗒着嘴巴，再后连连点头说："好酒，好酒，劲道足，又醇厚。"

话题慢慢转到了怀德的案子上。蔡学先说："两个去你们长沙的小吏早两天回来了，他们也从新康带回了谷酒，但比你这酒差远了。"

继祖就是想来问怀德案子的，眼前这位蔡大人由品酒谈到了两个小吏办差，正是试问的时候。于是他绕着圈子说："小吏们就是这样，舍不得银钱打好酒，却舍得跑到新康去打酒。"

蔡学先又抿了一口酒，吧嗒了一番嘴巴，再把酒杯子放下说："你这话说得很实在，他们确实舍得跑路，我看了他们拿回来的文档，那上面押有一百多个手模，还有甲长、都总的印鉴，看来这个周怀德的案子可以了结了。"

继祖一听，心里还是不放心。他想，那么多人签押，是说怀德好还是说怀德不好呢？于是他又绕着圈子说："一个人呀，倒不得霉，一倒霉就有'踏沉龙船'的。"

蔡学先从袖里拿出一沓纸说："那也不见得，周怀德进了班房，可地方上都说他是好人。你看看，这上面是怎样说的吧。"

刘继祖这才放心了。他没有看蔡学先递过来的那几张纸上写的什么，只是说："这个我不便看，因为这有些不合我的身份。"

蔡学先左手将那几张纸仍然放回袖内，接着右手又端起了酒杯说："不看也好，只是按照规矩，把周怀德放出来，还要有个人作保，你能作这个保吗？"

刘继祖要的就是这句话，只见他站了起来，对着蔡学先拱手说："卑职愿意作保。"

三天后，刘继祖拿着蔡府丞的手贴来到狱中，为怀德办理好了出狱事宜。怀德背着那装有两本书、一件皮袍的包袱，跟继祖在剃头铺里修理一番，又在协镇衙门的澡堂里洗了一个痛快的澡。

继祖在岳阳最好的饭铺"玉楼东"里摆了一桌酒席，为怀德压惊。席间，坐在上首的蔡学先从袖内取出上写"好人就是好人"六个大字的一纸，递给怀德。怀德起身接过后，斟上满满的一杯，向蔡府丞敬酒。蔡学先接过，一饮而尽。

两天后，怀德坐上继祖安排的快船，回到阔别九个月的家。

二十一、法智涅槃万佛殿

　　法智在密印寺讲了三天经后，又为圆慧大师的病情作了些调理。百岁高龄的圆慧大师竟然百病消除，不但气色好了，而且返老还童，须发转青。十年后的一天，他在经堂打坐，又突然感到心气下坠，便知道大限来了。于是先写好一封信，接着他把静悟叫到跟前，如此这般吩咐一番。静悟领命，拿着信即刻前往夹山寺。

　　夹山寺住持静园法师已在三年前圆寂，众僧迎请法智做了夹山寺的住持。静悟来到夹山寺，法智一眼就认出了他。十年未见，法智与静悟一见如故，彻夜长谈。临近五更时，静悟拿出圆慧大师的信交给法智，并说明此番来意。法智得知圆慧大师身染大恙，立即起身，要为大师配制药丸。静悟一把拉住说，请先看了信再作道理。法智只好剔去灯花，拆信细看。原来，圆慧大师在信中恳请法智速来密印寺，有要事相托。法智不敢怠慢，天亮后便召集众僧，将寺中俱事交与大徒弟法空执掌，然后随着静悟，前往密印寺。

　　圆慧大师以高僧大德之礼，迎请法智入寺。在密印寺经堂里，圆慧大师对僧众说："老衲行年一百有十，再不能虚位此间。现请来法智大师，即日起住持全寺事务。"说完便双手合十，溘然闭目。众僧跪地，双手合十，口念"阿弥陀佛"。这时，圆慧微启双目，用尽余力说："静悟腊龄长，视管寺中俗务，与法智以师兄弟相称。"静悟闻声，五体着地而拜。待拜毕，圆慧大师已经圆寂。

　　静悟是圆慧大师的大徒弟，大师对他既有救助的知遇之恩，也有教诲的再生之德。圆慧大师圆寂后，静悟请法智主坛，为圆慧大师举行了历时七天的超度大法会。之后，又精心策划，为法智举行了庄严的住持升座大礼。之后，法智大师向大徒弟法空写了一封信，信中主要内容就是要法空代理夹山寺住持，另外还交代，将那个黄漆大木箱交与送信人带回密印寺。静悟几次去过夹山寺，便主动提出由他承担送信一事。是日，静悟带着一个小僧，去了夹山寺。

法智大师住持密印寺后，在承传圆慧大师衣钵的同时，对其弘扬佛法的理念进行了光大。这就是一改历来纯粹的一人讲经、众僧听经模式，变成了选题发问、答疑辩解的论经模式。法智大师为使众僧领悟个中真谛，以首场论经会做出示范，全由法智答疑解惑。

这天辰刻，经堂里座无虚席。除了几个在万佛殿的值守僧之外，习练拳脚的武僧、打杂扫院的小僧、闻讯而回的云游僧、锄园种菜的庶务僧，全都来到经堂，争相聆听这场论经大会。

法智大师不拘一格，到场后就坐在僧众中间。静悟说明宗旨后，僧众们便开始发问。

一个须眉皆白的老僧站了起来说：“老僧圆空，请问，何为‘唯识宗’？何为此宗之名相？”

这是一个有关佛学派别的议题，自汉代佛学传入东方，即有许多派别。一般僧人只读经、念经，少有精力研读这样精深的佛理。法智在茅庐面壁时，已在这方面下了不少的功夫。这时，众僧都把眼睛望着法智，法智正襟危坐、双手合十、不慌不忙答道：“唯识宗者，与‘三论’、‘天台’、‘华严’并存也，唯识为大唐玄奘大师至西方求法，从戒贤、智光诸师习瑜伽、唯识论，归东土后发畅奥义，又撰成唯识掌中枢要以释之。唯识宗立有‘八心法’、‘五十一心所法’、‘十一色法’、‘二十四不相应行法’、‘六无为法’，立有‘遍计所执性’、‘依他起性’、‘圆成实性’，还立有‘声闻训性’、‘缘觉种性’、‘菩萨种性’、‘不定种性’和‘无情有情’。万物唯识、识外无物。识为核，转第七识为平等性智，转第六识为妙观察智，转前五识为成所作智。此唯识之名相也。”

圆空听完，颔首说：“老僧明白了。”

一个瘦高个子僧人问：“玄奘大师之后，又有这样的佛门大德吗？”

法智大师仍然盘坐着说：“有呀！禅宗六祖慧能祖师，得黄梅五祖弘忍祖师传授之衣钵，继承东山法门，著有《六祖坛经》《金刚经义》等经典流传于世。大唐中宗皇帝追谥慧能祖师为大鉴禅师。本寺的开山祖师大圆禅师灵佑大师，师从百丈禅师，悟‘三种生’，倡‘顿悟’，开沩仰宗一派。灵佑大师有训：‘以要言之，则十几里地不受一尘，万行门中不舍于法。露真常，理事不二，即如如佛。偌也单刀趣人，则凡圣情尽体。'这都是佛门大德呀！"

众僧都默默静听，瘦高个子僧人合十说："小僧记下了。"

这时坐在法智旁边的一个扫院小僧，一面向法智大师递茶一面问："大师，什么是缘，缘从何来呢？"

法智大师接过茶喝了一口，面带慈祥说："遇合就是缘，相见就是缘。缘由前生注定，我的师父静空说过，'前生五百次的回眸，才换得今生一次擦肩而过。'今生的'一念愚则般若绝，一念智则般若生'，般若生则超脱轮回之苦，超脱轮回之苦即是得了佛缘。"

那小僧听了，不知道懂也未懂，连连地点着头。

一个年轻的大个子武僧站起来说："请问大师，怎样的行止才是真正的参禅？"

法智大师说："读经是不能少的，悟经更为重要。佛曰：'坐亦禅，行亦禅，一花一世界，一叶一如来，春来花自青，秋至叶飘零，无穷般若心自在，语默动静体自然。'这就告诉芸芸众生，参禅无处不在，无处不有。"

……

这场论经大会，就这样一问一答，从辰刻到酉时。此后，密印寺每隔半月，就要举行一场这样的论经大会，只不过回答提问的，再不是法智大师一人，而是每个僧人都要做好回答提问的准备。

在法智大师倡导的这种参禅悟道方法启示下，密印寺里出现了新的气象。平时，密印寺里的僧人们做完功课，就要三五成群，一起论经参悟；做功课时，更是聚精会神，心无俗念。就连那些习练拳脚的武僧们，也都手不释卷。每当演练完毕，便论起经来。

这天，武僧们正在万佛殿前大坪东边那棵白果树下论经，突然，从山门口闯进一个十几岁的小伙子。他满身泥尘，灰头土脸。进入寺内后，便朝武僧们围坐的白果树下跑来。武僧们谈得正在兴头上，小伙子的到来，全然没有察觉。

小伙子见众僧人都没有理他，便跪地叫道："师父们在上，我要出家，我要习武！"

这一叫，打断了武僧们的谈话。那个为首的武僧印空过来问道："小施主请起，要习武不难，只要求得大师应允，我们就能收你。"

小伙子抬起头来问："谁是大师？"

　　印空不便说出大师的名字，也不好拒绝小伙子的要求，便说："你先在这里，我进去问问。"

　　不多时，印空领着法智大师出来了。那小伙子倒也灵泛，见法智大师穿着不同，便上前跪地喊道："大师，我要出家，我要习武！"

　　法智大师双手合十道："阿弥陀佛，小施主请起来。"

　　印空上前把小伙子扶起，法智大师这才看到，这小伙子衣着不整，手上还有伤迹，便问道："小施主为何要出家？为何要习武？"

　　小伙子说："我没有了家，所以要出家。"

　　法智大师觉得，这孩子没有了家，是多么的无助，佛门对于这样无助的人，理所当然是要救助的。然而，这孩子忧伤的目光里，带有凶愤之色，想是必有隐情。于是问道："你吃过饭没？"

　　小伙子把头一低，小声说："我已经两天没吃饭了。"

　　法智大师对印空说："印空，你带小施主去用饭。"

　　印空遵命，带着小伙子去了饭堂。法智大师与众武僧们交谈了半个时辰之后，也去了饭堂。

　　此时那小伙子吃了饭，洗了脸，神色好多了。法智大师对印空说："你去吧，我与这小施主有话说。"

　　法智大师把小伙子带到客堂。一个小僧端上两杯热茶，分别摆在两人面前。看着小伙子喝了茶，法智大师平静地说："我看你手上有伤迹，脸上也有伤迹，一定有什么伤心之事才来到这里的。这里是佛门净土，佛家以慈悲为怀，救人脱出苦难。说出来吧，你有什么苦难？"

　　小伙子沉默着，一直没有说话，只是不断地用衣袖擦眼泪。法智大师也不催促，静静地陪坐着。那个小僧又上了一杯茶，小伙子接过茶喝下后，开始哭诉起来。

　　原来，小伙子姓张，名叫张天一，家住安化仙溪都五甲凤形山。七岁丧父，八岁丧母，由叔父母抚养。十五岁时，叔父母相继去世，他落得孤身一人。一个远房叔辈起了霸占这两家的房山田产的不良之心，先是请来族人，说是要收天一为子。天一以要守父辈之业为名，不愿出寄。远房叔辈又提出要代为经营天一父辈所遗田产，天一又以自己年近十六，当自立门户为由，加以拒绝。远房叔辈两计不成，又生一计，假造一纸张天一父亲开的借据，说是父借子还，天经地义。天一不识字，接过借据就撕了。这一来，远房叔辈大打出手，不但带着三个儿子将天一毒打一顿，还叫三个儿子将天一家的房子和天一叔父家的房子全部拆了，并投诉族人，说是天一撕毁借据赖父账不还，要将其田山作抵还账。族人几次调停，天一不从。族人不知底细，也就不了了之。就这样，天一成了无家可归、无业可守的一个光人。但天一生来倔强，这天又去找那远房叔论理，又被那远房叔痛打一顿。

法智大师听完，心生恻隐，喝了口茶说："既然这样，你先在这里住下吧。"

在那个上茶的小僧带领下，张天一去澡堂洗了个澡，换上干净衣服。并与那小僧同住一室，从此开始了安定的生活。

一天，天一找到法智大师说："大师，我出家这么久了，何解还没剃头发？"

法智大师说："阿弥陀佛，汝要出家，必先从戒，从戒了才能剃度。"天一问："么子是从戒呢？"

法智大师说："你问问你那同室住的小师傅吧。"

天一只好回过头来找那上茶的小僧。小僧把出家的套路一一说了一番，然后把从戒的内容进行了详细的解释。天一听了心想，我出家就是为了习武，习武就是为了报仇，就是要打死那远房叔。这戒中第一就是不杀生，那我出家还有么子用呢？这时他又转念一想，我不出家又到哪里安身呢？还是先出家，再作打算吧。

三年后，密印寺为天一举行了剃度礼，十九岁的张天一正式成了一名小沙弥，法名放下。在法智大师的谆谆教诲下，放下静下心来，随着众僧诵经做功课。

在一次论经会上，法智大师敏锐地察觉到放下有些异样。

当晚，法智大师把放下叫到祖堂进行了长谈，谈到俗人与僧人时，法智大师对放下说："人生有八苦，就是生、老、病、死、受别离、怨长久、求不得、放不下。你作为僧人，还有一事放不下，说说看，是什么事？"

放下沉默不语。法智大师说："你不说我也知道，你就是报仇雪恨的心放不下。这是必须放下的，想想看，你报了仇，他儿子必定又要报你的仇，这样轮回下去，有个了断吗？况且，你那远房叔今生得了你的田产，来生会变得一无所有；你今生放下了田产和仇恨，来生就会与佛结缘，进入极乐世界！"

放下说："大师，我心里恨呀！"

法智大师说："你心里就是这个放不下，想想看，如果有一条疯狗咬你一口，难道你也要像狗一样趴下去反咬它一口吗？"

放下似有所悟，抬起头轻声说："大师，我慢慢放下吧。"

又过了三年，放下悟出了个中之理，成了寺里管事的僧人。

因为法智大师的住持，密印寺香火日益旺盛。成群的香客，从四面八方向寺里涌来，寺周边也就陆续出现了诸多客栈和饭铺。这些客栈和饭铺的老板，受法智大师点化，秉承着与人为善、与人为便的处事之道，秉承着诚信为本、慈善为怀的经营之术，把生意做得遐迩闻名。客栈和饭铺的老板及周边几个县的大户，都纷纷向密印寺捐施功德。密印寺里的功德银越来越多，法智大师与静悟等管事僧商量，决定改建经堂和藏经阁。

原有的经堂和藏经阁年久失修，加之僧人不断增加，难以适应，扩大、改建势在必行。

在扩大和改建中，法智大师倾注全身心力，事必躬亲。两年后的秋天，改扩建竣工。法智大师因积劳成疾，身体大不如前了。

九月初三申时上刻，法智站在新建成的经堂前，那副崭新的黑底金字楹联映入眼帘：

雷雨护龙湫洗钵安禅昨夜梦伽蓝微笑

松花迷鹿径鸣钟入定何人知节度重来

这联是唐代名相裴休所撰。裴休在相位五年，大中初年迁湖南观察使，在建沩山密印寺。这副楹联，既写出了密印寺的历史典故，也写出了裴休自己来密印寺的感受。法智大师品味楹联的同时，还想起了裴休送子入寺出家的故事和传说：裴休要儿子替太子出家，后来儿子成为得道高僧法海大师。法海大师的徒弟见师父吃饭的钵盂多年不洗，心想也该洗洗了，便瞒着师父，将钵盂拿到河里去洗。谁知这钵盂受日精月华，成为宝物，这一洗将河里的水洗得清清的，清清的河水流过黄材，流过玉潭，流过双江口，流到靖港后，便长出许多芦苇。此前，相传沩水孽龙经常兴风作浪，每当孽龙兴风作浪，就使玉潭以下发"盖水"，"盖水"淹没农田、卷走房屋，使众百姓无家可归。自从靖港那里长了芦苇之后，就很少发"盖水"了，因为孽龙到了靖港芦苇滩头，其鳞甲就发烂，所以，孽龙不敢出来了。因此靖港大围子里都盛传，沩水的出口有一股"芦花水"，是法海和尚洗钵盂的缘故。

法智想着想着，神思仿若回到了靖港大围子，回到了自己的故乡，回到了自己的孩提时代。此时的他，突然一阵昏眩，眼前一片漆黑，身子不由自主地倾斜，眼看即将倒下的时候，正从经堂出来的放下跑步过来，双手一把搂住了法智大师。放下又喊来几个僧人，一同把法智抬进卧房躺下。

是日西时，法智醒了过来。站立榻前的众僧人终于松一口气，放下连忙送上一杯热茶，静悟则将热面巾为大师擦脸。法智大师以手示意，叫放下到案几上取来一个小葫芦瓶，从瓶中倒出几粒药丸，就着那杯热茶吞了下去。半个时辰之后，法智终于坐了起来开口说话。他要众僧都退出去，只留静悟和放下在房中，并叫二人把灯拨亮。

法智要静悟从柜子里拿出那口黄漆大木箱。静悟依言，将大木箱取出，放在床前。法智将大木箱打开，拿起一叠厚厚的经书，对静悟说："这都是我当年在茅庐中手抄的，有《涅槃经》六十四卷，有《华严经》《法华经》《楞严经》各四十八卷，还有《楞严咒》《大悲咒》《尊胜咒》各一本，你都拿着吧。"

静悟接过经书，流着泪说："谢师兄恩赐，我定将珍藏，定将悟彻，定将传承。"

法智又感到有些中气不济，摆了摆手说："箱子里还有，你与放下清点一下，记个单子，一个时辰后念给我听吧。"说完，便侧身向里躺下。

静悟和放下依言，就着大师案几上的纸笔，由放下清点，静悟记录。

一个时辰后，法智果然坐了起来，静悟拿起清单，站在榻前轻声对法智说："师兄，均已清点好。"

法智又吞下几粒药丸，示意静悟坐下，并说："念给我听听。"

静悟坐在榻前，放下为静悟掌灯。只听静悟念道："《如意宝轮王陀罗尼》十卷；《消灾吉祥神咒》五卷；《功德宝山神咒》五卷；《准提神咒》三卷；《圣无量寿决定光明王陀罗尼》十八卷；《药师灌顶真言》七卷；《观音灵感真言》二十卷；《七佛灭罪真言》二十八卷；《往生咒》五卷；《大吉祥天女咒》十三卷。"

法智听到这里，眼里放出兴奋的光，继而盘坐合十说："这是'十小咒'，应该还有呀！"

放下接过单子，继续念道："还有《长阿含经》十卷；《中阿含经》十一卷；《杂阿含经》九卷；《增一阿含经》七卷；《大般若经》三卷；《放光般若》九卷；《摩诃般若》十一卷；《光赞般若》七卷；《道行般若》二十一卷；《品学般若》

《胜天王所说般若》《仁王护国般若经》《实相般若》《文殊般若》各十八卷。"

这时，法智下榻穿上僧鞋，在卧房中走了几步，回头对静悟和放下说："这都是我师父口授，我再用纸笔记下的，所以是孤本。你二人必须再抄一套，抄本送夹山寺交给我的大徒弟法空。"

静悟和放下同时答道："一定遵大师之嘱，抄好后送夹山寺法空收藏。"

法智长长地嘘了一口气。末了又对静悟说："你看看，箱子里还什么？"

静悟连忙又打开箱子，从中拿出几件俗衣和一个竹筒。

法智见到这几样东西，又长长地叹了口气说："这竹筒上刻有一个人的名字，这衣也是这个人的，这个人还深陷苦厄之中，你二人在我圆寂之后，拿着这几样东西，去找到他，就说是我法智，不，就说是一个俗名叫周三和的和尚，派你们来度他脱离苦海。"

静悟接过，一看那竹筒上，"兰宜秋"三字赫然在目。心想，这兰宜秋不难找呀！难道兰宜秋与师兄有什么俗缘吗？静悟正想问，可这时法智说："经书和这些东西，你们都拿去吧，明天我还要在万佛殿讲《无量寿经》，我要歇息了。"

次日早斋后，密印寺僧众齐聚万佛殿，听法智大师讲授《无量寿经》。讲经时，法智大师精神很好，声音响亮，显得中气十足。待讲完首卷，法智大师叫众僧闭目，回温经书。众僧——照大师吩咐，闭目入定。一个时辰后，众僧仍不见大师解经。放下坐在靠法智的前排，首先睁眼一看，只见大师端坐，双手合十，已然没有生息。于是他起立近前，轻声喊道："大师，大师。"

大师一直没有回应。放下这才知道，大师已经圆寂了……

二十二、静悟度化兰宜秋

怀德回到家里后，母亲陈想容、妻子孙银芳、儿子腾芳好不喜欢。孙银芳抱着出生刚两个月的二儿子给怀德看，并要怀德为其起个名字。怀德看着这儿子，脸儿圆圆的，嘴巴细细的，好不可爱。此时，他想起了汉张衡的《西京赋》里的句子：负笃业而余怒，乃奋翅而腾骧。他又想起了宋黄庭坚《寄传君倚同年诗》中的两句诗：念君方策名，要津迈腾骧。于是，他说："给孩儿起名腾骧吧，腾骧有奔耀、超越之意，并与腾芳同一个字。"

怀德说完，一手接过孙银芳送过来的二儿子腾骧，一手牵着大儿子腾芳，来到陈想容面前说："妈妈，孩儿不孝，这几个月让你老人家操心了，让你老人家牵挂了。"

陈想容接过腾骧说："你回来哒，就比什么都好。"

几天后，怀德拿着那件皮袍子，来到兰宜秋家。

兰宜秋自儿子被杀之后，几个月都不出门。只是在刘继祖家办喜事那天，过去送了人情就立即回去睡下了。管氏又得了那昏睡不起的老病，很少吃喝，瘦得只剩皮包骨了。菊香去了几次格塘寺，为管氏求茶，但管氏吃了观音菩萨的香茶，仍然无济于事，照样昏睡不起。后来，兰宜秋要菊香请来花山岭的法师刘菊放，来家里"放阴"。刘菊放使出浑身招数，又是"起火"，又是"关符立镜"，但总不见好转。加上怀德一出不归，没有了这个长工，眼看着土荒了，山也荒了，连禾场上长着一尺多高的草，都没人打理。几个佃户也上门说要减租，不减租就要退佃，兰宜秋没有办法，讲尽了好话，佃户们才勉强答应继续佃下来。

这天，正好佃户们送租谷。怀德的出现，大家好喜欢，心想这一下管事地回来了，可以退佃了。于是一起拥着怀德去见兰宜秋。兰家这才出现了久违的喧哗和生气。怀德见到兰宜秋后，发现兰宜秋神色晦颓。怀德把在先年十月初六出去后，这九个月的行程和遭遇说出后，提出不在兰家做长工了，也不愿到别处再做长工了。佃户们听了，都悄悄地溜走，兰家又清静下来。怀德把折叠得整整齐齐的皮袍交给兰宜秋，也说了几句感谢的话，便告辞回家。

怀德回到家里，一直思索着自己以后的生计。老母在堂，妻子年少，两个儿子，五口之家，无田可种，无产可承，如何养活这五张口呢？思来想去，怀德觉得继续为人做长工也难以为继，做买卖自己没有本钱，况且自己也不是那块料子，只有自己想办法，下苦心，出苦力，造就一片天地出来，才有望维持。一日，他来到后山，这年雨水多，满山的茅草长得很深很旺。他心里想着，这茅柴子又该割了。茅草是盖房子的好材料，茅草盖的屋，冬暖夏凉，且盖好后只要经几年覆盖，当屋面上长出青苔之后，就能经历几十年不烂。因此，靖港垸子里的人都喜欢到山冲里来买茅草盖屋。茅草能买到钱，怀德在兰家做长工时，每年都要在这时候晚上割茅草，并将割下的茅草捆好、码好，一年居然能买回几担谷。现在又要割茅草了，怀德回到家中，寻出那把父亲传给他的茅镰刀，在磨刀石上磨得锋快，第二天就开始割茅草。三天下来，茅草割完了，也在山中码好了。

几天弯着腰做事，怀德觉得腰很痛，这天晚饭后，便早早地睡下。在睡梦中，他回到了去年十月的那些日子。自己在龙虎山开荒栽橘子树。龙虎山的茅草也是那样的深，也是那样的密，他割完茅草就挖土，把茅草地挖翻后，就栽橘子苗，这一栽就是十多天。当挖出最后一棵橘子苗的洞子时，只见洞子里金光一闪，他弯腰一看，竟然是一块好大的金子！挖到金子啦！他喊了起来，这一喊，他醒了。睡在一旁的孙银芳也被喊醒了，她揉着眼睛问："你真的是在做梦吧？"

怀德说："是在做梦，但这梦是好梦。这梦提醒了我。"

孙银芳问："提醒了你么子呀？"

怀德说："提醒我把茅柴子山开成橘园。"

接着怀德把自己的想法说给孙银芳听，孙银芳听了说："开橘园好是好，可是要得三四年才能结果变钱，这没有结果的三四年里，我们一家吃么子呀？"

怀德坐了起来说："有办法，一是多种红薯和洋芋子，二是我到你娘家去帮工。"

两口子的谈话惊醒了陈想容。陈想容为腾芳盖好被子，悄悄起来听动静。这时孙银芳和怀德越说越合心，到哪里去买橘苗的事都说到了。末了，孙银芳说：

"这事要跟妈妈商量一下。"

谁知站在门外的陈想容说："不要商量哒，你们俩明天就开始吧，我来带人和搞饭！"

孙银芳使劲拧着怀德的脚，然后，窃窃地笑了。

第二天早饭后，怀德和孙银芳一人背着一把锄头上山了。一个月下来，后山全部垦覆完了，还开好了栽橘苗的洞子。

怀德几经打听，龙虎山的韦长发在方天霸问斩后，觉得仇人既然已死，也就没有必要再落草为匪了，便到沅江知县那里投案。沅江知县知道韦长发并无命债，便责成他仍然经营龙虎山。韦长发在龙虎山不但把橘园打理得很红火，而且在那里培植橘苗，供给周边山民。怀德到达龙虎山后，便提出买橘苗的事。韦长发那黑胖的大手一挥说，莫讲买，你要多少给多少，谁叫你像我家满老弟呢！

怀德把橘苗运回，两口子用了七天的时间才栽完。栽完后就过年了。过年后怀德去岳父孙彪家帮工打鱼，每天晚上则回到家里，告诉腾芳读书写字。

十年后，怀德的橘园远近闻名，每年的橘子变成银钱能换上百担谷。怀德家建起了四缝三间两边出厢房的大瓦屋，两个儿子也送到刘家私学馆里读书去了。

静悟接替法智，成了密印寺的住持。按照法智的交代，把寺里的事都料理好后，静悟便着手完成师兄的两桩遗愿。他先叫放下抄那些经本。放下天资聪明，几年下来，经本抄好了。静悟又委派他去了夹山寺，将抄好的经本送给法空。接下的第二个遗愿，是要去度化兰宜秋。这事非同一般，且要些时日，现在自己身为住持，不能像以前那样，长期在外云游了，必须带先一个人前去，然后，具体的事由带去的人去办。带谁好呢，想来想去，还是带放下去为好。一则师兄托事时，放下在场，二则放下的俗缘与师兄有些相似，也好让他去历练一番。

这年八月，兰宜秋听说怀德建起了大瓦屋，心里很不是滋味。他总是想，这个怀德，为什么想了这么多办法害他，他不但不死，反而越发走的好时运呢？而自己则越来越倒霉呢？想来想去，他觉得怀德的"八字"大。他曾听父辈讲过，"八字"大的人是越害他，他越好；但"八字"大的人怕咒，你背着他咒，他就不好了。想到这里，他与睡在床上的管氏商量，用什么子法子来咒死怀德，只有咒死了怀德，兰家才有翻转身来的日子。有气无力的管氏一听要咒死怀德，精神上来了，她坐起来说了一个她的妈妈咒人的故事：那一年，我爹爹为一块地与孙正光打官司，结果我家输官司了，赢了官司的孙家扬扬得意，我爹爹心里很不好过。我妈妈一面劝着我爹爹，一面说，你让他们快活几天，我有办法把他们搞死。我爹爹问是什么办法，我妈妈拿出一个用布做的小人说，只要在这小布人身上写着孙家人的名字，在神明面前开一下光，然后每天在小布人身上扎一针，扎到一百天的时候，孙家那个人肯定会要死。我爹爹有些不信，只是说，你试试看吧。结果我妈妈叫爹爹在那布人身上写上孙正光的名字，点燃香烛在神龛子前亮了几下，然后每天向小布人扎针，还只扎得八十天，孙正光就在团头湖里打鱼时淹死了。兰宜秋说，既然有那样灵验，那你也试试吧。

管氏打起精神，瞒着菊香做好了小布人，又叫兰宜秋写上了怀德的名字，也在这神龛子前亮了光，之后每天向小布人身上扎针。扎了一百多天，不但怀德没有死，反而听说怀德的橘子卖了好价钱！

兰宜秋和管氏心里更不好过了。管氏又开始在床上昏睡，兰宜秋也得了睡不着觉的病。每天晚上翻来覆去的，好不容易有些睡意了，立即又做起了噩梦。这天晚上，天气很凉快，天上的星星和月亮格外明朗，兰宜秋一直在禾场上来回走着。管氏生怕兰宜秋到菊香房里去，便长一声短一声地叫，兰宜秋没办法，走了几个圈便上床睡觉。说是睡觉，其实并没有闭上眼睛。到鸡叫三遍时，困得实在扛不住了，眼睛刚一闭，就做起了噩梦。梦中，一个没有脑壳的人身进入房中，兰宜秋问，你是什么人？无头人说，我是你儿子兰富贵。兰宜秋说，你自己在外做了恶事，回来做么子？兰富贵说：我回来要你的命！兰宜秋说，你是我儿子，我相送你一口大棺材，对得住你呀！兰富贵说，没么子对得住对不住的，我杀了九十九人，你也杀了一人，我们合共杀了一百个人，我到了阴间，你也应该到阴间去。兰宜秋说，我现在还不想到阴间去，你走吧。兰富贵咬着牙说，你不去阴间，想得好吧。说完，兰富贵举起大刀，向兰宜秋砍来。兰宜秋大叫一声，翻身而起，进而爬到管氏那头，颤抖着抱住管氏。管氏吓坏了，直问是何解。兰宜秋身上的衣汗得湿淋淋的，圞心蹦得管氏都听得到，一直说不出话来。直到睡在前进的菊香听到了动静，过来问的时候，兰宜秋才把那噩梦说出来。菊香说，梦是反的，梦不好日子反而过得好。兰宜秋听了，才勉强松开管氏，惊惶地换衣睡下。

第二天早饭后，菊香说要为兰宜秋"收吓"。她用腰篮子提着些米和纸钱香烛，去了花山岭。

菊香出去不到一个时辰，兰家就来了一老一少两个和尚。

眼圈发黑、眼窝深陷的兰宜秋看见和尚来了，想起了菊香晚上说的话。他想，这梦真的是反的，晚上做梦受折磨，现在解救的人就来了。他连忙把两个和尚请进大堂坐下，泡上香茶，还问师父吃饭没有。两个和尚也不客气，说有现成的饭就吃一碗。吃过饭后，兰宜秋对着和尚连连叩头说："大师父，你来得正好，快解救我吧。"

那个老和尚问："施主有何难处，尽管说吧。"

兰宜秋便把自己的苦处一一讲了出来。和尚听了，好久不作声。兰宜秋急了，又跪倒在地说："大师父，我求你帮我一把吧。"

老和尚不慌不忙地说："帮你一把并不难，但你要先听我讲一个故事。听完这个故事，你的难就好解了。"

兰宜秋迫不及待地说："大师父，那你就快讲吧。"

老和尚面西坐定，双手合十，讲出一番话来：

很早以前，有个叫不舍的人，一心想走出轮回进入佛界。一天，他在檐下躲雨，看见观音菩萨正撑着一把伞走过。不舍对观音说，大慈大悲观音菩萨，普度一下众生吧，带我进入佛界如何？观音菩萨说，我在雨里，你在檐下，而檐下无雨，你不需要我度。不舍立即跳出檐下，站在雨中，并说，现在我也在雨中了，该度我了吧。观音说，你在雨中，我也在雨中，我不被淋，因为有伞；你被雨淋，因为无伞。所以不是我度自己，而是伞在度我。你要想度，不必找我，请你自己找伞去！观音说完便去了。第二天，不舍遇到难事，便去寺里求观音。走进寺里，发现观音神像面前也有个女人在拜，那拜的女人长得与观音一模一样，丝毫不差。不舍问，你是观音吗？那拜的女人答道，我正是观音。不舍又问，那你为何拜自己？观音笑道，我也遇到了难事，但我知道，求人不如求自己。不舍顿时明白了，有难事还是自己去想办法。

老和尚说完故事后，问兰宜秋："不知道施主听了这个故事有何想法？"

兰宜秋低着头，一直没有作声。两个和尚便不声不响地走了。

过了几天，两个和尚又来到兰宜秋家。

兰宜秋照例泡茶，然后对老和尚说："大师的故事我懂了，求人不如求自己，可是我是睡不成觉，一睡着就做噩梦，这怎么求呀？"

老和尚说："这不难求。你之所以睡不成觉，之所以做噩梦，这应该事出有因吧？"

兰宜秋便把十多年前儿子被杀的事和盘托出。

老和尚说："儿子被杀，那是因为你儿子犯了法，而你没犯法，却应该受到'子不教，父之过'的问责。然而这么多年了，你应该淡却了。"

兰宜秋为儿子被杀之事，伤心了好几年，但毕竟过来十几年，也确实有些淡却了。即使没有完全淡却，毕竟那不是他的直接过错，因此也不是他的致命的心病。他那致命的心病不能说，也说不得，在这两个和尚面前，他更不想说。然而，兰宜秋不能不承认，这老和尚说的有道理，确实是事出有因。一个人做了丧良心的事，其心里永远都不能安稳的，即使外表上装出问心无愧的样子，但内心深处始终纠结，始终害怕。兰宜秋就是这样，每天在折磨自己，每天在欺骗自己。此时的他，回答不了老和尚的话，却又必须回答老和尚的话。怎么办呢？兰宜秋思索着。

管氏听到堂屋里有人说话，也挣扎着起了床，不声不响地坐在一旁。兰宜秋思索良久，转守为攻地问："大师，这些年了，我确实淡却了许多，可为什么还出现这种病呢？"

老和尚与少和尚对视了一下。少和尚会意，知道是拿出那些家伙的时候了。只见少和尚站了起来，从褡裢里把那个竹筒和折叠得很整齐的衣服拿出来，放在桌子上。

管氏一眼就认出了那个竹筒。她撑着椅子，走到桌前说："这竹筒是我家的，得，我在竹筒底下做了记号。"说完，她把竹筒翻转过来，指着竹筒底下刻着的一个"十"字叉。

放好竹筒，管氏又说："这衣也是我家的，这是我十五岁那年过门到兰家，我亲手缝的。得，这吊边上用的是勾连子针，我是学得我妈妈的。"

兰宜秋闭上眼睛，让管氏说完后，没好气地说："你那嘴巴何解咯样多，你还是去'摊尸'吧。"

管氏挨了斥，很不情愿地回房去了。

老和尚和少和尚静静地坐着，也不说话。

此时的兰宜秋，本来黑瘦的脸开始发青，嘴唇由乌变白，双手、双脚都不断地颤抖。半个时辰之后，他才说："大师，这些家伙从何而来？"

少和尚抢着说："是我师父亲手交我的。"

兰宜秋心里根本不相信这些家伙还留在世上，更根本不相信这些家伙又回到了兰家。他略带怀疑地问："你师父是谁？"

少和尚不明底里，照直说道："我师父法名法智，俗名周三和。"

兰宜秋心里更空了，这周三和原来没有死！可他还想着退出一条路，心里想着，先让这和尚说出这些家伙的来龙去脉，如果说得不对，就可以说他们找错人了，如果说得对，也好再作打算。于是兰宜秋说："你师父是如何说的？"

久不说话的老和尚说："大施主，如何说的，你心里有数。你先说说，这竹筒上刻的名字，是你的名字吗？"

管氏已经抢先认出这竹筒，兰宜秋已经没有了退路，只好小声说："是我的名字。"

老和尚说："佛无处不在，万事万物都有佛性，这竹筒就有佛性，他见证了当年的事，你自己把当年的事说出来了，自己也就可以解脱了。"老和尚顿了顿，又说："同样的瓶子，你为什么要装毒药呢？同样的心里，你为什么要充满着烦恼呢？"

兰宜秋感到了这老和尚说话的分量，其心理防线开始崩溃。

菊香端着一盘茶，分别送给老和尚和少和尚后，再送到兰宜秋面前。兰宜秋摆着手，示意菊香离开。菊香知趣地向管氏房中走去。管氏在房中听得真切，知道这事瞒不下去了。她接过茶，喝了一口，把兰宜秋当年做的事，小声地告诉了妹妹。菊香这才知道，兰家把这么大的事瞒着自己，她开始痛恨起兰宜秋来。只见她快步来到堂屋，对着兰宜秋说："趁得两位活菩萨在眼前，把你做的事都讲出来噻！"

菊香这样一说，兰宜秋六神无主了。可他自认还存一线"死无对证"的希望，只见他横了菊香一眼，反问道："你要我讲么子事呢？"菊香此时心里更加痛恨兰宜秋，提高嗓门说："么子事，刚才姐姐都告诉我啦，就是在夹山谋财害命和暗害怀德的事！"

兰宜秋一听，眼光出现了死灰色，全身战栗。战栗了好久，他突然"扑通"跪地，将自己如何暗算周三和谋财夺命，如何几次暗害周三和的儿子怀德，如何诅咒怀德，一五一十说了出来。说完之后，对天喊道："天呀，我何故要造这些孽呢？天呀，我现在生不如死，你老人家让我死吧！"

老和尚和少和尚都双手合十，口里一遍又一遍地念着"阿弥陀佛"。这时，兰宜秋猛然站立起来，向堂屋东边的伞柱上撞去。少和尚眼疾手快，一把拉住了兰宜秋。

老和尚劝解道："兰施主，这人嘛，来是偶然的，走是必然的，所以你必须随缘不变，不变随缘。"

兰宜秋还在少和尚手中挣扎，听了老和尚这句话，问道："大师父，像我这样有恶行的人，怎样才是随缘呢？"

老和尚说："你放心好了，佛门是与人为善、不记仇冤的，你只要说出了就是度过了。佛说，如果你能平平安安度过每一天，那就是一种福气。多少人在今天已经见不到明天的太阳，多少人在今天已经成了残废，多少人在今天失去自由，多少人在今天家破人亡。要记住，慈悲是最好的法宝。你只要怀着慈悲的心，保你从今晚起，每天晚上都能睡好。"

老和尚说完，从袖内取出一个封好的锦囊，放在桌子上。随即与少和尚离开了兰家。

当晚，兰宜秋睡得很香，很踏实。

二十三、老长工父子及第

菊香是个"穿眼尿瓢"，第二天便把兰宜秋家先天发生的事，和兰宜秋所做的不良之事，统统告诉了刘老太爷。刘老太爷听了，拈着白须说，从现在起，再积德还不算迟。菊香还在另外几家说了这事，一传十，十传百，一时间，凌头冲的人都知道了，柏叶冲的人也知道了。

连续睡了几个晚上的好觉，兰宜秋的心情好多了。这天他打开老和尚留下的锦囊，只见里面一张纸上整齐地写着：

一花一世界，一草一天堂。

一树一菩提，一叶一如来。

一砂一极乐，一石一乾坤。

一念一清静，一笑一尘埃。

一之谓甚，其可再乎？

兰宜秋搞不清这是什么意思，便拿着去问刘老太爷。刘老太爷说："我也不完全懂得其中之意，据我理解，这上面八句话，应该是说佛无处不在，佛缘无处不在；最后一句，好像是说，不能一错再错。"

兰宜秋还想问刘老太爷一些事情，可这时刘家私学馆的先生过来了，不好再问，便告辞出来。陈桃芝与刘继祖成为夫妻后，接连生下两男一女三个小孩。大的十岁，最小的女儿也已六岁。刘老太爷重开私学馆，并延请一个姓李的先生传道授业。怀德的两个儿子也在这私学馆里读书。李先生到后进授课去了，刘老太爷知道兰宜秋还有话没有说完，因此，平时很少串门的他，今天破例来到兰家。兰宜秋接着后，便说："我这一生，做错了很多事，这你刘老太爷都知道了，到现在我很后悔。我想请你老人家为我指点一下，今后怎么办？"

刘老太爷说："那位老和尚已经为你指点得够明白了。古人有言'知耻者方为勇’，我认为，知过者同样要有勇气。《道德经》中说，是以圣人居无为之事，行不言之教，万物措而弗如也，为而弗始也，成功而弗居也。因此，以后的事，我认为你自己能做得好。"

兰宜秋知道，刘老太爷以为人忠厚正直，与人为善，谨行慎言著称乡里，这是他关心、体贴邻居，才过来说这番话的。因此也就没有再问。刘老太爷知道，眼前这个兰宜秋正是大转弯的时候，不宜刺激，只宜鼓励。因此又说了几句安慰、鼓励的话后，便告辞回家了。

刘老太爷走后，兰宜秋又与管氏说起话来。说话中，管氏对兰宜秋净是埋怨，净是指责，甚至说兰宜秋做事不稳当，要是当年把那竹筒带回来就好了。兰宜秋耐着性子说，现在说这些话都没有用，也都迟了，现在要紧的是如何做好以后的事，做好以后的人。那按照你这样"牛过田塍扯尾巴"，当年你如果不死逼我外出做生意，我就不会出这样大的事呀！兰宜秋说这话后，想到了几十年前，当年兰宜秋的父亲兰梅竹先生，从遥远的靖州搬到凌头冲，就是为了选择刘家一个好邻居，好让刚刚成家理事的儿子能守住家业，壮大家业。可兰宜秋的新婚妻子管氏发财心切，硬说靠这几担田、几座山搞不出名堂，只有做生意才能发得快。于是才使得当时还只有十六岁的兰宜秋，早早地出外闯荡，之后又早早地发了横财。可惜的是兰梅竹过世太早，也可惜的是这横财来得太容易，兰家从此走上一条邪恶之路。

这样的路再也不能走了！这样的人再也不能做了！兰宜秋心里这样想着。管氏在一旁又说话了，她说自己来到兰家，没过一天好日子，她还说，兰家的祖宗无德，一发不得人二发不得财。兰宜秋听了，心里又来了火，马上回敬一句令管氏伤心的话：你这婆娘何解不多生几个？管氏心知肚明，这兰富贵都是她带过来的肚，还说老娘没多生！因此也来火了，马上站起来说，是你这家伙……在她将要说你这家伙没有用时，她突然觉得不妥，立即改口说，是你这家伙后来作不得用，还怪我哩！兰宜秋不想与这样的女人争论下去，他改口说，现在我们还有几十担田，还有几座山，足以让后半辈子过好了，过去了的事，莫争了，好吧。管氏觉得自己占了上风，也就真的不作声了。

兰宜秋趁机提出，要在来年四月初八去密印寺拜佛。"要拜你去拜！"管氏丢下这句话回房睡去了。

立冬过后，管氏的身体每况愈下，晚上要盖三张被子还不断喊冷。兰宜秋叫菊香每天准备一个小烘笼，放在床上为管氏取暖，管氏就是抱着这个小烘笼，也还是战栗不已。大雪那天，天上真的下起了大雪，接着刮起好大的西北风，再接着就是冰天雪地了。早饭后，菊香照例去送烘笼给姐姐管氏。当她掀开被子，将烘笼塞到管到管氏身边时，发现管氏一身冰冷，再一模手脚，发现手脚已经僵硬。她连忙叫兰宜秋过来，兰宜秋过来一摸鼻子，已经没气了。

埋了管氏之后，为了菊香的去留，兰宜秋纠结了很久。留下她吧，这不明不白的，不成体统；让她去吧，她的婆家孙家不会收留，她的娘家管家也没什么人了。正当他为这事叹气的时候，菊香过来了。菊香也不转弯抹角，直截了当地说，我们"圆房"吧。兰宜秋说，"圆房"？地方上会笑。菊香说，他笑他，我圆我的。兰宜秋还在沉吟，菊香说，如果圆了房，我帮你出好主意，保你过得好。听了这句话，兰宜秋不做声了。当晚，菊香和兰宜秋真的睡在了一起。

过年后，转眼到了四月初。这天，天气很好，天上万里无云，山上轻风习习，树上鸟雀和鸣。兰宜秋背着一个沉重的包袱，经过三天行程，于四月初八来到了密印寺。放下一眼就认出了兰宜秋，连忙带着进寺见了静悟大师。兰宜秋向静悟大师表明来意，静悟大师立即起身，带着兰宜秋和放下拜佛之后，走进了祖堂。在法智大师画像和牌位前，兰宜秋长跪不起。放下将兰宜扶起后，兰宜秋将那沉重的包袱交给静悟。静悟当着众僧打开一看，二十根灿灿发亮的金条，还有五十个白光烁烁的大银锭。

兰宜秋说："这都是法智大师在俗时赚的，我现在原物奉还。二十根金条一直未动，这些银锭是按原数补上的。"

静悟大师叫放下将金银暂时收入寺库，并对兰宜秋说："兰施主，人之所以痛苦，在于追求错误的东西；人之所以快乐，在于能够放下和舍得。善哉，善哉，你从此快乐了。"

兰宜秋回到家里后，菊香不在家。他趁机吞下二十粒凉薯籽，之后静静地走了。

怀德听到兰宜秋谋财害命和想害死他自己的话，是在送两个儿子去刘家上学的路上。那天，菊香在彭家油坊买油，正好怀德领着两个儿子从那里经过，被菊香看见。菊香说，你家爹老子周三和当了和尚。接着把兰宜秋如何把周三和踢下山崖，如何拿起金条就走，后来又如何在甜酒冲蛋中放凉薯籽想毒死怀德，以及以后叫怀德去洞庭湖寻他儿子的事，从头到尾一一说了出来。怀德听了后，没有说什么，只是说，都过去这么多年了，还说么子。菊香说，不说你不晓得呀！这都是兰宜秋在两个和尚面前说出的，他说出来后还想在伞柱上碰死，被那个年纪不大的和尚扯住了，才没死成。怀德说，只要他自己晓得做错了，也就还算知错，他现在儿子没了，自己老了，虽然有钱有财产，但日子过得并不舒畅。菊香还想说么子，怀德领着儿子走开了。

怀德回家后，把这事告诉母亲陈想容。

陈想容悲从心来，哽咽着说："难怪我在梦里总是梦见你爹，原来他并没有死，只是出家当了和尚。可他怎么也不回来一次呀？"

怀德说："当和尚就要断俗念，断俗念就不能回家。这是我从一本书上知道的。"

说到书，陈想容对怀德说："自从开橘园到现在，你很少看书了，这不好，还是要多看书。"

怀德说："现在，你老人家的孙子都读书了，我也三十好几了，还看书做么子。"

陈想容立即生起气来，只见她拄着棍子站起来说："那年你爹出远门时，你们父子都许了愿的，你爹说，要赚好多好多钱，回来建一栋又大又高的大屋，你呢，发狠读书，将来考上状元。你们的这些话，至今我是记得清清楚楚。你爹的愿兑不得现了，那只怪得兰宜秋！可你的愿不能不记得，三十多岁怎么啦？我六十多岁，还总是想着你那时说的那句话哩！"

怀德望着妈妈那花白的头发，望着妈妈那严肃的面容，心软了，心酸了，妈妈这辈子不容易，不能伤妈妈的心。在怀德的记忆中，妈妈只对自己生过两次气，一次是与刘继祖去看庙戏，再一次就是现在，且都是为了要我看书。上一次是因为自己年纪小，不懂事。这一次是自己年纪大了，实在不想看书了。不答应吧，妈妈就会更生气；答应吧，自己就又要拿起那套行头，而且要从头来。妈妈是好心，说的也为自己好的话，好心的妈妈说的好话都不听，就是不孝！怀德想到这里，主意定了。他说："妈妈，你老人家莫急，我从今天起就看书。"

陈想容回到椅子前坐下，笑着说："这才是听话，是这样，我就能多活几年。"

怀德家的正堂屋分前后两间，前一间是客堂兼祖堂，靠正上方的墙头，立有神柜和神龛，神龛里供奉着先祖和怀德爹爹的牌位。后一间俗称"倒堂屋"，是怀德妈妈陈想容的住房，这间房冬暖夏凉，还能从后窗里看到后山坡上绿油油的橘园。陈想容说完话，看着怀德上了东边正房的板楼，这才进这"倒堂屋"里休息。

怀德在楼上找了很久，才找到那些书。那些书原来是用荷叶包着的，后来荷叶烂了，陈想容用一块旧布包着，到怀德重新建房屋时，陈想容改用一只旧箱子装着。怀德打开箱子一看，那些书摆得整整齐齐。顿时他想，难怪妈妈总是要我看书，原来她老人家一直在细心管着这些书哩！

这些书怀德都看过，不过他一丢十多年，有些字认不出了，有些话看不懂了。开始几天，怀德硬着头皮看着，越看越觉得为难，心里也就产生了放弃的念头。可是一想到妈妈那严肃的目光，他不敢了。他开始把那些不认得的字记下来，把那些不懂的句子抄下来。然后，三五天去一趟刘家私学馆，去问那位李先生。李先生喜欢怀德这样苦学的人，因此总是不厌其烦地解答和释疑。久而久之，李先生觉得怀德天资聪明很有悟性，便慷慨地借给怀德很多书。怀德如鱼得水，只要是雨天和晚上，就总要拿起书来，埋头苦读。

受怀德的影响，孙银芳也跟着在晚上看书。不过她看的书是些《弟子规》、《女儿经》之类的书。孙银芳做外面的事，在地方上是出了名的；做里面的事也不含糊，不论是纶麻积线，还是缝缝补补，她那双抓锄头的手，做起女红活来，也是灵巧自如。自从随怀德看书后，她的针线活不但没丢，反而更加讲究。只不过有一次纳袜底子的时候，因为还在看书，以致那根细细的针刺了手。

怀德有人陪着看书，有时忘了一切，忘了睡觉。这天，鸡叫三遍了，他还在按李先生的点拨，撰写一篇文章。写到要紧处，他竟然摇头晃脑吟诵起来。孙银芳端来一碗甜酒冲蛋，笑着说："莫写了，你看看，你不睡，两边厢房里的灯也还一直亮着！"

怀德吃完甜酒冲蛋，起身一看，果然，两个儿子也都还在挑灯夜读。他心里好喜欢，但同时他心里又好内疚。自己读书，不但妻子陪着，连两个儿子也都在陪着。他走了出来，在东边厢房和西边厢房的窗子上各敲了几下，然后说："都给我睡了，明天的太阳照样会出来的。"

通过官场上多年的历练，刘继祖出任岳阳知县。这年八月十九，正是刘老太爷一百岁生日。刘继祖专程回家，为老父做寿。团头湖一带有个习俗，老人做寿，是几十岁就要办上相应的几十桌。继祖按照习俗，准备了一百桌寿筵，还请李先生和怀德写了寿联，挂在堂屋里和大门口。大门口的寿联是怀德撰写的，人们争相品味着：

仰止十旬翁世事洞明皆学问

期逢双甲寿春秋写读沐清风

开席了，继祖邀怀德同坐一桌。怀德向刘老太爷敬酒后，又向继祖敬酒。继祖一仰脖子，酒干了。接着，两结拜兄弟谈论起了官场事和家事。继祖说，悔不该当年读书不用心，到现在才知书到用时方恨少。谈到读书，怀德说，两个儿子在你家私学馆里读书，长进蛮大。谈到儿子，继祖说，你莫讲起，你的儿子都成人了，我想带一个到我身边，不知道你放心不？怀德说，儿子在你身边，有什么不放心的。继祖说，那就这样定了。

吃完寿酒回到家里，怀德又为难了，两个儿子，哪个去为好呢？他与孙银芳商量，孙银芳说，儿子大了，还是去问儿子吧。怀德真的去问大儿子腾芳，腾芳说，我还想多读点书。再问腾骧，腾骧说，去是想去，就是舍不得离开爹娘和娭毑。怀德说，大丈夫志在四方，想去就去吧。就这样，年刚二十岁的腾骧，在这年八月二十四日随刘继祖去了岳阳。

自从开辟了橘园，怀德家的日子过得还算畅快。畅快的日子过得真快，转眼间，怀德晋五十岁了。五十能知天命！这年正月十九日，正是怀德的生日。他叮嘱孙银芳，自己不是大户人家，没有必要请客大办筵席。这天，孙银芳杀了一只鸡，搞了一桌子菜。吃饭时，一家六口依次坐定：陈想容和腾芳的儿子周辅仁坐在上首，怀德和孙银芳坐在东边，腾芳和妻子李玉贞坐在下首。

七十多岁的陈想容，今天特别高兴。她一面夹一只"鸡把子"给曾孙，一面对怀德说："你们父子读了这么年的书，也该去县学试考试了。"

怀德说："我倒是没么子考不考的，腾芳是去试试的时候了。"

陈想容接过话说："那你明天就去长沙县学宫一趟。"

正月二十日一早，怀德便起程去长沙。正月二十四日辰时，怀德就早早地来到县学宫。学宫里的庶务是个新手，见了怀德就问，是不是来报名的，怀德说是的。那庶务以为怀德是自己来报名应考的，便详细问了怀德的姓名和住址以及读书情况。待那庶务写完，怀德说，我是来为儿子报名的，这名如何报法？那庶务又问了怀德儿子的姓名和住址以及读书情况，之后，在同一纸上写好。怀德说，我这把年纪了，不报名了，莫写在一起喽。那庶务说，教谕大人说了，今年正月初十，朝廷新主登位，明年设立恩科。年纪大点算什么呢，七十岁还有来报考的哩，你就也来考考吧。末了，那庶务还说，今年三月十五是县里春试，八月十五是府院府试，明年三月十五是省里乡试，八月十五是京城会试，这个机会千载难逢，你不是说自己读了那么多书吗，来试试吧。怀德想，来试试也要得，考得不好还是回家去经营橘园就是的。

怀着这样的心态，怀德回家后，便与腾芳一起开始了紧张的准备。三月十五那天，两父子双双到县学宫应考。十天后，放榜下来，两父子都榜上有名，成了正儿八经的"邑庠生"。八月十五日。怀德两父子又顺利通过府试，由"邑庠生"成为了"秀才"。

次年三月十五日，怀德和腾芳两父子参加了省城的乡试。乡试考了三天，除了考《四书》《五经》里的内容外，还要以"贪夫徇财兮，烈士殉名"为题，写一篇文章。怀德在这篇文章中，引用了两个不同的故事，其中一个就是用化名简述兰宜秋殉财的故事，另一个是元代潭州知州阿儿思兰清正廉洁监修南岳大庙的故事。之后引申至为家、为民、为官、为政的操守上来，最后得出一个结论：钱财，身外之物也；名节，人心之所向也。

父子俩回到家里后，虽然心里都有些底，但毕竟榜没有放下来，心里还是有些不安。陈想容、孙银芳则不同，两婆媳带着李玉贞在暗暗地做些准备。九月初十那天，新康都一个庶务来到怀德家，说是十一日会有省里的报纸送来喜报。陈想容和孙银芳便大张旗鼓地张罗起来。十一日午时上刻，果然一高一矮两个报子来了，后面跟着一大群人。报子来到怀德家大门口，高个子便拉长腔调，高声喊道：贵府老爷周讳腾芳，高中湖南乡试一榜经魁，金报连登黄甲！恭喜恭喜！

众人一听，齐声道喜，有几个人还特地放起鞭子。孙银芳连忙拿出两个红包，给报子一人一个。此时，众帮忙的人扫地的扫地，开席的开席。道喜的人一拨接着一拨地来，把孙银芳和陈想容忙得不可开交。可这时，有人发现，有一个人不见了，这就是怀德。怀德起初还在大门口张望，听到报子报的是儿子腾芳高中之后，他便躲到母亲陈想容住的那间"倒堂屋"里，倒头睡下了。孙银芳晓得丈夫的性格，别人问时，她微笑着说，怀德到朱良桥买东西去了。酒席开好了，众人上桌。正待举杯祝贺时，山口上又一拨人喊叫着过来了。众人一看，又有报子来到前坪。正当大家不知所措时，那报子高声喊道：贵府老爷周讳怀德，高中湖南乡试第一名解元，金报连登黄甲！恭喜恭喜啊！

躺在床上的怀德听得真切，连忙冲了出来……

此后不久，怀德父子赴京殿试和殿选，均榜上有名。父子连中三元，双双成为进士。刘继祖花重金在岳阳请人撰制镏金对联，挂在怀德家的大门口，

联曰：父子三元人之荣誉

仁贤百味代有精英

二十四、万佛岭儒佛共尊

　　腾芳进士及第之后，成为翰林院编修，偕妻子儿子住在北京。怀德不愿做官，回到家里陪伴母亲并打理橘园。一天，长沙县教谕谭仁义前来拜访，怀德正在为橘树修枝剪叶，听说教谕大人到了，便忙放下手里的活计，跑过去迎接。谭仁义走到堂屋前，看见了那副对联便停住了脚步。他看了对联上的落款，便问，这位刘继祖何许人也？怀德说，是岳阳知县。谭仁义说，这联作得好呀！父子连中三元，长沙一县没有，湖南恐怕也没有，确实是人之荣誉；要做到仁和贤，人人都想这样做，可是谈何容易呀！因此，个中百味只有仁贤之人方能体味，仁者爱人，贤者思贤，故能精英辈出。怀德说，教谕大人学富五车，经大人这么一说，这副对联更加生辉了，可惜挂的地方不胜风雅，有些委屈这十六个字了。两个人都哈哈大笑起来。说话间，怀德引谭仁义进了堂屋，几个随行的人役也进了堂屋。孙银芳先是泡了谷雨前茶，后又煎了芝麻豆子茶，并将炒红薯片、炒花生、炒香豆等自家土货，还有橘子、柚子、梨子等自家山货，摆满了一桌。吃着香喷喷的炒货，品着甜丝丝的山货，谭仁义和一干人役们不停地称赞。吃得差不多了，谭仁义叫随行的几个人役到另一间屋里去休息，他要与周进士单独一叙。

　　人役们走开后，谭仁义问："进士先生因何不出仕呢？"

　　怀德说："我有老母在堂，又不懂为官之道，因此不出仕。"

　　谭仁义笑着说："世上没有生成的官，只要为了官，就有道了。"

　　怀德也笑了笑说："我不是为了做官才去考这个进士的，我为的是了却先父的一桩遗愿。"

　　接着怀德把五十年前两父子分别时如何承诺、母亲如何敦促、自己如何苦读一一讲了出来。谭仁义听了，非常佩服之余，这才把来意说明。

谭仁义说："让一个大进士来打理一个小橘园，太折煞斯文了。今天，我奉知县何大人之命，还是想请你出山。"

怀德摇着头说："谭大人，何大人的好意我心领了。我如果是想出山的话，也就不会让谭大人车马劳顿到这山冲里来了。"

谭仁义哈哈一笑说："这我知道，北京那么好的地方你都不去，外放你做官你也不去，何况区区长沙小地方呢？我不是要你远离家门，而是要你出来为地方做点事！"

怀德也哈哈一笑说："这不还是要我去做官吗？"

谭仁义说："非也。我且问你，你那门口下联中，有"精英"二字，这精英从何而来呀？"

怀德不假思索地说："当然是从……"

"从小立志，从小立德，从小立言，是吗？"谭仁义打断怀德的话，追问道。

怀德心中隐隐觉得，这个教谕大人三句话不离本行，很可能是要自己到哪一个学馆里去当先生。正当他还想说明自己要在家陪伴老母、不愿离开故土的想法时，孙银芳来到面前，小声说："饭菜已上桌了。"

怀德连忙起身，做出一个请的手势说："饭菜上桌了，谭大人请吧。"

谭仁义邀一干人役上桌坐好后，怀德举起酒杯说："谭大人及各位光临寒舍，真是蓬荜生辉，可惜山冲里无美味，就是一些地里出的土产，招待县里的客人，不成敬意。这谷酒也是自家蒸的，各位请吧。"

谭仁义见孙银芳装着一碗饭，夹了些菜到堂屋里去了，便举着酒杯，就是不喝。怀德知道这教谕大人又有讲究了，忙解释说："我们乡下有规矩，客人吃饭，女人和小孩是不同桌的。"谭仁义仍举着酒杯，正色说道："这我略知一二，但是我刚才来得匆忙，没有拜会令堂老人，这吃饭的时候，总该让我表示一番敬意吧。"怀德无话可说，便起身说："我去请来。"

在怀德的簇拥下，陈想容终于来到饭桌前。谭仁义等一干人等，一齐起立，说了些客气话之后，重新依次坐下举杯喝酒吃饭。席间，谭仁义又接着饭前的话题，说起话来。谭仁义对陈想容说："伯母，县里想斥资开个学馆，选送一些优等学子就读，你老说，好不好呀！"

陈想容放下筷子说："大人注重育人，那当然好呀。"

谭仁义眼望着怀德，又问陈想容："想请你的进士儿子去当先生，好不好呀？"

陈想容以为这个教谕大人已经跟怀德讲好了，便笑着说："好哇。"转而又对怀德说："怀德，你小时想读书，因为家里穷，没读成。现在你考上了进士，食着朝廷的廪饩，家里不愁吃穿了，你能够教那些寒门孩子读书，娘好喜欢哩！"

怀德没有退路了，只得站起身来，对谭仁义说："谭大人，既然我母亲大人这样说了，我也只能既从大人之命，又从母命。只是我想问，这学馆设在哪里呀？"

谭仁义说："你早是这样答应，我也就早告诉你啦。当然现在也还早，至于学馆在哪里，我也没选定。既然要你去当先生，那肯定只能由你这个进士主持学馆，这选定地址的事，也交给你吧。"

一餐饭就这样边吃边说，吃到未时上刻才结束。谭仁义吃了饭就叫轿夫打轿，起程回县去。怀德送到陈壁照了，谭仁义停轿下来，拱手告别，怀德才转身回家。走到凌头冲，怀德去了刘老太爷家，把县里办学馆的事告诉了刘老太爷。刘老太爷一听，喜欢得不得了，他立即表示，枫树山绿树成荫，十分幽静，是读书的最好地方，愿意将山窝子那块地方捐出来做学馆馆址。

第二天，怀德便到县衙找到谭仁义，把刘老太爷热心捐地的善举告诉了他，谭仁义喜出望外，当即着两个庶务跟怀德来到刘家。刘老太爷挂着拐杖，和一行人来到枫树山之后，用拐杖一指说，就是那片平坦之地。

此后不久，枫树山里热闹起来。八个月之后，一栋崭新的学馆出现在绿树丛中。

怀德报请谭仁义饬定，将学馆命名为"树人学馆"，聘刘老太爷为校董，力邀李先生出任主讲，并将两个庶务留下操持内务。

四方学子陆续来到学馆。风景如画的枫树山，自此响起了朗朗的读书声。

自两个孙儿相继外出，儿子怀德主持学馆后，陈想容又觉得家里空荡起来。孙银芳还是舍不得山上的挂牌土，更舍不得后山的橘园，每天都在这些地方转。有一次，她在挖那块挂牌土，挖得汗流浃背。恰好这时她的父亲孙彪过来了，孙彪责怪女儿说，你现在两个儿子都当了官，是老太爷娘子了，还是这样发狠做么子？孙银芳说，爹爹你不是讲过"八十岁公公打藜蒿，三日不死要柴烧"吗，我总觉得自己种下的收回来自己吃，心里就踏实。再说我也做惯了，不做就不舒服。孙彪也就再不说什么了。

这天早饭后,天气很好。秋日的太阳照着大门口的对联,闪着金色的光芒;秋菊在东篱下绽放,发出一阵阵沁人心脾的清香;秋风吹过后山的橘园,发出"沙沙沙"的碰响。吃了早饭后到阶基上坐坐,是陈想容这些年来的习惯。这天坐下后,她望着南面高高的谢家岭,就想起了当年在枫树山追寻怀德的那幕。如今怀德五十多岁了,居然在枫树山的学馆里当起了先生。这一晃就是四十多年,这人带崽呀,真是"小时难得大,大时易得老呀"!好在我这老了的儿子还真有出息!想到这里,她萌发了要去枫树山学馆看看的念头。这时,孙银芳拿着耙头和竹篓,准备到挂牌土里去挖凉薯。

陈想容问:"银芳呀,你不是昨天挖了凉薯吗?"

孙银芳说:"昨天是挖了一些,可还没挖完呀!"

陈想容说:"今天莫挖了,陪我一同到学馆里看看,好吗?"

孙银芳顿了一下,心里想,趁得天气晴好,土里的凉薯不沾泥巴,挖回来一个个干干净净的,还是挖了凉薯再去吧;转而一想,如果自己去挖凉薯,这老太太就会一个人前去。让一个快八十岁的人单独外出,这太不放心了。想到这里,孙银芳把耙头、竹篓放下说:"好吧,那我要收拾一下。"

孙银芳到东边正房里去换衣了,陈想容也起了身。她在堂屋里的凉薯堆里,选了两篮子圆滚滚的凉薯,还寻来钩子、扁担,放在一边。孙银芳出来一看,知道了老人的用意,便二话不说,担起凉薯就走。

两婆媳一路说着些家常话,不多时便到了枫树山。那棵高大的枫树仍然挺立着,那里的松树、杉树仍然是那样的密集,陈想容都有些似曾相识的感觉。只有那学馆是不曾见过的,她停下脚步,在学馆前徘徊一阵,才走进去。

怀德把妈妈请到学馆的客堂里坐下。李先生和两个庶务听说后也过来请安。

陈想容指着两篮子凉薯说:"给每个学子一个凉薯,剩下的留着你们吃。"

李先生对两个庶务说:"好些做几个菜,我们陪老太太吃中饭。"

陈想容一听,忙起身说:"常言道,'七十不留宿,八十不留餐',我看看就走。"

陈想容和孙银芳在学馆里转了一圈之后,便告辞回家。李先生也不勉强,和怀德一起送出前坪。怀德一直望着老娘走到大枫树下时,看到老人家走路还是那么利索,心里想,好久没给娘做过生日,来年四月初九是娘满八十寿辰,应该为她老人家办一场热闹点的寿庆了。

当晚，怀德回家，与孙银芳商量了为娘做寿的事。第二天，孙银芳就忙着准备起来。

转眼到了次年四月初八，腾芳带着妻子李玉贞和儿子辅仁，从北京回到家里；腾骧也带着妻子、儿子从岳阳回家来了。一家九口第一次大团圆，陈想容好不欢喜。寿庆由怀德的岳父孙彪总管。在他的运筹和指挥下，前坪搭起一个好大的厂棚，棚里很多帮忙的人，杀猪的、布厂的、办厨的、漂洗的，人们跑上跑下，一派欢乐的景象。

四月初九一大早，人们看到，在进入怀德家的山口上，扎起一个好大的彩门，彩门上四个大字：萱庭日丽。两边的对联是：

八旬共献长生果

四代同瞻老寿星

巳时上刻，刘继祖带着一家人早早地来到怀德家，怀德迎了上去。两结拜兄弟挽手同行。刘继祖问怀德："还有么子事，尽管安排我做吧。"

怀德打趣地说："那还要得，要县太爷做事，岂不是以下犯上吗？"

刘继祖正色说："那不，我在这团头湖边一站，就是这山冲里一介平民，莫讲些那号有损兄弟之情的话喽！"

怀德笑着说："你硬要做事，我还是安排好了，等一下长沙县府有人来，你帮我陪客。"

刘继祖这才笑着说："这就对了，你晓得我是懒鬼，陪客我还是懂套路。"说完，刘继祖从腋下取出一副寿联，交给怀德。怀德让人展开一看，只见上面龙飞凤舞十四个大字：

天护慈颜人不老

云垂玉树岁长春

孙彪闻声也过来与继祖打招呼，还叫人把对联挂在神龛子两边。

刘继祖去倒堂屋拜见陈想容，说了些话之后刚出来，外面一阵喧哗。怀德忙快步上前一看，长沙知县何大人，教谕谭大人的轿子已经到了彩门口。怀德和继祖跑上前去拱手迎接。一行人边往屋里走边说话之间，有人役将两副寿联送上。孙彪过来接着，怀德连连称谢。趁着县里来的大人坐在堂屋桌前喝茶，孙彪着人将对联挂在了东墙上。人们看到，何大人赠送的对联是：

逾古稀又十年可喜慈颜久驻

去期颐尚廿载预征后福无疆

谭大人赠的对联是：

八秩寿筵开萱草眉舒绿

千秋佳节到蟠桃面映红

不到午时上刻，客人一拨一拨地来了。堂屋里的寿联也挂满了。

午时中刻，客人依次入座。怀德举起酒杯，正说完几句客气话时，孙彪过来说："有密印寺和尚来贺。"

怀德便随岳父前去迎接。那和尚不是别人，正是密印寺内务住持僧放下大和尚。

放下大和尚身背包袱，来到陈想容面前便说："贫僧奉师叔静悟之命，前来祝贺师母八十大寿。愿师母及全家佛缘广结、福寿双全。"

怀德谢过后，请放下内间入席。放下说："贫僧不能与俱位同席，但这里有一宗事，请各位见证。"放下说完，解开包袱，二十根金灿灿的金条和五十个白花花的银锭展现在众人面前。

放下合什对众人说："贫僧是密印寺法智大师的关门弟子。这是师父在俗时积攒来的金银，曾被某人据为己有，后某人为佛所度化，将金银原数送密印寺。因师父早年圆寂，现交与师母和进士大人。善哉善哉，原物总算归还原主了。"

……

为了把这大宗金银的来龙去脉搞清楚，怀德一再请放下过几天再回密印寺。放下依言，也就真的住了下来。寿庆的第二天，客人都走了，怀德一家人一齐坐在堂屋，听放下讲这金银的来龙去脉。

当放下把周三和被人暗算、被佛门大师搭救、后苦修成为大德高僧、再后圆寂于密印寺万佛殿的过程一一讲完，陈想容大哭了一场。哭完，她对怀德说："这金银都是你爹用命换来的，我们不能用！"

怀德说："我们确实不能用，也不需要用。这些金银放在家里也不好，妈妈你说，该怎么办？"

陈想容说："你爹当年出门时曾说，要出去赚好多好多钱回来，建一栋又大又高的大屋。现在我们的屋也够大的了，依我看，把这些金银捐给佛门。"

放下双手合十说："阿弥陀佛，贫僧来时，师叔静悟叮嘱再三，密印寺不敢领受。"

怀德说："这些金银捐出，只能捐密印寺，因为那是乃父归属之所在。"

一直在旁没有说话的腾芳说："是不是用这些金银，建一栋又高又大的屋，这既圆了祖父的遗愿，又可以把祖父的灵位迎请回来，供在里面，我们后人也好凭吊。"

陈想容眼睛一亮，点着头说："好呀！我看这样办很好！"

怀德心里也很赞同。可他心里又想，这么多金银，足可建成大半个密印寺。建一个供奉先父灵位的房，有半根金条便足够了，这剩下的又怎么办呢？想到这里，他说："腾芳所说供奉灵位的房屋，谓之'享堂'，父亲既是出家人，独祀'享堂'有些不合礼数，出家人只能在佛旁受享，这大概就是我们平常所说的'伴佛沾恩'。放下大师，是这样的吗？"

放下合什说："善哉，善哉，进士大人所说极是。依贫僧看来，建一享堂，不过三两间屋，有一锭银子足可以了。"

怀德接过话说："我也是这样想的。依我看，不如建一大刹，迎请大佛住锡其中，那样乃父的灵位也可安厝了。"

陈想容拄着拐杖，站了起来一锤定音："这个主意好，请放下大师操劳这事吧。"

怀德也说："我们家做得这事的人都不在家，这事就请大师做主吧。"

放下起身合十说："此等大事，我得有师叔静悟的应允，方能答应。这样吧，三天之后，我再来回复。"放下说完，起身告辞走了。

此时，团头湖边的山冲里，人们都在相互传说着周家的事。有的说，周怀德家前世修了大德，所以人出得好，两个崽都当官。有的说，周怀德家那栋屋的地脉好，所以不但发好人，又发大财。有的说，周怀德要建佛寺，佛菩萨越发会保佑他家。有的说，陈想容、周怀德母子看轻钱财，看重人才，是真知灼见。这话传到刘老太爷耳朵里，他心里顿时想，这周怀德建佛寺，建在哪里呢？这佛寺建在哪里，哪里就能教化一方。与其到其他地方去买地建寺，不如我捐一块地方给他建寺，反正儿孙不要我的地，我也一百多岁了，到那时也带不走地。刘老太爷主意已定，便叫管家请怀德过来。怀德很快过来了，刘老太爷便把捐地的想法说出来，还说，地方由你去选。怀德历来对刘老太爷敬重有加，现在他要做如此大的善举，更是感动得不知说什么好。

三天后，放下如约而至。与怀德见面就说，师叔不但应允了，而且要我在佛寺落成后，还要主持诸佛开光大典。怀德说，既然这样，那就去选吉地吧。两个人在山中转了一圈，最后选中枫树山最南端的一块地。这里坐北朝南，前有曲水朝堂，后有青山作屏，两侧有龙盘虎踞之势。

此后，放下住进了在吉地旁搭起的茅庐。在茅庐中，他昼夜殚精竭虑，凝神伏案，从佛寺的清样到寺内的布局，都做了精到的设计。稍后，他作法事奠基，诵经祈祷。再后，他延请工匠，大兴土木。通过他一年时间的操劳，一座金碧辉煌的大佛寺耸立在枫树山南麓。

这时他找到怀德说："进士大人，佛寺是建成了，可是，还得为这佛寺命个名字呀！"

怀德想了想说："大师是高僧大德，深谙佛理，应该成竹在胸吧。"

放下合什说："贫僧是想了一些时候了，临行前，师叔嘱咐，佛寺要度化众生，不但要虔诚礼佛，而且要造就诸多佛门人才，故以禅院相称为确切；与此同时，当年法智大师圆寂在密印寺万佛殿，且这建佛寺都是大师所捐功德，因此，这个禅院以'万佛'二字冠名，甚为合乎情理。当然，以进士大人之高见为定夺。"

怀德从心里佩服放下大师这番话。他说："万佛禅院，好哇！"说完之后他站立起来，深深地向放下鞠躬。

次年四月初八佛诞日，万佛禅院举行盛大的开光大典。

万佛禅院成了香客们竞相朝拜的地方。人们在礼佛之余，总是传诵着与这座禅院相关的往事。

因为有了万佛禅院，柏叶冲、枫树山乃至团头湖一带，人们都约定俗成地统称之为万佛岭了。

尾 声

　　康老太爷讲完万佛禅院的故事，已是午饭的时分，一家人就在万佛岭酒店吃中饭。第二天，那份简要的记录便送到了笔者的案头。也就是自那天起，笔者天天晚上都做着一个同样的梦，梦中，周三和、陈想容、周怀德、刘继祖等故事中的人物相继出现，也相继说着同样一句话：珍惜缘分吧，别让这个故事就此尘封呀！每当听到这话，笔者便惊觉而醒。醒来后琢磨，周三和、周怀德父子，为着临别时的一句话，经历了千辛万苦，最终兑现了承诺。这人呀，就是要像他们父子那样，为着自己既定的目标，脚踏实地地追求，坚持不懈地奋斗。而把这具有忘我奋斗精神的故事写出来，供世人品读，既是对故事中人物的一种礼赞，也是对平民百姓创业精神的一种弘扬。强烈的使命感使笔者打开了电脑、敲起了键盘。经过一年时间的寻寻觅觅和修修改改，终于形成了以上的文字。

　　需要说明的是，当年的万佛禅院，随着岁月的流失，已经不复存在。现在面貌一新的万佛禅院，是康老太爷的族侄独资重建的。在金碧辉煌的万佛禅院大殿里，不但有栩栩如生的庄严佛像，而且有琳琅满目艺术珍品。还有一点需要说明的是，在重建万佛禅院的过程中，康老太爷的族侄同样经历了诸多的甜酸苦辣。因此，万佛禅院和万佛岭的故事，还在演绎，还在继续……

程国利 2016 年 5 月初稿

2016 年 8 月二稿